櫻井千姫

ひとりぼっちの殺人鬼

実業之日本社

実業之日本社文庫

目次

第一章　二〇〇四年

〈恵の話〉

帰りの会が始まる前の教室の中は、動物園みたいに賑やかだ。

キーキー騒ぐ猿と同じくらいの知能しかない男子、ぴーちくぱーちく小鳥みたいに囀るおしゃべりに忙しい女子。みんな、頭の中は今日のおやつのこととか、二十一時台のドラマのこととか、五時間目に出された算数の宿題やりたくないーとか、それくらいレベルが低い。

「おーい見ろよ！　江崎のやつ、算数のテスト、四十五点だってよー！」

前の席に座ってる江崎詩子の真っ赤なランドセルからテスト用紙を引き抜き、荒川一輝が得意そうにそれをひけらかしている。荒川一輝は、お猿さん男子代表の男の子。授業中もずっとおしゃべりばかりしているし、掃除も真面目にしないので、先生からしょっちゅう怒鳴られている。

「ちょっとーやめてよ！　ひとの点数晒すとかサイテー」

詩子はそう返すけど、声が怒ってない。この年頃の男子が女子をいじめるのは、好意の裏返し。そのことをよくわかっていて、決して悪く思ってない言い方だ。

「あんたなんて三十七点だったくせに。似たり寄ったりじゃん」

「なんで知ってんだよ！」

「さっき、ちらっと見えたんだ。一輝のテスト」

あぁ、またじゃれてる。小学五年生の男女の喧嘩は、ちちくりあってるのと同じ。斜め後ろから、女の子たちのひそひそ声が聞こえてくる。

「一輝って、四年生の頃はしょっちゅうメグちゃんにちょっかい出してたのに、五年生になって同じクラスになってからウタちゃんばっかりだよね」

「心変わり、ってやつじゃん？」

小学五年生が心変わり、とは。意味をわかって言ってるんだろうか。

それにしてもなんで一輝が私をやめて詩子にしたのか謎だ。頭の良さでは私。運動ができるのは詩子。友だちが多いのは詩子。でも顔は、詩子に負けていないのに。

「はーいはーい静かにしてー！　帰りの会始めますよー！」

教壇の前で先生がぱんぱんと手を叩く。一輝はそれからもしばらくふざけていて、今日何回目かわからないけど先生に怒られていた。

　白い校舎から吐き出された小学生たちが、ランドセルを背負って家路を目指す。七月の午後三時、まだ日は高く、暑さがじりじりと肌に纏(まと)わりつく。あちこちからじーじー、じわじわ、蟬(せみ)の声がする。夏休みはもうすぐだ。

「お父さんがね、夏休みになったら、ディズニーランド連れて行ってくれるの」

　吉崎(よしざき)佳織(かおり)が自慢げに言う。佳織は何かにつけてちくちく私のことをいじめてくるし、こうしてすぐに自慢っぽいことを言うから好きじゃない。

「うちはね、沖縄！　家族全員で、四泊五日だよ！」

　西村(にしむら)紗季(さき)が自慢合戦に加わる。紗季はお父さんが小さいながらも会社を経営している、お金持ちの家の子。学校にもブランドもののおしゃれな子ども服を着てくる。

「うちはおばあちゃん家(ち)行くくらいかなぁ。福岡の」

　そう言う小松沢(こまつざわ)麻里(まり)は、佳織と紗季に比べるとまだマシな子だ。おとなしくてみんなの後からついていくタイプだけど、人の悪口は言わない。佳織と紗季がぴーぴーうるさい小鳥なら、麻里は猫ぐらいの知能はある。

「うちもおばあちゃん家は行くと思う。て言っても、二、三泊だけど」

　詩子が言う。ここで言うおばあちゃんとは詩子の父方のおばあちゃんではなく、母方のおばあちゃんのことを指す。詩子は三年前にお母さんが乳がんで亡くなってから、毎年お盆はお母さんの実家に家族で帰省して、みんなで迎え火を焚いているらしい。

「メグはー？　どっか行かないの、夏休み」

答えを知っている佳織が、三角の目で訊いてくる。私はぎゅっと唇を噛みしめる。

「うちは、無理だよ。お母さんはどうせ毎日仕事だし、お父さんはいないし」

「そっかぁ。メグかわいそー！」

ちっとも同情のこもっていない「可哀相」が鼓膜にへばりつく。味のなくなったチューインガムみたいにねっとりと、嫌な感じで。

恵と書いて、メグミじゃなくてメグム。風変わりな名前をつけた私のお母さんは、犯罪心理学者という風変わりな仕事をしている。大河内政子といえば、本をいっぱい出してて全国各地を講演で飛び回り、世間をあっと言わせるような事件が起きるとテレビにも出るし、ちょっとした有名人だ。子どもに風変わりな名前をつける風変わりな仕事をしている風変わりなお母さんだからなのか、お母さんは一年中、まともに家に帰ってこない。家事は通いのお手伝いの、三浜さんに任せている。

「でも、メグはいいよね。お嬢さまじゃん。お父さんがいないっていったって、お母さんテレビに出てるし、有名人じゃん」

紗季が嫌味っぽく言う。お嬢さま。そう言われるのが嫌だと知っていて言うのだ。

「メグって、中学は私立行くの？　勉強できるし、お金もあるし」

「それは、たぶんない」

「えー！　メグ、お嬢さまなんだから絶対私立行ったほうがいいよー！　うちなんて三人きょうだいだから、中学も高校も公立行けって今から言われてるんだからね？」

説教するような佳織の言葉が、耳の奥にちくちく突き刺さる。


帰り道を共にするいつもの五人組だけど、佳織たちと別れ、最後はいつも詩子と私の二人きりになる。ここまで学校から離れると、近くを歩いている子どもの姿はない。周りにあるのは、ビニールハウスや畑ばっかりだ。

「ねぇメグ、ほんとに私立の中学行かないの？」

おでこに汗の玉を浮かせながら、詩子が言った。七月の日差しが、ぎんぎん容赦なく私たちに降り注ぐ。

「メグ、クラスいち頭良いし、お金持ちなのに。お母さんとはそういう話しないの？」

「してるよ。お母さんは私立行けって」

「だったら……」

詩子が言いかけた言葉を、私は乱暴に遮る。

「私立なんて行ったら、毎日おそろしく早起きしなきゃいけないじゃん。中学から部活が始まるから、朝練もあるんだよ？　こんな田舎からだと電車乗って横浜あたりまで出ないと無理だし。三年間もそんな生活続けるの絶対嫌」

そう、ここは田舎だ。神奈川県三浦半島に位置する、桜浜市。人口二万人程度の小さな町。取り柄といえば海があるくらいで、あとはびっくりするほどド田舎。小学生が遊ぶところといったら、さびれたゲームセンターぐらいしかない。高学年になると隣の横須賀まで遊びに行く子もいるし、私も何度か詩子と一緒に出かけたことがあるけれど、桜浜には大きな軍港も、きらびやかなショッピングモールも、可愛い文房具を売ってるお店もない。ここはつまらない田舎町だ。

「そっかぁ、たしかにそれはきついね」

詩子が納得した顔をした。良かった。詩子と離れたくないから。詩子と中学になっても一緒にいたいから。本当のことは、恥ずかしくて言えない。

「メグって、早起き苦手だもんね。遠足の時の集合も、ギリギリだったし」

「やめてよー。あれ、後で佳織にさんざんからかわれたんだから」

寝坊して、寝ぐせも直さずに校庭に現れた私をからかった佳織の得意そうな顔が、今でも忘れられない。嫌な記憶を追い払うように、話題を変える。

「ねぇ、明日、詩子ん家遊びに行っていい？」

「いいよー！　ついでだから夕飯も食べてって」

「いいの？」

「いいのいいの！　メグが来るって言うと、お父さん、張り切って美味しいもの作るんだから」

詩子のお父さんは、大きなブルドッグを思わせる優しい人。赤ちゃんの頃から娘と一緒に遊んでいた私を、もう一人の娘みたいに可愛がってくれる。料理が得意で、私が遊びに行くと、ビーフストロガノフとか、パエリヤとか、男の手料理とは思えないほど凝ったものを作ってくれる。

そういえばお母さんの手料理を最後に食べたのは、いつだったたっけ。

詩子の家は、私の家の三軒先。手を振って別れ、我が家へ足を向ける。ローンを使わず一括で買ったのだと何かにつけてお母さんが自慢する私の家は、オレンジ色の外壁が美しい洋風の一軒家だ。外観はたしかにお嬢さまの住むお屋敷、っぽくはある。

「ただいま」

玄関を開け、中にいる三浜さんに声をかける。三浜さんはキッチンで、包丁を研ぐ作業をしていた。私が小学校に上がった頃から家に出入りするようになった三浜さんとは、もう四年以上の付き合いになる。

「おかえり、メグちゃん。今日のおやつはプリンだよ。すぐ用意するね」

三浜さんが目の横の皺(しわ)を深くして笑う。

三浜さんはたぶん六十歳を超えている、ベテラン家政婦さんだ。料理は上手(うま)いし、掃除はてきぱきするし、仕事で年中家を空けているお母さんに代わって家のことをやってくれる。そんな三浜さんは、宿題でわからないことがあるから教えてと言うと、悲しそうに眉を下げて、ごめんね、私のお仕事ではメグちゃんの勉強を見てあげることはできないんだよと言う。

おやつのプリンは、三浜さんの手作りだ。お母さんの教育方針で、うちはお菓子は手作りのものしか食べさせてもらえない。市販品は身体(からだ)によくない添加物がいっぱい入ってるから、と。だから、友だちの家に行った時に食べさせてもらえる市販のジャンクなお菓子の素晴らしいほどの美味しさが、時々懐かしくなる。もっとも三浜さん手作りの豆乳を使ったプリンも、優しい味で好きなのだ。

「メグちゃん、今日の晩ご飯はハンバーグなんだよ。宿題が終わったら、こねこねするの、手伝ってくれるかい？」

「うん、手伝う！」

勉強を見てもらうのは駄目でも、家事を手伝うのはいいらしい。プリンを平らげ、宿題を片付けて一休みした後、三浜さんと一緒に夕食を作る。玉葱(たまねぎ)を炒(いた)めて、ひき肉をこねて、フライパンで焼く。サラダとお味噌汁(みそしる)を作る。三浜さんの特製ハンバーグは、きのこの和風ソースつき。レストランのハンバーグにもひけを取らない味だ。

晩ご飯を食べながらニュースを観(み)ていると、お母さんがコメンテーターとして登場する。一昨日起こった、大学生が渋谷(しぶや)で十人に切りかかり、うち二人を殺した事件の続報らしい。犯罪心理学者として、お母さんは犯人の大学生の心境を分析する。

『容疑者は就職活動中の大学生ですが、この年頃は将来について悲観することが多いです。何の挫折経験もなく、順調に育ってきた若者ほど、就職という壁にぶつかり、一人で思い悩みます。何社も面接でふるい落とされた結果、自分は駄目な人間だと思い込む。その葛藤が自分を磨こうと我が身を奮い立たす糧になればいいのですが、残念なことに一部の若者は憤りを他者に向けてしまいます。容疑者の、誰でも良かった、という供述は、自分を否定する社会への怒りなのでしょう』

固い表情で淡々としゃべるお母さん。三浜さんがほぉ、とため息を漏らす。

「メグちゃんのお母さんは、本当にすごいね。テレビに出るなんて」

「あんな人、ちっともすごくないよ」

その言い方が自分でもびっくりするほど冷たくて、三浜さんが目を見開く。しまった、と思いながら目を逸(そ)らし、ハンバーグを咀嚼(そしゃく)する。

お母さんは仕事ばっかりで家のことは三浜さんに任せっきりで、一日のうち私と顔を合わせるのは五分くらい。そして私を見ても、文句しか言わない。やれこんな時間まで起きてるなだの、テレビばっかり観るなだの。

私にとってお母さんは、心が氷でできてるみたいに冷たい人だ。

晩ご飯を食べ終えると、部屋で本を読んで過ごす。私の本棚にはお小遣いで買った推理小説がびっしり。アガサ・クリスティやエラリー・クイーンといった古き良き名作から、西村京太郎(にしむらきょうたろう)や東野圭吾(ひがしのけいご)といった日本の人気作家まで。お母さんはあれだけ稼いでいるくせに五年生になっても毎月のお小遣いを千円しかくれない。そのお小遣いの大半は、古本屋さんで本を買うのに使う。本は月千円のお小遣いしかもらってない小学生には高いけど、古本屋さんなら百円で買える。

本を読んでいる間は、いちばんリラックスできる。本は、私を現実とは違う別の世界に連れて行ってくれる。物語に没頭している間は、佳織の意地悪も、お母さんが冷たいことも、お父さんがいないことも嘘(うそ)みたいに遠くなる。お父さんといえば、存在自体が嘘みたいなものだけど。私が二歳の時に離婚してから一度も会っていない。

離婚の原因は性格の不一致だったのよ、とお母さんは言う。どういうことかと小さい私が問い詰めると、気が合わなかったってことよ、とつっけんどんな声が返ってくる。気が合わないなら、そもそも結婚しなきゃよかったのにと言うと、そしたらあんた生まれてないのよ、と怒った声で言われる。きっとお母さんはお父さんにも、こんなふうに何かにつけて怒っていたんだろう。気が合わないんじゃなくて、私にこんな態度を取るのと同じで、優しくしなかったんだ。

十時半を過ぎた頃、玄関のドアが開く音がして私は本を置いて立ち上がった。リビングに下りると、疲れた顔のお母さんがいた。三浜さんが遅い夕食を用意している。

「あんたってば、またこんな時間まで起きてたの」

ただいま、の代わりにお母さんは私を怒る。まるで子どもを怒るのが親の役目だ、とでもいうように。

「メグちゃんは、部屋で勉強してたんだよね」

三浜さんが優しく私を庇(かば)ってくれる。お母さんはそれをはねのける。

「そんなわけないでしょう三浜さん。どうせこの子、おっかない推理小説でも読んでたんですよ。あんたにそんな本は早い、っていくら言っても聞かないんだから」

その通りだけど、叱られてぎりっと胸が痛い。お母さんは自分は犯罪者の心理を研究しているくせに、私が推理小説を読んでいると嫌な顔をする。

三浜さんが帰っていって、リビングには私とお母さんの二人きりになる。夕食を終えたお母さんが、一人分の食器を洗いながら言う。

「恵。あんた、夏休みから塾に通いなさい」

「だから、私立には行かないって言ってるじゃん」

四年生から、お母さんは塾に行けとうるさい。私は私立の中学になんか行きたくないのに。早い子は私立受験の準備は三年生からしている、もう遅いくらいなんだと。

「本当に、何もわかってないのね。お母さんは中高一貫の私立の女子校だったの。進学させてくれたことに、おじいちゃんとおばあちゃんにはすごく感謝しているのよ」

「その話何度も聞いた。自分がその道に進んで良かったって思うのは勝手だけど、それを人に押し付けるってどうなの？　私はお母さんとは違う。自分が親にやってもらって良かったことを、私も同じふうに良かったことになるなんて決めつけないで」

ふう、とお母さんは大きなため息をついた。同時に蛇口が閉まり、水滴がぽたんとシンクに垂れた。お皿を洗いものの籠の中に入れる音がする。

「ほんと、あんたは口ばっかり達者になって。いったい、誰に似たんだか」

誰も何も、あんたに似た。そう言ってやれたら、どんなにスカッとするだろうか。

こんなふうにああしろ、こうしろばっかり言われたくない。あれが駄目だ、これが駄目だばっかりじゃ心がすり減る。そうじゃなくて、私をちゃんと見てほしい。私が何を望み、何を欲しているか、私自身を見て知ってほしいのに。

「もう寝る」

くるりと背を向けた私に、おやすみの声はない。

私は詩子とだけ遊びたかったのに、なぜか佳織と紗季と麻里も一緒に遊ぶことになった。詩子の家はうちと違ってお洒落(しゃれ)でもないし広くもないけれど、昔は畑だったという庭がだだっ広くて、そこで思いっきり走り回って遊べる。でも運動神経の悪い私に、缶蹴りは退屈だ。ずっと鬼になってしまい、佳織にメグってほんとニブいよね、と笑われるから。こうなると、決まって詩子や麻里が庇ってくれる。「メグちゃんずっと鬼で可哀相だし、他の遊びしようよ」と。

缶蹴りはお開きになり、家の中に入って、詩子の部屋でおやつのスナック菓子を食べながらおしゃべりで盛り上がった。詩子の部屋には大きな本棚があって、少女漫画の背表紙がずらりと巻数順に並んでいる。少女漫画の中身は、八割がた恋愛のこと。そして佳織たちの頭の中身も、八割がた恋愛のことで占められている。

「ねぇ、ぶっちゃけトークしようよー！　みんな、誰が好き？」

佳織がにやにやしながら言う。ぶっちゃけトークって、修学旅行でもないのに、なんでこんな時にと思うが、五人の中でもボス的立ち位置の佳織に逆らう子はいない。

「じゃあ、まずは麻里から！」

「えー、なんでわたしなのー？」

麻里はこういう時、困った顔はしても、言いたくないとは言えない子だ。

「いちばん左にいるから。さ、早く発表して」

「発表っていっても……そんな人、いないよ」

「うっそだー。麻里って四年生の頃から谷岡のこと好きじゃん」

紗季に言われ、麻里のほっぺたがりんご飴みたいに真っ赤になる。

「谷岡って、二組のー？　たしかに顔は普通だけど、サッカーできるもんね」

佳織が嬉しそうに言う。麻里はもじもじとしてる。

「もう、紗季ってば……絶対言わないって約束だったのに」

「なんだ、二人は秘密の取引してたわけか。じゃあ次は紗季。紗季は誰が好き？」

「あたしは、山口かなぁ」

山口は女子に人気のある男の子だ。顔もいいし、勉強も運動もできるし、お猿さん男子と違って女子に優しい。山口のことを好きだって噂の子は、いっぱいいる。

「山口か、いい趣味してるじゃん」

「そういう佳織は誰なの？」

「あたしは、小山」

小山もクラスで人気のある男子だ。顔は格好いい系じゃなくて可愛いタイプ。背は低いが足は速い。小学生って、なんで足が速い男子がモテるんだろう。

「詩子はー？」

「うーん。あたしは別に、いないかなぁ。今のところは」

詩子がのんびりと言った。隠してるといった口調でもない。

「えー、つまんなーい！　そんなこと言って、誰か好きな人いるんじゃないのー？」

「いや、ほんとにいないよ。好きな人がいるみんなが、すごく大人に見える」

「じゃ、いつか好きな人できたら教えてね。絶対だよ」

佳織がそんな約束を強引にさせる。まったく子どもっぽい。なんで好きな人ができたことを、いちいち他人に申告しなきゃいけないんだろう。いくら友だちだからって。

「最後だよ、メグ。誰なの？　メグの好きな人」

佳織が私に話を向ける。みんなの視線が私に集中する。思わず俯(うつむ)いてしまう。

「私も……いない、好きな人」

「えー！　メグって荒川一輝が好きなんじゃないの？」

紗季が言った。私は慌てて否定する。

「好きじゃないよ。四年生の頃、さんざん絡んできて、マジで迷惑だったんだから」

「嫌よ嫌よも好きのうちって言うじゃん」

なんでそんなおっさん臭い言葉知ってるのか。私はぶんぶん、首を振る。

「私も詩子と同じで、まだ好きな人なんていない。子どもっぽいって言われても仕方ないと思う。でも、しいて言えば」

「しいて言えば？」

佳織と紗季が声を重ねる。一気に恥ずかしくなって、小さい声で言った。

「私は……詩子が好きかな」

詩子が「え、あたし？」と呆（ほう）けた顔で自分を指差して、佳織と紗季が爆笑する。

「やっだー、メグってそういう趣味だったの？　ウケるー！」

「詩子、どうするよ？　メグの気持ちに応えてあげられる？」

「ちょっと、やめなよ二人とも」

佳織と紗季を止めようとする詩子の声に、困惑が滲（にじ）んでいる。そりゃ、好きな男の子の名前を言う場面で、親友の自分の名前を出されても困るだろう。

そんなに笑われるほど、変なのかな。小学五年生になっても男の子に興味がない、いちばんの仲良しの女の子のほうが大事なんて。

詩子のお兄さんの昴（すばる）さんが帰ってくる頃、入れ替わるように佳織たちは帰っていった。昴さんは、中学二年生。野球部に入っていて、思春期に差し掛かった男と女のきょうだいの割には詩子と仲が良い。私も、こんなお兄さんが欲しかったと時々思う。

昴さんが帰ってからしばらくして、詩子のお父さんが帰ってきて、私を歓迎し、昴さんと一緒に晩ご飯を用意してくれる。メニューはオムライスとサラダと玉葱のスープ。三浜さんの料理は美味しいけれど、詩子のお家で食べるご飯も美味しい。

「政子さんもたまにはうちに来て、一緒にご飯を食べたらいいのになぁ。詩子が小さい頃は、この時期はよくみんなでバーベキュー、やったのに」

詩子のお父さんが言う。幼稚園の頃はお母さんも仕事をセーブして、私と一緒にいてくれた。詩子の家に二人でお邪魔して、みんなでご飯を食べることもあった

「無理ですよ。お母さん、仕事ばっかりで忙しいから」

「いいことじゃないか。すごいことだよ、テレビに出たり、本を出したり。誰にでもできることじゃない」

お母さんはすごいことはできても、普通のことはしてくれない。私自身をしっかり見る、それだけのことができていない。私から見れば、お母さんより詩子のお父さんのほうが、ずっときちんとした親だ。

隣に座る詩子の肘を突っついて、耳元にこっそり囁(ささや)いた。

「うちのお母さんが、詩子のお父さんと再婚してくれればいいのに」

詩子がぶっと噴き出した。昴さんと詩子のお父さんが詩子を見る。

「どうしたんだ、詩子」

「だって、メグったら。お父さんとメグのお母さんが、再婚すればいいのになんて」

こっそり言ったつもりなのに、あっさりバラしてしまう詩子。昴さんが爆笑し、詩子のお父さんも笑う。

「僕は政子さん、タイプなんだけどなぁ。でも政子さんのほうが、相手にしてくれないと思うよ。こんな、ビール腹のしなびたおじさんなんてね」

そう言われるって、わかってた。でも、ちょっと寂しい。心がひゅんと冷たくなる。


夏休みが始まると、私はお母さんによって半ば強制的に塾に入れられた。「私立の中学に行くかどうかは今決めなくてもいいから、とにかく夏期講習だけでも行きなさい」と。毎日バスに乗って、家と塾をひたすら往復するだけの夏休み。休みに入っても、詩子たちとは全然遊べなかった。塾に行き始めたから遊ぶ時間がないと言うと、佳織に「やっぱりメグ、私立行くんだね。お嬢さまだもんね」と笑いながら言われた。

塾に通い始めて一週間、一日の授業が終わって、夕方、バスに揺られて家に帰ってきた。昼間の暑さが少し和らぎ、海のほうから涼しい風が吹いていた。西に沈みかけた太陽が、火のように赤く空を染めている。バス停から家に向かって歩いていると、詩子と詩子のお父さんを見かけた。こんな時間になんで詩子のお父さんが帰っているんだろう、と思った次の瞬間、今日が土曜日だと気付く。

親と一緒に出かけるのが恥ずかしくなる時期の小学五年生なのに、詩子はお父さんと堂々と手を繋(つな)いで歩いていた。繋いでいないほうの手に、買い物袋を提げている。詩子は弾けんばかりの笑顔で、お父さんと何か話している。お父さんは笑っている。

胸が詰まって、声がかけられなかった。赤ちゃんの頃から一緒にいた詩子と、詩子のお父さん。その二人が、とても遠い人のように感じられる。

詩子はお嬢さまでこそないけれど、私が欲しくて決して持つことのできないものをたくさん持っている。あったかい家庭とか、優しいお父さんとか。私がどんなに願っても、決して与えられることのないものを。

「どうしたんだい、メグちゃん。元気がないみたいだけど」

家に帰るなり、迎えてくれる三浜さんに言われた。今日の晩ご飯は夏野菜のカレー。キッチンから、スパイスのいい匂いが漂っている。でも、全然食欲をそそられない。

「塾の勉強、そんなに難しいのかい？」

「なんでもない。宿題、しないといけないから」

そう言って部屋にこもる。塾の宿題をする気にはなれず、本棚に並んだ推理小説のうちから一冊を取り出して、すぐ戻す。また別の本を取り出す。そして戻す。しばらく、何度もそれを繰り返していた。

こんな古い本の古いトリック、まず現代に通用しないだろう。考えるべきはトリックじゃなくて、その意外性だ。たとえば、エラリー・クイーンの『Yの悲劇』。このオチは、さすがに予想もしなかった。

もし私が人を殺すとなれば——これは使える。

日々どこかで起こる殺人事件は、普通は大人が容疑者だ。大人が子どもを殺す事件は起きても、子どもが子どもを殺す事件は起こらない。私はまだ小学五年生。少年法に守られ、何をしたって、人を殺したって、罪に問われない子どもだ。そんな子どもだから、人を殺したって簡単には疑われない。バレたところで、実名報道もされない。

人を殺すには、小学五年生の今がベストタイミングなんだ。

それに殺人鬼になれば、殺人鬼の研究ばっかりしていて私をちゃんと見てくれないお母さんも、自分の研究対象に入った娘を改めて見てくれるだろう。

塾のない日に二人で遊びたいと電話すると、詩子は嬉しそうにいいよ、と言った。

『夏休みに入ってからメグと全然会ってないもんね。二人でゲームでもしよっか』

「いいね。あのね、あと、お願いなんだけど。明日会うこと、詩子のお父さんにも昴さんにも内緒にしてほしいの」

『いいけど、なんで？』

「ちょっと、相談事があるから。詩子に相談したことすら、知られたくないの」

『何それ！　もしかして、恋の相談？　メグ、ついに好きな人でもできた？』

詩子の声が弾んでいる。詩子も佳織たちと一緒で、恋の話が大好きらしい。

「まぁ、そういうこと」

『オッケー！　じゃあ、お父さんとお兄ちゃんにはメグが来るのは内緒にしとくね。大丈夫だよ、あたし、秘密はちゃんと守るから』

私の策略なんて知るわけもなく、通話は途切れた。もう繋がっていないピンクの携帯電話を見つめながら、さぁ、と自分を奮い立たせる。

三浜さんが階下で掃除をしているのを確認して、物置に行く。明かりをつけ、荷造り用のビニール紐を探す。三浜さんが前に段ボールのゴミ出しに使った後、ここにしまったはずだ。ビニール紐は棚の上にあって、チビの私は背伸びしないと取れなかった。ビニール紐の束の端っこを、指先でこつこつと動かす。少しずつビニール紐が動き、やがてごとんと床に落ちる。思ったよりも大きい音がして、三浜さんに気付かれていないかとひやひやしたけれど、掃除機をかける音は続いている。

ビニール紐を鋏で必要な分だけ切って、くるくると束ねた。次の目的地は、お母さんの寝室だ。お母さんは仕事が忙し過ぎるせいか、もうずいぶん前から不眠症に悩まされていて、睡眠薬を使っている。睡眠薬の瓶はベッドの脇にある。あんまり減っていると気付かれるし、量が多過ぎると飲み物に混ぜた時、味が変わってしまう。それに子どもの身体なら、たくさんの薬は必要ないだろう。三錠とって瓶の蓋を閉めた。足音を忍ばせながら、お母さんの寝室を後にする。階下の掃除機の音は続いている。

睡眠薬を彫刻刀で粉々に砕いた後、コーラに混ぜる。真っ黒いコーラの液体は、睡眠薬を混ぜても黒いままだ。さりげなく一階に下り、冷蔵庫の端っこにコーラのペットボトルを仕舞う。あとはきんきんに冷やしておけば、睡眠薬入りコーラの完成だ。

その夜は、遠足の前日の小学一年生みたいに興奮してなかなか寝付けなかった。明日、私は殺人鬼になる。人を殺すという生まれて初めての経験に、今から胸がときめく。明日私は、推理小説に登場するような殺人鬼になるのだ。

時計が明け方の四時を回った頃にようやく寝付いて、起きたら既に昼の十二時を過ぎていた。詩子との約束は一時半から。慌てて歯を磨き、三浜さんが作ってくれたお昼のチャーハンを食べ、着替えて準備をする。鏡の中の自分と向き合い、詩子から誕生日にもらった猫の顔のヘアクリップで前髪を留める。バッグの中にはビニール紐と、睡眠薬入りコーラをしのばせた。

「メグと二人きりで遊ぶって久しぶりだね。いつも佳織たちがいたからさー」

「これ、差し入れ。詩子にあげる」

「え、コーラ？　メグ、炭酸飲めないじゃん」

「それ忘れてた三浜さんが、買ってきちゃったの。私は飲めないし、詩子にあげる」

詩子が意外そうな顔をしていたのはほんの数秒で、にぱっと全開の笑顔になった。

「わかった、じゃあ、ありがたくいただくね」

詩子はさっそくコーラの蓋を開け、ごくごくと中身を飲んだ。おいしー、染みるー、とビールを飲むおっさんみたいな感想を漏らす。

私は麦茶、詩子はコーラを飲みながら、おやつのクッキーを食べる。もそもそと二人で何個かクッキーを食べた後、詩子が訊いてくる。

「で、何、相談事って」

「塾で……気になる人がいる」

そんなの、もちろん嘘だ。詩子はわぁ、と大袈裟なリアクションを取る。

「マジで？　メグの初恋だ」

「うん……でも、アプローチとか、どうすればいいのか、よくわからなくて」

「さりげなく声をかけたりすればいいんじゃない？　その人とは仲良いの？」

「ううん。一度もしゃべったことない」

「そっかー」

詩子はうぅん、と腕組みした。架空の恋の相談に、真面目にのってくれる優しい詩子。優しくて、単純。いい子だ、とつくづく思う。

　でも、殺したいことに変わりはない。

「詩子のほうはどうなの？　みんなにはああ言ってたけど。本当は荒川一輝のこと、好きなんじゃないの？」

　詩子がへらっ、と笑った。何かを誤魔化す時や、照れ臭い時の詩子の笑い方。付き合いの長い私は、この笑顔を何度か見たことがある。

「これね、佳織たちには絶対言わないでほしいんだけど」

「うん」

「この前、一輝とゲーセンで遊んだんだよね」

　誇らしげな言い方だった。詩子の鼻の穴が、心持ちふくらんでいる。

「それって、デートってこと？」

「デートなんて、そんな大したもんじゃないよー。ただ二人でゲームしてただけ」

「それをデートって言うんじゃん。でも、詩子ってやっぱ、一輝のこと好きなんだ」

「最初はやたら絡んできて、ウザいなとしか思ってなかったんだけどねー」

　好きな人を想（おも）う詩子の横顔は、ほんのり頬がピンク色で、私と同じ小学五年生のはずなのにずっと大人に見えた。

他人はみんな、有名人のお母さんを持つお嬢さまの私のほうが詩子より恵まれてると思うだろう。でも実際、恵まれてるのは詩子のほうだ。優しいお父さん、あったかい家庭、両想いの男の子。友だち付き合いだって上手だし、勉強は私のほうができても、運動神経は断然、詩子のほう。

いちばん仲の良い詩子が私より幸せなのは、私にとって最悪なことだった。

＊

すべてが終わった後、詩子の携帯から詩子のお父さんと昴さんにメールを送り、指紋をティッシュで拭き取った後詩子の家を出る。夏の太陽は、まだまだ高い位置にある。じいじいと蟬の声があちらこちらの木から聞こえてくる。

蟬が長い土中での生活から這い出して、地上で羽化した時のように私もただの小学五年生から殺人鬼になった。改めてそう確認して、底知れぬエネルギーが身体の奥からぐんぐん湧いてくる。

両手をぶんぶん回しながら、家へ向かって猛スピードでまっすぐ駆け抜けた。すれ違う自転車に乗ったおじさんと、ちらっと目が合った。傍（はた）から見れば、私はイッちゃった子に見えたのかもしれない。でもまさか、人を殺した後だとは思われないだろう。

「メグちゃん、お帰り。図書館はどうだったかい?」

家に帰ると、三浜さんは洗濯ものを取り込んでいるところだった。三浜さんには、今日は図書館に行くと言ってある。

「面白い本、いっぱいあった」

「何か借りてきたのかい?」

「ううん、その場で読んじゃった」

「メグちゃんは、本を読むのが速いねぇ。ほんとに、頭のいい子だ」

三浜さんは私を微塵も疑わずに言って、洗濯ものを畳む。私も三浜さんのお手伝いをする。心が浮き浮きと軽くて、自分がひと回り大きくなったような気がしていた。もう私は、どこにでもいる普通の小学五年生じゃない。人を殺した女の子なのだ。

しばらく、静かな時間が流れた。夕方になって、パトカーのサイレンの音がした。夕食の準備をしていた三浜さんが、不思議そうに外を見る。

「パトカー、ずいぶん近所に来たみたいだねぇ。何かあったのかしら」

三浜さんは煮物の鍋の火を弱め、外に出て行った。パトカーは何台も来ているらしく、外はざわざわと騒がしい。

ようやく警察が来た。大人が動いた。警察はどれだけ早く私にたどり着けるだろう。誰にも真似できないゲームをしているみたいで、気分が良かった。

詩子の死は、小さな町に大きな波紋を投げかけた。小学五年生の女の子が突然、死んだ。自殺と他殺の両面から捜査が行われている。地方紙だけど、新聞の端っこにも記事が載った。町じゅうで誰も彼もが、その話に夢中になっていた。小学五年生の女の子の死は、小さな田舎町を騒がせるのにじゅうぶんだった。

詩子が死んだ次の日、警察の人が来た。詩子が自殺する要因に、心当たりはないかというものだった。

「ちっとも、わかりません。詩子は元気で、明るくて、そんなことをするようには見えなかった。しいていえば、最近少し太ったたって悩んでたみたいだけど」

そう、私は当たり障りのない答えを口にした。

その次の日も、そのまた次の日も、詩子の家には警察の人が来ていた。詩子のお通夜は詩子が死んで四日後、しめやかに行われた。そしてある日、うちに女の刑事さんともう一人、男の刑事さんが来た。

「鮫島（さめじま）といいます」

そう名乗った女の刑事さんは、まだ若い。刑事課じゃなくて生活安全課の刑事だというが、たぶん警察官になりたてだ。刑事といえば目つきの怖いおじさんを想像するけれど、目の前の鮫島刑事は普通の女の人に見えた。隣にいる田中と名乗った男の刑事のほうが、身体も大きくて目つきも鋭くて、よっぽど刑事らしい。

「恵ちゃんと私たち、三人だけにしてください」

保護者代わりに付き添おうとした三浜さんに、田中さんははっきりと言った。三浜さんが狼狽した様子を見せる。

「どうして……私はこのうちの家政婦でしかありませんが、今は恵ちゃんの保護者のようなものなので」

「恵ちゃんと三人だけで話をさせてほしいんです」

三浜さんは仕方なさそうな顔をして、リビングから出ていった。

「詩子ちゃんのことについてだけど、自殺にしては変な点がいくつも見つかったの」

さっそく鮫島さんが切り出す。私はなんと、と驚いたように目を見開く演技をする。

「まず、そもそもカッターで首を切って自殺するというやり方。これは自殺にしては、すごく不自然なの。普通、自殺といったら首を括るか、高いところから飛び降りるか、手首を切るかじゃない？　首を切るなんてやり方は、自殺にしては不自然ね。よほど死に対して強い気持ちがないと、そんなことはしない。そして」

鮫島さんの目が、鮫が獲物を狙うようにじっと私の反応を窺っている。確信する。鮫島さんは九割がた、私が犯人だと気付いている。

「傷口を調べたら、詩子ちゃんの傷は自分で切ったものじゃなく、誰かに刺されたものだという可能性が強かったの。ためらい傷はあったけど、腕に数か所……これは、ためらい傷というよりは、誰かと格闘した際についた可能性が高い傷だった。それに、首に絞められた跡も見つかった。紐か何かで。おかしいわよね？　現場に紐なんてなかったし、首を括って自殺するなら、高いところにロープをかけてやるはず」

「詩子は、誰かに殺されたんですか？」

鮫島さんはその質問には答えなかった。隣の田中さんと目配せをする。

今まさに事件が発覚するっていうのに、驚くほど冷静な私がいた。

「決定的なのが詩子ちゃんの携帯電話。お父さんとお兄さん宛てに遺書のメールを送ったあの携帯電話からも、おうちのどこからも、誰の指紋も検出されなかったの。誰の指紋もよ。それ、意味はわかる？　つまり、犯人が指紋を拭きとった。そして詩子ちゃんは、あの遺書を偽造されて、誰かに殺されたってことなの」

「誰がそんなことをしたんでしょう」

「平日、詩子ちゃんはあの家に一人きりだった。そして昴さんが野球部の練習から帰宅した時、家に鍵はかかっていた」

「それじゃ、密室殺人ってことじゃないですか」

「そうね。でもね、昴さんと詩子ちゃんのお父さんに事情を聞いたところ、あの家に出入りするお友達……佳織ちゃん、紗季ちゃん、麻里ちゃん、そしてあなた、恵ちゃん。この四人は、鍵の隠し場所を知ってたとしてもおかしくないと証言したの。玄関の、植木鉢の下。その隠し場所を、恵ちゃんも知ってるわね」

「さっきからメグミメグミって言うけれど、私、メグミじゃなくて、メグムです」

動揺していないとアピールするより、不貞腐(ふてくさ)れた演技をした。鮫島さんは素直にごめんなさいと謝った。田中さんがむっとした顔をする。

「ごめんなさいね、メグムちゃん。それで、これからちょっと、警察に来てくれないかな？　恵ちゃんが知ってる範囲のことでいいから、話してほしいの」

「私を疑ってるんですか」

「疑ってるわけじゃない。話を聴くだけよ」

鮫島さんに連れられて、私は家を出た。連行、というやつだ。外にはパトカーと、刑事数名が待っている。三浜さんが私の前に庇うように立ちはだかった。

「どこに連れて行こうとするんですか！　あなたたち、何を考えてるんですか！」

「落ち着いて下さい。何の罪もない一人の女の子が死んだんです」

鮫島さんがきっぱりと言って、私はパトカーに乗せられた。

連日、取り調べが行われた。鮫島さんは一度もそのクールな表情を崩すことなく、冷徹に私を追い詰めていった。少しずつ、私が詩子を殺した証拠が集まっていた。

「あの日、行っていたという図書館の防犯カメラの映像を解析してみたけど、あなたは一瞬たりとも映っていなかった。それに、詩子ちゃんの身体からは、睡眠薬も見つかった。睡眠薬なんて、詩子ちゃんのおうちでは誰も使っていなかったのよ」

「どれも、状況証拠ですよね。私が犯人だ、って証拠はあるんですか」

「これは、あなたのものよね」

鮫島さんがヘアクリップを取り出した。がくん、と身体の中心が震える。

詩子の携帯をいじったり、紐を隠したり、携帯の指紋を拭ったり。そういうことに一生懸命で、私はこんな大切なものを現場に残していく、間抜けな殺人鬼だった。そのことに気付いて、愕然とした。

「それにあの日、詩子ちゃんのおうちから出てくる恵ちゃんを見た、という目撃証言もある。かなり興奮した様子だったようね。恵ちゃん、あなたはいったい、あの日詩子ちゃんの家で何をしていたの？　正直に答えないと、裁判で不利になるわよ」

「未成年なのに、裁判があるんですか」

「家庭裁判所で、少年審判がある。恵ちゃんの場合は、これだけの証拠が揃っているから、まず厳しい処分が下されることは間違いないでしょうね。だから、ここではっきりしておきましょう。恵ちゃん、あなたは江崎詩子ちゃんを殺したの？」

事件の核心を突いた質問。私は鮫島さんから目を逸らさず、眼鏡(めがね)の向こうの小さな目をまっすぐ見据えて、答える。

「殺しました」

「それは、どうして？　恵ちゃんと詩子ちゃんは、親友のはずじゃなかったの？」

「人を殺してみたかったからです。殺す相手は、誰でも良かった。詩子がいちばん、殺しやすかった」

冷徹な鮫島さんの顔から、さっと血の気が引いていくのがわかった。

少年鑑別所ではずっと一人部屋だった。普通は二人部屋で過ごすらしいけれど、殺人事件を起こした子を誰かと一緒にするのは危険だということだ。鑑別所では、毎日警察の人や裁判所の人との面談があった。毎回決まって、同じことを言われた。

「いったい、どういうことなの。人を殺してみたかった、って。本当は、詩子ちゃんに対して何か嫌な思いがあったんじゃないの？」

「だから詩子じゃなくても、誰でも良かったんだってば。本の中では、あまりにも簡単に人が死ぬ。現実でもそうなのかって、試してみたかったんです」

目の前の大人が、困った顔をする。その顔を見るのが、快感だった。私は立派な殺人鬼になったのだと、実感して昂る。少年鑑別所に来てから二週間後、職員の人が悲痛な面持ちで告げた。今にも崩れそうな顔だった。

「大河内政子さんが……あなたのお母さんが、亡くなったの。自殺だった。自宅のクローゼットで、首を括って……」

彼女自身が、その大きな事実を受け入れられていないような言い方だった。

「ずいぶん、精神を病んでいたみたい。犯罪心理学者の権威の娘がそんなことを……って。ひどいバッシングだったの。それに耐えられなかったのね……」

どうしてだろう。あんなに私を見てほしいと思ってたのに、いざこんなことになるとまったく悲しくなかった。ただ、弱い人なんだなぁ、と思った。いつも私にあんなにきつく当たってたくせに、テレビでは偉い人みたいに振る舞ってたくせに、ちょっと世間に叩かれたらすぐに死を選ぶ、そんな弱い人だったのだ、あの人は。

お母さんの遺体と対面した時も私は泣かなかった。葬儀会社の人がきれいにしてくれたんだろう、化粧を施され、眠ったような死に顔を見ても、何も感じなかった。

〈昴の話〉

「よし、今日はここまでにしておくかな」

三回目のノックが終わって、顧問が言った。時刻はまだ十五時半。いつもなら十七時くらいまで練習するけれど、これは明日の試合に疲れを残さないようにという配慮だ。休むのも大切だ、ってこと。何せ明日は、県大会の本番なのだ。

「江崎、岩永（いわなが）。明日は序盤、二人で行くからな」

「はい！」

俺と岩永崇（たかし）は、バッテリーを組んでいた。小学校時代、少年野球の頃から抜きんでていた二人の実力は中学になって出会うとぴったりと嚙み合わさって、互いを光らせていた。二年生だけど、うちの野球部に俺と崇以上の名バッテリーはいない。

「今日はしっかり飯食って、早く寝ろよ。解散！」

顧問が言い、グラウンドにお疲れ様ですー、の声が響く。俺と崇は先輩たちから声をかけられ、明日は期待してるだの、へまをするなだの、と好き勝手に言われた。名バッテリーになるのも、なかなかのプレッシャーだ。

「なんか俺、緊張してきたかも」

キャッチャーらしく、中学生離れしたごつい、ゴリラみたいな体格に似合わず崇が弱気な声を出す。すかさず優太（ゆうた）と諒一（りょういち）が冷やかす。俺たちこの四人のメンツは、同じ野球部でクラスも一緒だから四人で行動することが多かった。

「まだはえーよ、ばーか」

「緊張するのは明日になってからにしろって」

二人に小突かれ、崇が苦笑いを浮かべている。俺は携帯をいじりながら歩いていた。三年前、母さんが死んだ時から持たされている携帯。うちは家族は父さんと詩子と俺の三人きりだから、詩子も五年生になってから連絡用にと携帯を持たされている。

「なんだ、これ」

着信履歴に、ずらっと父さんの名前。横浜まで毎日通勤している父親は、今日は東京出張のはずだった。何か起こったんだろうか。メールもたくさん来ている。ずらっと、父さんの名前が並んでいる。『詩子と連絡を取ってくれ』『詩子に連絡はついたか』『早く詩子に連絡してほしい、頼む』――詩子に何かあった? ぐわり、不安が心臓を鷲（わし）づかみにする。

メールフォルダの一番奥、一番古いメールが詩子だった。タイトルに『お兄ちゃんへ』とある。ごくんとひとつ唾を飲んでから、メールを開く。

『いっぱい遊んでくれて、いっぱいおいしいご飯を作ってくれて、いっぱい一緒にいてくれて、ありがとう。家族でいられて、幸せでした。さようなら』

悪い予感がごうう、と頭の中で唸(うな)りだし、波のようにうねって心を呑(の)み込む。これは、どういうことだ。さようならって、なんだ。これじゃ、まるで。

「おーい昴。どうしたんだよー。アイス食いに行くぞー」

先を歩いていた崇たちが言う。その声で俺ははっと我に返る。

「ごめん俺、急用できた」

「は、なんだよ急用って」

「アイスはみんなで行ってきて。俺帰るわ」

走って家路を目指す。照り付ける真夏の太陽は容赦ないけれど、汗が噴き出して不快に肌に纏わりつくけれど、野球部で鍛えた中学二年生の体力はそんなものじゃ削られない。すぐに父さんに電話をした。父さんは三コール目で出た。

『昴か。ようやく繋がった』

「ごめん。練習中だったから、携帯、見られなかった」

『まだ学校か』

「今出たとこ」

『早くうちに帰って、詩子の様子を確認してほしい。父さんも何度もメールして、何度も電話してるけれど、繋がらないんだ』

「詩子、いったいどうしたっていうんだよ。これって家出？　まさか、じ……」

『縁起でもないことを言うな』

そう言う父さんの声は、怒っているのに泣きそうだった。

『あんなメール送ってくるなんて、ただ事じゃない。昴、最近何か詩子の様子に変わったことはなかったか？』

「変わったことも何も、全然心当たりないよ。今年の夏休みはメグちゃんが塾で一緒に遊べないから退屈とか言ってたけど。だからってあんなメール送るはずない」

『父さんもそう思う。どっちにしろ、今すぐ仕事は抜けられないし、仕事が終わっても家に着くまで二時間はかかる。昴、とにかく早く家に帰って、詩子が無事かどうか確認して、父さんに連絡をくれ。父さんのほうからも、詩子に連絡してみるから』

「わかった」

そこで通話が切れた。しゃべりながら全力ダッシュしているせいで息は切れ、視界の下側が陽炎(かげろう)でゆらゆらしている。今朝見た、詩子の顔を思い出した。今日の朝食は、詩子が作った。目玉焼きとウインナーのソテー、かりかりのトースト。何の変哲もないいつもの朝食の席で、詩子が放った言葉を思い出す。

「お兄ちゃん、明日は試合かぁ。お兄ちゃんが将来甲子園に行ったりしたら、すごく人気者になっちゃうんだろうなぁ。人気者の妹って、ちょっと嬉しいかも」

至っていつもの日常だった。これから変なことをする人の言葉とは思えない。

たしかに三年前、母さんが死んだ後、詩子はしばらく不安定だった。小学生になってから俺とは別々の部屋で寝てたのに、しばらくは俺と一緒に寝たいと夜中に甘えた声で寝室に入ってくることもあった。でもそれは、家族三人で乗り越えたはずなのに。いや、詩子は乗り越えられないような悩みを抱えてたっていうのか。それならどうして、俺や父さんに相談しなかったのか。まだ詩子は小学五年生だ、無力な子どもだ。いくらでも家族を頼ったっていいはずなのに。

家に着く頃には、肺がぜいぜいと喘いでいた。詩子の自転車があるかどうか確認する。ピンクの自転車は駐車場の隅にあった。遠くに行く時は自転車を使うから、自転車なしでどこかに行ってしまうとは考えにくい。詩子はおそらく、家の中にいる。

玄関の鍵は閉まっていた。防犯のため、家の中にいる時も玄関の鍵は閉めておくのが我が家のルールだから、不自然じゃない。家の中にいるであろう詩子に呼びかける。

「おーい詩子。いるのかー」

返事はない。家は不気味なほど静まり返っていた。空気が平らになって、すべての家具が息を潜めている。台所、リビング、風呂場。ドアを開けながら、詩子を呼ぶ。

「おーい詩子。いるなら返事しろよ」

声は返ってこない。となると、自分の部屋か。俺はゆっくり階段を上る。みしり、と古い階段が軋（きし）む。詩子の部屋は、ドアがきっちり閉まっていた。

「詩子、中にいるのか？」

詩子から返事はない。そして中から、人の気配はしない。

でも、なんだろう。とてつもなく悪い予感が、びんびんと頭の中で走り回っていた。

「詩子、入るぞ」

ドアを開け、その中を見て、俺はうっと声を漏らした。絨毯（じゅうたん）が血に染まっている。夥（おびただ）しい量の血の中、詩子は倒れていた。右手にカッターナイフを握りしめている。ぱっくり開いた傷口はもう血を流してはおらず、乾いていた。

見開いたままの詩子の目は、どこも見ていなかった。

ブーブー、と携帯が鳴る。通話ボタンを押すと、まもなく父さんの声が耳に届く。

『昴、家についたか。どうだ、詩子は』

「詩子……死んでる……」

自分のものとは思えないような、掠（かす）れた声。電波の向こうで、父さんがぐっと息を呑むのがわかった。

駆け寄ったり、抱きしめたりなんて、できなかった。母さんの時とはまるで違ってた。あの時は病気による、自然な形の死だった。

でも今目の前にあるのは、俺の想像を超えた形での妹の死だった。

＊

警察を呼んだのは父さんだった。俺は腰を抜かしたまま詩子の遺体の前で膝を抱えていた。サイレンの音が近付いてきて、それが意識を少し正常に戻してくれる。

警察の人がたくさん来て、詩子の部屋に入っていった。リビングで休んでいるように言われ、ソファーの上で呆けていると、一人の警察官に声をかけられた。

「こんな時にあれだけど。少し、お話を聞かせてもらえるかな？」

「はい……」

話って、何を話せばいいっていうんだ。まだちっとも現実感がない。今朝、俺の前で笑っていた詩子が本当のことで、今は悪い夢を見ているような気がする。

「君は、江崎昴さん……だね？　江崎詩子ちゃんの、お兄さん」

「そうです」

警察官がメモを取り出す。改めてこれは自然死ではなく、自殺という不自然な形の、警察が扱う死なのだと思い知らされる。

「通報したのはお父さんの則夫（のりお）さん。君が帰宅して、最初に詩子ちゃんを発見した」

「そうです」

「辛いことを聞くけど、最近、詩子ちゃんの様子に変わったところはなかったかな」

「ない……と思います」

　そうだ、詩子が自殺する理由なんてない。詩子が死ぬほど悩んでいたなんて、そんなことあるわけない。だからこれは、夢だ。悪い夢だ。

　でも、警察官の言葉は、現実の重い響きを持って俺の耳に届く。

「交友関係で、何か変わったことはなかった？　たとえば、いじめとか」

「いじめなんて……ない、と思います」

　詩子がいつも遊んでいた、この家によく呼んでいた友だちの顔を思い浮かべる。佳織ちゃん、紗季ちゃん、麻里ちゃん、そしていちばんの仲良しのメグちゃん。あの子たちの間に、そんな闇があるなんて想像できない。

「お父さんの話では、詩子ちゃんから遺書のようなメールが来たから、慌てて詩子ちゃんと君に連絡したって言ってたけど」

「はい。そのメールなら、俺にも来ました」

「ちょっとそのメール、見せてくれるかな」

　俺は携帯を取り出し、詩子が送った最後のメールを警察官に見せる。警察官はメモにメールの全文を写し取っていく。

「後で警察でも、話を聞かせてもらえるかな」

「はい」

「辛いだろうけど、お願いするよ」

警察官がリビングから離れ、二階に上がっていく。またパトカーの音がする。増援だ。いったい、何台来るつもりなんだろう。

当然か。まだ小学五年生の子どもが自殺したんだから。詩子は、もういない。でもそんなこと、とても信じられない。やっぱり夢を見ているような気がする。

いくらそう思っても、現実は現実のままだった。

父さんと警察署で会ったのは、午後六時過ぎだった。詩子の遺体と対面した時、父さんは泣き崩れた。母さんが死んだ時だって、父さんはこんなに慟哭（どうこく）しなかった。

俺は、なぜか泣けなかった。詩子がもう生きていないこと。息をしていないこと。二度としゃべったり、笑ったりしないこと。まだどうしても、受け入れられない。

「お辛い時にすみません。少し事情をお聞かせ願えないでしょうか」

女性の刑事に声をかけられ、俺と父さんは別室に移った。刑事は鮫島、と名乗った。まだ若くて、二十五を超えているようには見えない。

「お父様とお兄様、詩子ちゃんがこのような行為に走る心当たりはありますか？」

「まったくもって、ありえないことです……！」

父さんが泣き腫らした目で言う。動揺が、目にしていられないほど痛々しい。

「学校でも家でも、トラブルは特にありません。今朝だって、いってらっしゃいって笑って送り出してくれて。あの子がこんなこと……絶対おかしいです……！」

そうだ、おかしい。たとえ詩子が俺や父さんの想像を超えるような悩みを抱えていたって、あんな笑顔ができるわけがない。詩子が死ぬなんて、やっぱりありえない。

数秒の間の後、鮫島さんが言った。

「私も、少しおかしいと感じています」

「どういうことでしょうか」

父さんが前のめり気味になって言った。

「たとえば、お父様とお兄様に送られてきたメールの文面。二人に同じものが送られてきていますよね？　あれは遺書とするには、あまりに抽象的です。自殺に至る理由が、まったく書かれていない。それは書かなかったのではなく、書けなかった可能性があります。つまり、詩子ちゃんには自殺する理由がないから、書けなかった……もっと言えば、あのメールを送ったのが詩子ちゃんじゃなかったから、書けなかった……」

「あの遺書は偽物だってことですか⁉　詩子は誰かに殺されたんですか⁉」

興奮気味にまくし立てる父さんに対し、鮫島さんは冷静だった。

「現時点でその可能性は否定できません。詩子ちゃんが見つかった家の中も不自然でした。詩子ちゃんの部屋の窓もリビングの窓も、閉まっていましたよね。昼間なのにぴっちりカーテンがかけられて。まるで中で起こっていることを隠しているように」

「誰なんですか⁉　詩子は誰に殺されたんですか⁉」

父さんが唾を飛ばして言う。俺の心も、他殺という新たな可能性が投げかけられたことで不穏に揺れていた。詩子は、自殺に見せかけられて殺された？　だとしたら誰が何のために？　湧き上がる疑問が行き場もなく喉の奥をぐるぐるとする。

「そこまでは、捜査してみないと何ともわかりません。まずはこちらで、詩子ちゃんの遺体に不審な点がないか調べさせてください。そしてお家(うち)の方にも明日朝いちばんで、現場検証に入ります。誰か入った形跡がないか、調べてみましょう」

「よろしくお願いします……‼」

父さんが頭を下げ、俺も慌てて頭を下げる。

現場検証だなんて、刑事ドラマでしか見たことがない。

悪い夢の中に迷い込んでしまったような気がするけれど、これが現実なんだ。

疲れ切って家に帰り、父さんと二人、リビングのソファに腰を落とす。父さんがエアコンをつけた。ぴぴ、と機械が反応し、冷気が降りてくる。

「昴、明日の試合はどうするんだ？」

「行けない、って部長に連絡しておいた。詩子のこと、正直に話したよ。こんな時に試合なんて、とても行けないだろ」

「そうだよな。父さんも一週間は会社を休むよ。もうすぐお盆休みだしな。有休消化する。昴、腹、減っただろ。何か作るよ」

「いい。何も食べたくない」

三年前、母さんが死んだ時のことを思い出す。あの時も父さんは俺と詩子を励ましてばっかりで、自分は涙も見せずに笑ってて、通夜や葬式の手続きも親戚への挨拶も滞りなくこなして。それが大人というもの。大人の強さというものだと、俺は知った。

でも今は俺は中学二年生だ。まだ大人じゃないけれど、あの時ほど子どもじゃない。

「昴。これからは、父さんと二人きりだな」

食欲はなくても飲みたい気分だったのか、冷蔵庫から出したビールを流し込みながら父さんが言った。俺は頷(うなず)いた。

「あぁ……そうだね」

「男二人、仲良くやっていこうな。まさか母さんだけじゃなくて、詩子までこんなに早くいなくなるなんて、思わなかったけれど」

そこで父さんはこらえきれなくなったのか、アルコールの力で涙腺が脆くなっていたのか、肩を震わせて泣き始めた。俺はその背中を、子どもをあやすように撫でた。ごつごつした、でも、昔よりずっと小さくなった背中だった。

午前中に現場検証があって、夕方近くになって鮫島さんから電話が来た。今から警察署に来てほしいという話だった。父さんのカローラに乗り込み、二人で警察署に向かう。父さんはずっと無言だった。車のラジオから流行りの曲が流れていた。

警察署で、昨日と同じ部屋に案内される。テーブルとパイプ椅子、他に家具らしき家具はない、簡素な部屋だった。鮫島さんの隣にもう一人、田中さんという男の刑事さんがいる。鮫島さんがヘアクリップを取り出し、机の上に置いた。黒い猫の顔の、いかにも小学生の女の子が持っていそうな、子どもっぽいデザインだ。
「これは、詩子さんのものですか」
「えーと……どうでしょう。あの子、年頃の女の子ですから、それなりにおしゃれに興味はありました。でもこれって、前髪を留めるとか、そういうことに使うものですよね？　詩子は髪が長いから、後ろで束ねるやつ……シュシュっていうんですか？　そういうものを買い与えた覚えはありますが、これを持っていたかどうかとなると」

「父さんが買ってなくても、詩子が自分のお小遣いで買った可能性はあるだろ」

そう言うと、父さんは頷いた。目の前のヘアクリップを見つめながら、少し考える。

このヘアクリップをつけている詩子を、俺は一度も見たことがない。

「これは、どこにあったんですか？」

俺が言うと、鮫島さんが眉を顰めて告げる。

「詩子さんの部屋に落ちていました。詩子さんが犯人に刺されたと仮定して、その際に落ちたものとだとすれば、ちょっと不自然な位置に」

「じゃあ、詩子は、これをつけていた誰かに……」

父さんが震えた声で言う。それを鮫島さんが遮る。

「あの日、詩子ちゃんは誰かと一緒に遊んでいたのかもしれません。その時に事件が起きた。詩子ちゃんは誰かと遊ぶ予定があるとは言っていませんでしたか？」

「そんなことは、聞いていません……」

父さんが心ここにあらずといった調子で言う。このヘアクリップはどう見ても、小学校中学年か、高学年くらいの子がつけるようなものだ。

「いずれにせよ、詩子さんは事件の直前、友だちの誰かと会っていた……その子が、事件について何か知っている可能性が高い。調べた結果、首の傷も自分でつけたものではなく、誰かによって刺されたものである可能性がきわめて高いことがわかりました。傷は胸やお腹にもありましたし、自殺とはとても思えません」

「じゃあ、詩子は、その友だちに……？」

父さんの声が震えている。膝に置いた俺の手も震えている。

「そこまでは、まだ断定はできません。とにかく、詩子さんの交友関係についてお聞かせ願えますか。普段一緒に遊んでいた友だちのリストを作りたいんです。一人ずつ話を聞いていけば、何か知っている子が現れるかもしれません」

「わかりました、協力します……」

父さんはそう言った後、詩子の友だちの名前を一人ひとり口にしていった。吉崎佳織ちゃん。西村紗季ちゃん。小松沢麻里ちゃん。メグちゃん。そして、大河内恵ちゃん。

俺がその四人の中で思い出せる顔は、メグちゃんしかいない。他の三人は詩子が五年生になってから仲良くなった子で、うちにも数度来たことがあるぐらいだ。でもメグちゃんは詩子が幼児の頃から一緒に育ってきて、俺と三人で遊ぶこともあった。

メグちゃんは普通の子だ。背は五年生にしては低く、六年生と間違えるくらい大きい詩子と並ぶと姉妹みたいに見えるけれど、顔は政子さんに似て結構可愛い。運動は苦手だけど頭が良くて、俺が六年生の時に、六年生の算数の問題を得意げに二人の前で解いてみたら、詩子はぽかんとしてたけど、メグちゃんはちゃんと理解していた。

あの子が、まさか詩子を……？

考えたくもない可能性に蓋をしようとしても、蓋の奥から黒い靄のような最悪の現実が突き上げてくる。

夜、崇から電話がかかってきた。電波越しに崇の沈んだ声が聞こえてくる。

「ごめんな、こんな時に電話しちゃって」

「いいよ。むしろ、電話してくれて嬉しい。昨日からありえないこと続きで、疲れてたから。崇と話せるっていう普通のことが、気分転換になるよ」

嘘偽りない気持ちだった。普通のことに縋りたくなる、普通じゃない現実に置かれている今の俺。いちばん気になっていることを聞いた。

「試合は、どうなった?」

「負けた。ボロクソに」

「そっか……ごめんな。俺が行けてれば」

「しょうがねぇよ。妹が死んだって、それも自殺だって……そんな時に試合に出れるほうがどうかしてる」

「そのことなんだけどさ。どうも、自殺じゃないっぽいんだよな」

「どういうことだよ」

崇の声音が変わった。俺は鮫島さんから聞いた話をした。詩子の部屋から子どものものと思われるヘアクリップが見つかったこと。首の傷が、第三者に刺されたものである可能性が高いこと。警察署で、詩子の交友関係について聞かれたこと……崇も佳織ちゃんたちのことはほとんど知らないが、恵ちゃんのことは覚えていた。

「一度だけ、昴ん家で会ったよな。こんにちはって挨拶してきた、可愛い子。それ以上の印象はないけど。それより、お母さんの大河内政子のイメージのほうが強い」

「政子さん、俺はよく知ってるよ。詩子が小さい時は、よくうちでバーベキューしたりしてたから」

「ああいう母親に育てられるって、どんな気持ちなんだろうな」

よくわからないことを崇は言った。政子さんはテレビで話題の事件について語る犯罪心理学の権威だけど、俺にはごく普通の、小学生の娘を持つ母親にしか見えない。

「どんな気持ちって。メグちゃんは、いい家庭に育ったと俺は思うよ。たしかに父親はいないけれど、家は金持ちだし、お手伝いさんまでいてさ」

「だからそれが、どんな気持ちなのかってことだよ。普通の家庭にはお父さんがいるし、お手伝いさんはいない。母親がテレビに出ることもない。少なくとも俺は恵ちゃんは、自分のことを普通の家庭にいる子だとは思ってないと思うけどね」

「そう……なのかな」

小さい頃、政子さんと一緒にバーベキューに参加したメグちゃんの姿を思い出す。

メグちゃんは、口の周りを汚して食べているときれいに食べなさいと怒られ、箸の持ち方を注意されていた。その光景はごく普通の親子に見えた。でも当のメグちゃんは、政子さんのことを、自分が育った家のことを、どう思っていたんだろうか。

「だからって、恵ちゃんが事件の犯人だって言うつもりはないけどさ」

崇が少し声の調子を軽くして言った。その意見には、俺も同意だ。考えるだけで、身体が震えるほどおぞましい可能性。

「まだ、可能性があるってだけだから。単に、死ぬ直前の詩子と一緒にいただけかもしれないし。犯人を捜すのは警察の仕事だから、警察に任せるよ」

「それがいい。もう十一時だな……切るよ。おやすみ」

通話が切れてしまうと、どこにも繋がってない携帯と共に虚空に放り出されたような気がした。さっさと寝てしまおうとベッドに潜っても、睡魔はなかなか訪れてくれない。いろいろ、疲れてるはずなのに。昨日だって寝れてないはずなのに。

こんな気持ちがなくなって安堵と共に眠りにつける日が、いつか訪れるんだろうか。

次の朝、鮫島さんから連絡があった。こちらへ出向きますという話だったので、父さんと一緒にうちの中を軽く片付ける。昼過ぎに鮫島さんと田中さんが来た。父さんが麦茶を出して早々に、鮫島さんが口を開いた。

「警察の見解では、誰かがこの家に入って、詩子ちゃんを手にかけたと一致しています。しかし、詩子ちゃんが昴さんに発見された時、この家は玄関に鍵がかかっていて、ほかのすべてのドアも鍵がかけられていた」

「密室殺人だとでも言うんですか？」

「もっと簡単な可能性です。誰かが、この家の合鍵を持っていたり、鍵の隠し場所を知っていたということです。お心当たりはありませんか？」

「いえ、そんなことは。鍵の隠し場所も家族以外知らないはずです」

「本当にそうですか？」

「メグちゃんたちは……知っていたと思います」

鮫島さん、田中さん、父さんが一斉に俺を見た。俺はその視線に臆さずに続ける。

心臓の鼓動が速くなるのを感じる。

「玄関の、植木鉢の下……そこに鍵を隠してあること、メグちゃんたち、詩子がいつも遊んでた子たちなら知ってるんじゃないかって。もしあの子たちの誰かが犯人なら……事を終えた後、鍵をかけて、鉢の下に鍵を入れて出て行くことだってできる」

「正気か！　昴！」

父さんが怒鳴る。俺と同様、ずっと寝られていないせいで目が赤く充血している。

「詩子の友だちが、犯人だっていうのか⁉ まだ小学五年生なんだぞ⁉ あの子たちが、そんなことするわけない‼」

「俺だって信じられないし、信じたくないよ！ でも、鍵のことを考えたら……現実的なセンは、それしかない」

そう言うと、父さんは黙ってしまった。鮫島さんが気まずい沈黙を破る。

「貴重な情報をありがとうございます。調べてみましょう」

お茶に手をつけずに、鮫島さんたちは帰って行った。二人きりになった部屋の中、父さんは頭を掻きむしりながら言った。

「お前は……本当にメグちゃんたちを疑っているのか？」

「他に疑う人がいないだろう。鍵の在処を知っているのは、あの子たちだけだ」

「なんで昴はそんなに冷静なんだ！ そんな恐ろしいことを考えられるんだ！」

「俺だって考えたくないよ‼ でも、現実逃避してたってしょうがねぇじゃないか」

沈黙が落ちた。俺は、父さんの赤い目から今にも涙が溢れそうなことに気付いた。

「……ごめん」

「いや、いいよ。父さんこそごめん。たしかに、現実逃避してたのかもな……」

長いため息を吐く。その横顔は、やつれて口の横の皺が目立っている。たった数日で、父さんは十年ぶんぐらい老け込んでしまったようだった。

「でも昴、父さんは絶対に、詩子の友だちを疑うのは嫌なんだよ……たとえば、犯人が大人だったら？　もちろん、そいつのことは許せないだろう。詩子を返してくれ、お前も死ねって叫べるよ。でも、詩子の友だちの、それもまだ物事の善悪の判断も覚束ないような子どもが犯人だったとしたら……父さんは、その子に何を言えばいい？　それはもはや、父さんの理解の範疇を超えている」

　俺だって同じだ。大事な人が殺されて、知ってる人が犯人で、その犯人が子どもだった。考えるだけでおぞましい。父さんはもう一度ため息を吐くと、立ち上がった。

「買い物に行ってくるよ」

「俺も行こうか。荷物持ち」

「いいや、父さんだけでいい。詩子のことが、この近辺全体に知れ渡っている。ご近所さんに会ってどんな顔をしていいかわからなくて困るのは、父さんだけでいいよ」

　父さんは冗談でも言ってるかのように無理して笑った。

　事情聴取で、メグちゃんは認めた。自分がやったのだと。

コーラに睡眠薬を混ぜて飲ませ、眠ったところでビニール紐で絞め上げ、更にカッターナイフでとどめを刺した。そう、メグちゃんは語ったという。

「不可解なのは……動機なんです」

鮫島さんが告げた。今日もこちらから出向きますと言った鮫島さんは、三時過ぎにやってきた。連日の捜査で疲れているのか、目の下にうっすらと青い隈ができている。

「恵ちゃんは、人を殺してみたかった、と言っているんです」

「は？」

父さんと俺の口から、同時にどこか間の抜けた声が漏れた。鮫島さんは沈鬱な面持ちで続ける。

「殺したことについては認めています。でも動機についてはそれ以上口にしない。人を殺してみたかった、詩子ちゃんじゃなくてもよかった、誰でもよかった……と」

「なんですか、それ」

思わず、言っていた。

それはまるで、サイコパスな連続殺人鬼の台詞じゃないか。

メグちゃんがそんなこと言うわけない。そんな動機で人を殺すはずがない。いや、どんな動機があったって人殺しなんてするはずない。メグちゃんは普通の子だ。どちらかというとおとなしい子で、人殺しなんて恐ろしいことができるような子じゃない。

「何度も訊いたんです、本当は詩子ちゃんに対して何か嫌な思いを抱いていたんじゃないかって。でも、人を殺してみたかった、それ以上の動機は語らないんです」

「そんな……」

父さんが発した声が震えていた。机の上で握りしめた拳ががくがくしている。よく知っている女の子が、突如として怪物に化けてしまった。そんな感覚だった。

「お父様とお兄様は、何か思い当たりませんか？　恵ちゃんと詩子ちゃんとの間に、何かトラブルがあったとか……どんな些細なことでもいいんです」

「そう言われても。特にありません。いつも仲良く、二人で遊んでいました。詩子に殺される理由なんて、ありません」

震える声できっぱりと、父さんは言った。

詩子の事件は大きく報道された。小学生女児が小学生女児を殺害という前代未聞の事件はこぞって新聞やワイドショーで取り上げられた。加害者であるメグちゃんの名前は出なかったけれど、ネットにはすぐにメグちゃんの本名と顔写真が出回った。犯罪心理学者・大河内政子の娘だということも世間に知られてしまった。

俺と父さんの日常は壊れた。家には毎日マスコミの取材が押しかけ、気の休まる時はない。父さんは各新聞社宛てにファックスを送った。娘を失った心境を綿々と綴ったが、最後に添えた「今はそっとしておいてください」——その思いをマスコミが汲んでくれることはなかった。家の前に押し掛け、チャイムを鳴らす記者たち。俺たちはカーテンだけじゃなくて雨戸まで閉め、家に引きこもった。

ネットには、メグちゃんの情報だけじゃなくて、詩子の情報も載っていた。俺と父さんの本名や、どこから入手したのかわからないが、家族で撮った写真も出回った。桜浜という小さな街で、俺と父さんはすっかり有名人になってしまった。ちょっとコンビニに買い物に行くだけで、見知らぬ人から「頑張ってくださいね」と声をかけられる。曖昧な会釈と不器用な笑顔で返しながら、心の中では「何を頑張れっていうんだよ」と毒づく。善意から出た無責任な励ましの言葉が、俺の心を波立たせた。

政子さんが死んだのは、メグちゃんが鑑別所送致になってから二週間後のことだった。夕食の素麺(そうめん)を食べている時、電話が鳴った。電話をとった父さんは、大きく目を見開き、それからはい、はいと繰り返した。

「今の電話、鮫島さんからで。政子さんが、自殺したそうだ」

まだ信じられないといった顔で、父さんが言った。反射的に、政子さんの顔が浮かぶ。それはメグちゃんと並んでる時の母親の顔ではなく、テレビに出ている時の犯罪心理学者としての顔だった。

「自宅のクローゼットで首を吊(つ)った。第一発見者は、お手伝いの三浜さんだったそうだ。遺書もあったという」

「……そう」

「父さんは、お通夜に行く。昴はどうする?」

「俺も行くよ」

メグちゃんが起こした事件はあくまでメグちゃんがやったことで、親といえど政子さんを責める気持ちは俺にはない。そう、もう返事をしない政子さんに向かって心の中で伝えたかった。

政子さんのお通夜は、近所の葬儀場で行われた。小さなホールに、たくさんの喪服姿の人が詰めかけていた。こんなところにまで、マスコミらしき連中の姿が随所に見えることに辟易(へきえき)してしまう。いったい、どこまで人を傷つけたら気が済むのか。

政子さんは、棺の中で死に化粧を施されて永遠の眠りについていた。こうして見ると、メグちゃんはその顔の特徴をほとんど政子さんから受け継いでいたことがわかる。大きくなったら、政子さんによく似た美人に育つだろう。大きくなったら。

メグちゃんは、大きくなれる。でも、詩子は永遠に、小学五年生のままだ。

「この度は、本当にすみませんでした」

知らないおじいさんとおばあさんに頭を下げられた。俺と父さんが困惑しているのに気付き、おじいさんが言う。

「政子の親です。恵の、祖父と祖母です」

あぁ、と父さんが納得したような声を漏らした。メグちゃんの祖父母、つまり政子さんの両親は、神奈川と静岡の境目あたりに住んでいると聞いたことがある。

「孫が、許されぬことをしでかしてしまいました。これも、私たちの監督不足です。もっと娘の子育てを見守り、恵が道を踏み外さないようしっかり見守るべきだった」

「起こってしまったことは仕方ありません。頭を上げてください」

青白い顔で謝罪を繰り返す老人二人に、父さんは優しい。そうだ、この人たちは別に何も悪くない。自殺した政子さんだって、別に悪くない。メグちゃんが人殺しなんてする恐ろしい子だって、誰も気付けなかったのだ。親も、俺たちも、詩子も。

父さんの言うように起こってしまったことは今さらどうしようもないのに、熱い思いがマグマのように身体の底から突き上げてくる。

悲しみ、怒り、やるせなさ。すべてがうねりとなって、爆発しそうになる。

それが弾(はじ)ける前に、俺は踵(きびす)を返して駆けだした。

「昴!!」

父さんの制止を振り切って、俺は走った。走って、走って、葬儀場を抜け出した。

一人、あてもなく夏の夜の街を歩いた。一度、煙草(たばこ)屋の前に古びた看板があるのを見つけて、それを思いきり蹴っ飛ばした。かん、と小気味いい音がした。一回だけ蹴って、それきりにした。どこをどう歩いたのかわからないけれど、いつのまにか家に向かっていた。

政子さん、あなたはあなたなりに、娘の罪に対し責任を取ったつもりなんだろう。でもこんな責任の取り方、絶対に間違ってる。

暑さがほとんどやわらがないまま、二学期が始まった。学校ではみんなが事件のことを知っていて、口々に「大変だったな」と気遣ってくれる。そう言われる度に、自分が言った側の人間とは違う、特殊な立場にいるのだと思い知らされてしまう。ほんのちょっと前まで、俺だってどこにでもいる、ただの中学二年生だったのに。

「昴、お前さ、いい加減練習に出てこいよ」

お節介な優太が言う。カラッとした笑顔で、軽い口調で。

「そんな気分じゃないかもしれないけど、ずっと家に引きこもってたら、そのうち頭がどうにかなっちゃうだろ。身体動かしてたほうが、気が紛れるって」

「そう……かもな」

「来年の夏こそ、昴と崇のバッテリーで予選通過するんだからな」

諒一もにこやかに言った。よく連絡をとっている崇だけが、複雑な顔をしていた。

ホームルームが終わり、まだ練習が始まる前に部室に入ってみた。数週間入ってなかっただけなのに、懐かしい気さえする。ここに、俺の生活があった。青春があった。

日常があった。

事件が起こる前に、詩子が殺される前に――戻りたい。

グラブを握ろうとして、やめた。そしてそそくさと部室を出た。まるで悪いことをした人のように、人目を避けて帰路につく。

将来の夢なんて特にないけれど、目下、俺の夢は甲子園に行くことだった。中学の今から頑張って、結果を出して、高校は野球の強い高校に推薦で行けたらいいな、と思っていた。だから、勉強だってそれなりに頑張ってた。

でも、今の俺は妹を殺された可哀相な兄、という烙印を押されている。それが悪意や偏見から来るものではなく、同情だとしても、耐えられない。誰かからそういう目で見られる度、あの日見た詩子の死に顔を思い出してしまう。目を見開き、血だまりに倒れた、おぞましい死に顔。お兄ちゃん、どうして助けてくれなかったの。そんなことを、今にもしゃべりだしそうな顔。

被害者遺族になった俺には、今まで通りの日常なんて永久に戻ってこないのだ。

鬱陶しい夏の暑さが過ぎ去り、季節が秋へと少しずつ進み始める頃、メグちゃんの少年審判があった。未成年が、しかも十四歳未満の子どもが犯罪に手を染めた場合、それがたとえ殺人のような重罪であっても、大人と同じように法廷で裁かれることはない。傍聴人のいない、限られた人数での少年審判で裁かれる。

メグちゃんは、児童自立支援施設への送致が決まった。

「正直、事件がこれで解決したとは、私には思えないんです」

もう何度目になるかわからない、うちにやってきた鮫島さんが言った。この前よりもさらに、顔が疲れている。

「少年鑑別所にいる間、大河内恵に何度も事情聴取を行いました。彼女は自分のしゃべりたいことはしゃべるけれど、しゃべりたくないことや、自分にとって不利益な質問には、あからさまに顔を歪ませて、不貞腐れているような印象で……正直、とても反省しているとは思えないんです」

「そうですか……」

「動機についても、人を殺してみたかった。それ以上のことは、語ってくれませんでした。私には、彼女がそんなことで人を殺すような子どもには見えません。言わないだけで、本当の動機があったんじゃないかと。それを、変なことを言って誤魔化してるように見えたんです。なんというか、サイコパスのふりをしている、普通の子どものような」

「サイコパスのふり、ですか」

「ええ。それは、詩子ちゃんの殺害を自殺に見せかけたことにも関係しています。大河内恵はあの年頃では普通考えられない、大人顔負けの推理小説マニアでした。家宅捜索すると、彼女の部屋には推理小説がたくさんあった。最近の作家のものもありますが、アガサ・クリスティやエラリー・クイーンにまで手を伸ばすなんて、と警察内部でも驚きの声が上がっていました。そんな子だったら、あんな偽装工作がすぐ発覚することぐらい、想像がついたんじゃないでしょうか。睡眠薬だって、司法解剖ですぐ検出されますし……。でもあえて自殺に見せかけたのは、誰か他の人の犯行だと思わせるためではなく、自分はこんな恐ろしいことができるんだと、誇示しているような気がするんです」

「俺、ちょっと気分悪くなってきた。部屋で寝てる」

そう言って立ち上がると、父さんも鮫島さんも引き留めることはなかった。階段を上り、自室に入る。クローゼットの端に、以前崇と遊んだ時、崇のオヤジさんの酒瓶をくすね、二人でこっそり飲んで、そのまま持ち帰ったものが置いてある。あれ以来口をつけていなかったけど、今は大人みたいに、酒の力に頼りたかった。

日本酒の味が舌を痺(しび)れさせ、喉に落ちていく。ちびちびと飲んでいるうちに、脳が火照っていく。あの時は初めて酒を口にしたことに興奮して味なんてどうでもよかったけど、こうやってじっくり味わってみると、美味(うま)い。

それにしても、サイコパスのふりとはどういうことだ。

いちばん仲の良い友だちを、俺の妹の詩子を殺しておいて、事情聴取でも不貞腐れた表情とか。いったい何を考えているんだ。政子さんだって事件を苦にして自殺したっていうのに、自分がやったことの大きさがまるでわかっていない。

でもあいつに厳罰は処されない。未成年だから。まだ小学生だから。たったそれだけの理由で、施設に送られて、数年経てば出てくる。そして、どこか遠い場所で、何もなかったように暮らし始めるんだろう。詩子のことなんか忘れて。

ふざけんな。

父さんは、犯人が大人だったらお前も死ねと叫べるけど、子どもだったら何を言っていいのかわからないと言った。子どもを持つ親なら、自分の子どもと同い年の犯罪者は憎めないのだろう。

でも、俺は父さんとは違う。父さんが憎めないなら、俺があいつを憎む。

そしてあいつがいつか社会に戻ってきた時、俺が味わった苦痛を、返してやる。

〈みちるの話〉

大人たちは、中学生なんて今がいちばんキラキラしていて楽しい時だって無責任に思うみたいだけど、そんなのとんでもない。毎日面白いことがひとつあるとしたら、嫌なことや面倒臭いことはその十倍。キラキラ青春だなんて、ほど遠い。だからって大人になればこの辛さから解放されるなんて馬鹿みたいな期待はしていない。きっとあと六十年か七十年、この砂を噛むような毎日が続くんだろう。生きてるって、最悪。

わたしは磯野みちる、中学一年生。みちるって名前は気に入ってるけど、苗字は最低。だって、磯野って。あの日本人なら誰もが知る磯野家じゃん。そのせいで時々男子からからかわれる。救いは、わたしが女だってことだ。大人になって結婚すれば苗字が変わる。佐藤でも山本でも誰でもいいから、もっとましな苗字の人と結婚したい。

部活は美術部。美術部っていっても、かなりユルい部活。週に二回しか活動しないし、一応顧問の先生がいて水彩画とかを描いてる子もいるけど、ほとんどはマンガやアニメが好きな子。好きなキャラクターのイラストを描きながら、マンガやアニメの話をくっちゃべってる。要は、オタクグループの集まりなのだ。

オタクっていったら、スクールカーストの最底辺。キラキラ青春からはいちばん遠い存在。恋をしたり、学校行事で仕切ったり、そんな華やかな青春を送れるのは運動部に入ってるリーダー格の子たちの特権。そりゃ、オタクはオタクなりに楽しくやってるし、友だちだって結構多いけれど、恋とは無縁。なんせ男子、オタクってだけで嫌な顔するからね？

でも、オタクでも顔がいい子は別。たとえば、わたしの親友の美保子（みほこ）とか。美保子は顔が良くて性格も優しいから、男の子にモテまくってる。そしてこの子、一か月半前から卓球部の毅（つよし）と付き合ってる。毅とわたしは同じ小学校で、五年生と六年生の二年間、同じクラスだった。

「みちるー、何描いてるのー？」

部活の時間、隣の美保子がわたしが描いてる絵を覗（のぞ）き込んでくる。部室の中は先生がいないのをいいことに、好きなイラスト描き放題、おしゃべりし放題。ここはまるで、オタクの巣窟だ。

「今話題の、メグたん。史上最も可愛い殺人鬼」

ちょっと前までニュースでさんざんやってた、神奈川で起こった小学生の女の子が友だちを殺した事件。ネットではちょっとした「祭り」になってて、マスコミでは当然伏せられていた加害者の名前と写真が出回って、「メグたん事件」なんて呼ばれてる。その写真を初めて見た時、体中がざわざわと粟立（あわだ）つような感覚が走った。

こんな幼くて可愛い子が人殺し？　信じられない！　すごいじゃん、小学五年生にして、人を殺すなんて!!

わたしは、あっという間にメグたんに魅了された。毎日、メグたんのイラストばっかり描いた。恋する乙女みたいに、ひたすら意中の子の顔を描き続けた。

「あぁそれ、ネットですごい話題になってるやつだよね。わたしも見た。たしかにこの子、可愛いよね。五年生にしては少し幼いけれど。ちっちゃくてあどけなくて、美少女って感じ。ロリコンのおじさんたちが好きそう」

「今ネットでは、メグたん祭りになってるんだよ。こうやってメグたんのイラスト描いてる人、いっぱいいるんだ」

「へぇ。でも、みちるの趣味って変わってるよね。いくら可愛いからって、その子、人殺しでしょ？　そんな子の絵描くなんて、変なの」

たしかにわたしの趣味は、ちょっと変わってるかもしれない。同級生が好きな恋愛ものの少女漫画なんて、まず見ない。見るのは、ホラーや血がどばどば出ちゃうスプラッターものの漫画や映画。R指定？　そんなの気にしない。男子だって、十八禁の本とかこっそり読むでしょ。それと同じ。

「美保子ー。毅くんが呼んでるよー」

廊下側に陣取ったグループが美保子の名前をにやにやしながら呼ぶ。美保子はぱっと花が咲いたような明るい顔になって、ひらりと立ち上がる。

「ちょっと行ってくるね」

「うん、いってら」

快く送り出すわたし。内心、腸(はらわた)が煮えくり返ってくる。

一か月半前に毅から告白されて付き合いだし、未(いま)だにラブラブカップルな二人。毅なんて、部活を抜け出して美術部に遊びにきちゃうんだもん。お熱いお熱い。

美保子には美術部で仲良くなってすぐ、好きな人がいることを打ち明けた。小学校の頃から毅が好きだって。でも美保子はその毅から告白されて、受け入れた。

「正直、困ってるんだよね」

毅から告白された日、美保子は本当に困っている顔でそう告げた。わたしはといえば、ムカつくやら泣きたいやらで、今にも美保子を突き飛ばしてしまいそうだった。失恋だけでも辛いのに、その上、毅の好きな相手が美保子だなんて。そりゃ美保子は可愛いし、どんな男子もふたりが並んでたらわたしじゃなくて美保子を選ぶだろう。

美保子もそのことをよくわかっていて、わたしにこんなことを言ってくるに違いなかった。この子は、自分の美しさに自覚的なのだ。

「毅くんのことは、正直いい子だな、と思うよ。でもみちるの好きな人と、わたしが付き合うわけはいかないし」

「毅にはなんて言ったの」

「ごめん、すぐには返事できないや、って」

それを聞いて、今すぐ美保子に殴りかかりたいのを、ぐっとこらえた。

こいつ、男にコクられる度こんな返事するんだよな。わざわざ、相手に気を持たせるような言い方して、もっと自分に夢中にさせる。そんな言い方したら、今は付き合えないけど、もうちょっとしたら付き合います、って言ってるようなもんじゃん。

「いいよ、毅と付き合っても」

投げやりの笑顔で言うと、美保子はぱっと顔を輝かせた。最初から、わたしがこう言うってわかってたような反応。

「ほんと⁉」

「ほんと。でも、中学生らしい、プラトニックな付き合いにして。キスとか、そういうのはなしで」

「言われなくても、そんなことしないよー。まだ中学生だもん。早いって」

「中学生だって、やる奴(やつ)はやるじゃん。五組の高橋(たかはし)と後藤(ごとう)なんて、毎日セックスしてるらしいよ」

ここは、田舎だ。東海とも関西ともいえない微妙な位置にあるから、みんな標準語をしゃべってるつもりでも名古屋弁と関西弁のイントネーションがごっちゃになって、めちゃくちゃになる。遊ぶところといえば、小さなゲームセンターとジャスコぐらいしかない。そんな田舎だから少子化のこのご時世にもかかわらず子どもの数は比較的多いし、その分不良もカップルも多い。カップルの中には中学生にあるまじき行為をしている者も少なくない。だってしょうがない、この街、他に娯楽らしい娯楽ないもんね？　セックスって、タダでできる、いちばん楽しい行為じゃん。

「わたしは、そういうことしないよー。中学生のうちは、早いなって思ってるし」

「中学生のうちは？　じゃあ、高校生になったら、するの？」

「うーん、どうだろうー。今のところ、そういうことしてもいいや、って思える人と付き合ったこと、ないんだよね」

美保子は、夢見る夢子ちゃん。モテるのをいいことに、自分を幸せにしてくれる王子様探し、の真っただ中なのだ。どうしたら少女漫画みたいな恋ができる男の子と付き合えるのかって、恋に恋してる。

だから、付き合う相手なんてどうでもよくて、美保子からすれば「付き合う」という行為自体が大事なのだろう。だから告白された相手がわたしの好きな人でも、こうして悪気なく相談してくる。

「とにかく、毅に手出されても、きっぱり断ってよね」

「うん、それは約束する」

美保子はにっこり笑って、きゅっとわたしの両手を握った。

そんな約束があったのが、夏休み前。その後、美保子は毅とどういう付き合いをしているのか、一切あたしに報告してこない。


五時間目の英語は、自習だった。

当然、誰も静かになんてしてない。みんな、近くの席の子と顔を寄せ合って、おしゃべりに夢中。大声でふざけてる男子もいるけど、注意する子はいない。

ほんとに、中学一年生ってどうしようもなくガキだ。まだ人間になりきってない、理性の欠片(かけら)もない動物と一緒。こんな奴らと同じ種類に否(いや)が応でも分類されてしまうことに吐き気がする。

「ねぇねー、磯野さん」

前の席でくっちゃべってた、あまり話したことのない女の子が声をかけてくる。隣には、毅のことを好きだって噂の子。

「磯野さんって、美保子ちゃんと仲良いよね？」

「まぁ、一応親友だけど」

「美保子ちゃんと毅くんって、実際どこまでいってるの？」

声を潜めて訊く女子。こんなこと訊くってことは、隣の子、美保子が毅と付き合い始めてからも、毅のこと、諦められてないんだろうなぁ。

「どこまでいってるも何も、あたしもそんなこと知らない。だから、適当に答えた。

「どこまでもいってないよ。毅って、オクテだから。あいつが変に手出したりとか、できるとは思えないね」

「へぇー、そうなんだー」

その答えに満足したように、訊いた女の子と毅を好きらしいその子は離れていった。

毅とは、小学校の頃仲が良かった。毅はゲームが好きで、わたしもよく一緒に毅の家でゲームすることがあった。いわゆる、オタク仲間ってやつ。でも、中学に入ってから少しずつ距離ができていった。クラスは別々になるし、毅も中学生にもなって女の子と一緒にいると、周りからからかわれるって思ってたんだろう。

ちっとも気付かなかったな。毅が、美保子のこと好きだったなんて。

わたしは真面目に自習してるふりをして、英語のノートの下からもう一冊のノートを取り出す。そこには、いわゆるプロットというものが書いてある。小説を書く前の段階、下準備の、いわば設計図みたいなもの。登場人物の名前や年齢、容姿とか、物語の展開とかが、びっしり綴られている。一応美術部だから、登場人物のイラストも描いてみた。こうして形にしてみると、頭の中でぼやぼやしていた物語がはっきりとした輪郭を持って立ち上がってくる感じがする。

この小説の、主人公はメグたん。これは、メグたんの殺人の物語なのだ。殺されるのは、美保子。恋に恋する、馬鹿な女。わたしの好きな人を奪った、世界でいちばん憎い女。美保子は、メグたんに殺される。

わたしが現実でもっともやりたいこと、でもできないことを、小説という形でメグたんにやらせてしまおうと思った。

学校も退屈だけど、家はもっと退屈。お母さんはわたしの顔を見ると、小言しか言わない。まるで小言マシーン。今すぐぶっ壊したいのを、毎日ぐっとこらえている。

「みちる、ちゃんと勉強してるんでしょうね？　もうすぐテストでしょ」

「言われなくてもするってば！」

投げつけるように返して、自分の部屋にこもる。はぁ、というお母さんのため息が聞こえてきそうだ。このお母さんに対する負の感情は、いわゆる反抗期というやつで、一過性のものなんだろうか。そんなふうには、思えない。

メグたんが美保子を殺す話を書いたら、次はメグたんがお母さんを殺す話を書いちゃおうかな。空想の中でだけ、わたしは自由だ。

バッグを投げ捨て、すぐにパソコンを立ち上げる。これはお父さんが使っていたお古のパソコンで、中学生に上がるのと同時に自分のものにすることを許された。お母さんは中学生がパソコンなんて、変なサイトを見て変な知識を蓄えるんじゃないかと反対してたけれど、お父さんが押し切ってくれた。これからの情報化社会、パソコンの使い方を早いうちから覚えておいたほうが、みちるのためになる、って。

お母さんがこんなものを見ていると知ったら目を吊り上げて怒るに違いない、掲示板サイトを開く。たくさん立ってる、「メグたんを神と崇(あが)めるスレ」のひとつを開く。そこには、日本全国のユーザーが描いたさまざまなメグたんのイラストが神に捧(ささ)げる花のように祀(まつ)られている。そこに、わたしが描いたイラストも投稿すると、たちまち反応が来た。『何この可愛いメグたん！』『メグたん最高！』『メグたんに殺されたい』――ネットユーザーの反応を見ながら、ニヤニヤが止まらない。この人たち、本当にメグたんにナイフを突き付けられても、ひょいと首を差し出しそう。

絵を描くのは、小さい頃から好きだった。小学生の時絵画コンクールで金賞をもらったこともあるし、できれば将来、そっち系の道に進みたいって思ってる。そのことをお母さんに言うと、大反対されたけど。

「そんなことで食べていける人なんて、ほんの一握りなのよ。みちるは勉強ができるんだから、何の役にも立たない絵なんか描かないで、勉強しなさい。いい高校に入って、いい大学に入って、いい会社に入る。これがいちばん、確実な道なのよ」

お母さんの言うことって、つまらなすぎて笑っちゃう。お母さんの言う確実な道って、この退屈な日常が延々と続くだけの道じゃん。風景の変わらない田舎の一本道を、二両編成の電車でコトコト進んでいくような人生。そんなの、まっぴらだ。

だって、いい高校に入っていい大学に進んでいい会社に就職したところで、待ってるのは退屈な仕事と、ギスギスした人間関係と、意地悪なお局上司からのいじめ。そんなものでしょ？　そんな、確実なだけでつまらない人生なんて、わたしは絶対、歩みたくない。わたしは普通の、無難な、真っ当な大人、になんて、絶対ならない。いつか絶対、でっかいことをやってやる。本当はメグたんみたいに殺人事件でも起こしたら有名になってさぞ気持ちいいんだろうけど、メグたんがこれだけ話題になってる今、中学一年生の女の子が人殺しをしたって、第二のメグたんとか、模倣犯とかしか思われない。それじゃあ悔しいし、少年院になんて行きたくない。

行き場のない殺人願望は、自分のホームページで発散する。

わたしは中学生ながら、自分のホームページを持っている。内容は、自作の小説やイラストがほとんど。イラストは血がぶっしゃーと出てるスプラッター趣味全開な代物で、小説も中学生が書くような可愛らしいものじゃなくて、ホラーとか恐ろしいものを書く。かなりニッチな趣味なのに、見てくれる人はいるもので、時々掲示板に感想がつく。『中学生にしてこの画力、文章力はすごい！　将来は大物になりそうですね』——なんて。ふふふ、わたし、将来は本当に大物になれるのかなぁ？

ホームページの掲示板にレスを返した後、Ｗｏｒｄを開き、プロットノートを取り出す。今から夕食まで一時間くらい。その間に一ページは書けるかな？　今日はメグたんが美保子に思いつく限りの拷問を加えるシーンだ。冷酷な殺人鬼メグたんはあっさり殺したりなんかしない。殺す前に、脳みそすっかすかのアホ女に制裁を加える。

にやにやしながらキーボードを叩いた。今、わたしは自由だ。自分で物語を作ることとは、その世界の神になること。神になったわたしは、すべてが自由だ。

そしてあたしの神様は、メグたん。わたしにイマジネーションを与え、生きる希望を見出させてくれた女の子。殺人鬼メグたんがこの世に生まれてきてくれたお陰で、わたしはつまらない日常でも、なんとか踏ん張って生きていける。

灰色の日常が積み重なっていて、秋が少しずつ深まり、中間テストがあって、まもなく返ってきた。自慢じゃないけど、成績はトップクラス。ホームページの更新と小説の執筆ばっかりやってても、成績は維持できる。国語なんて、百点満点中九十五点だもんね。クラスメイトは、そんなわたしの成績を羨ましがる。

「みちるって、頭いいよね？　何か勉強できるこつとかあるの？」

「うーん、そんなのないと思うけど……」

「じゃあ、適当にやってこの点とれるってこと？　天才じゃん！」

天才なんて大袈裟だけれど、そう言われて気分は悪くない。ま、中学一年生のテストでこれぐらいの点が取れないほうが、わたしからすれば馬鹿だと思うけど。

「ていうか美保子、今日も学校来てないよねー」

わたしの机に集まるクラスメイトの一人が、誰も座ってない美保子の席を見て言う。美保子は中間テストが終わった翌日から、もう一週間も学校に来ていない。わたしも一応親友のよしみとしてメールしたり電話したりするけど、一向に出ない。まさかこのまま不登校にでもなるつもりなんだろうか？　まぁ、それならそれで別にいいんだけど。不登校になったら毅とも自然消滅だろうし、わたしからしたら万々歳。

「風邪引いたのかな？」

「にしては、長過ぎとちゃう？」

「なんにも話、聞かないよねー。今日なんてテストが返ってくる日だから、学校出てきてもいいはずなのに」

口々に美保子の心配をする女の子たち。美保子も馬鹿だけど、この子たちも馬鹿だ。美保子の外面の良さに騙されて、美保子がいい子だと勘違いしちゃってる。

「みちる、親友なんでしょ？　今日あたり、家行ってあげたら？」

「ええ。電話に出ないしメールも返ってこないんだよ？　迷惑がられるかも」

「そんなことないって。親友が心配して家まで来てくれたら、誰だって喜ぶよ」

親友、ね。便利な言葉だ。この年頃の子どもたちは親友、という言葉をあまりにも気軽に使う。たしかに彼氏なんてあやふやな存在より、楽しい時も辛い時も一緒にいてくれる大事な親友は、得難くて大切なものなのかもしれない。

でもわたしはその親友を、殺したいほど大嫌いだ。学校休んでる間に死んでくれても、別になんとも思わないだろう。

とはいえ、興味があった。なんで美保子が一週間も、こんな不登校まがいのことをしているのか。本当に病気なのか、それとも学校に来たくない理由があるのか。

「そうだね。今日の放課後、美保子の家、行ってみる」

そう言うと、クラスメイトたちはそうしなよ、と口々に言った。

美術部の活動が終わると、すっかり短くなった秋の日はとっぷり暮れ、あたりは薄暗かった。携帯で、お母さんに美保子がずっと休んでいるから様子を見てから帰るとメールする。無断で遅くなると、また小言が滝のように降ってくるから。身近な人を、疑われることなく消す方法ってないのかな？　たとえば階段の途中に石鹸（せっけん）を置いとくとか。すっ転んで頭を打って、そのままお陀仏（だぶつ）。なんて、都合良すぎ？

「おい」

　校門の前で、不意に声をかけられた。聞き覚えのない声だった。振り向くと、毅が立っている。聞き覚えのない声だと思ったのは、絶賛声変わり中だからだろう。毅がこんなふうに親しげにわたしに話しかけてくるなんて、久しぶりのことだ。中学に上がってからクラスは違ってしまったし、廊下ですれ違っても挨拶すらしない。嫌でも、心臓がドキドキと甘く反応する。

「お前、どうだった？　テスト」

「学年で五位」

「すげぇじゃん。いいよなお前、勉強できて。俺、マジでヤバいよ。今夜答案見せたら、親に怒られそう。今度、勉強教えてくれよ。このままじゃ塾行かされる」

「行けばいいじゃん、塾。あんた頭悪いから、教えるのめんどくさい」

　好きなのに、こんなそっけない言葉しか出てこない。我ながら、ツンデレだなと思う。素直になれていたら、どこかで変わっていたんだろうか。

「ちぇっ、ケチだな。美保子は優しかったのに。手とり足とり」

「手とり足とりってなによ。てかあんた、美保子とテスト勉強してたの？」

二人のことなのに、わたしが口を挟む権利なんてないはずなのに、責めるような口調になってしまう。胸がざわざわとする。

「してたよ。付き合ってるしな」

「ふーん。どこで勉強してたの？」

「俺ん家」

「は⁉　家に連れ込んだの⁉」

「連れ込んだって、そういう言い方やめろよ。ファミレスとかだったら金かかるだろ。家なら飲み物もお菓子もタダだし」

「そりゃそうだけど。あんた、美保子に変なことしてないでしょうね？」

「してねーよ」

わたしの目を見ないで言う毅。嘘をついてる、と勘でわかる。ダテに小学校の頃から仲良いわけじゃない。ぼんやり、一緒にゲームしてたわけじゃない。したんだ。毅と美保子、中学生にあるまじき行為をしてたんだ。

胸のざわざわが、真っ黒い嵐に変わる。

「ほんとに？　ほんとに何にもしてない？　美保子、テスト終わってからずっと学校に来てないの。あんたも知ってるでしょ？　まさかあんたが美保子に変なことして、それで美保子があんたのこと怖くなって学校来れなくなったんじゃ……」

毅は大きなため息を吐いて、吐き捨てた。

「うぜぇ」

「は⁉　うぜぇって何よ！　自分の彼女のことでしょ？　大切なことじゃん！」

「わかったよ。お前ら仲良いし、どうせすぐバレるから、話すよ」

毅は気まずそうに頭をぽりぽり掻きながら、わたしのほうを見ないで言う。

「テストの最終日、俺ん家で今まで頑張ったご褒美にって、一緒に映画観たんだ。タイタニック。女子は好きだと思って、ああいう恋愛もの。美保子、結構ノリノリで観てて、そしたら肩とか触れて、寄り添う感じになって……いいムードじゃん、って思って、キスしたんだ」

その光景が嫌でも頭の中で鮮明にイメージできてしまって、胸の中の嵐が身体全体をごうごう駆け巡る。こうなることを、ずっと恐れていた。まだ、中学生同士の可愛らしい付き合いなら我慢できた。でも、毅と美保子がそんなふうになるなんて、耐えられない。呆然としているわたしをよそに、毅は続ける。

「で、ちょっと胸、触った。そしたら、美保子……泣いちゃって」

「はぁ⁉」

「はぁ、じゃねぇよ。どうしたらそうなるのか、俺が訊きたいよ。なんか、こんなことするために毅くんと付き合ったんじゃないのに……とかなんとか、言ってた。その後は部屋の隅っこで、映画終わるまで、ずっと泣いてた。その後はメールも電話も、一切ない。ちゃんと謝ったんだぞ、俺」

美保子の馬鹿さに怒りが湧いてくる。どこまで馬鹿なんだ、あの子。思春期の男子の部屋に毎日行って、二人きりで、それで何もないなんて、そんなことありえないのに。美保子は少女漫画に出てくるみたいな性欲とは無縁の格好いい男の子が、現実にも存在しているって本気で思ってるのだ。要は、大馬鹿だ。

「なぁお前、これから美保子ん家行くんだろ？」

毅が縋るような目で、わたしを見ていた。

「……なんでわかるの」

「だっていつもお前、裏門から帰るじゃん。そっちからのほうがお前ん家、近いもんな。こっち方面に行くってことは、美保子ん家行くんだろうなと思って」

「それが、あんたになんの関係があるの？」

「頼む」

毅がわたしを仏様と崇めるように手を合わせた。

「美保子に、俺がすっごい反省してるって伝えてくれ。こんな別れ方やだ、このままお別れなんてやだ、これからも美保子と付き合っていきたいって。俺が連絡しても、駄目だからさ。親友のお前の言うことなら、聞くだろうし」

「……ばっかじゃないの？」

怒りのあまり、声が震える。これじゃあわたし、まるでピエロだ。親友に好きな人を奪われて、その二人の橋渡し役まで頼まれるなんて。小説の世界の神であるわたしは好きなように物語を操作できるけど、現実では神様でもなんでもなく、まるで無力。

現実世界の神様は、ことごとく残酷だ。

「自分のやったことでしょ！　自分でケリつけなさいよ！　美保子がどんな思いで泣いたか、わかってんの⁉　もっとちゃんと、美保子の気持ちになって考えて‼」

そう言って、その場から駆け出した。毅は追ってこなかった。走り続けて、はぁはぁ息が切れてきたところで、ようやく涙が浮かんでくる。

美保子も馬鹿だ。毅も馬鹿だ。でもいちばん馬鹿なのは、そんな美保子の親友をやっていて、あんな毅を今でも好きなわたしだ。

美保子の家につくと、泣いていたことをばれないようにハンカチで涙を拭う。チャイムを押すと美保子のお母さんが出て来た。美保子がそのまま大人になって歳を取ったような、若々しくて可愛らしいお母さんだ。うちのお母さんとは全然違うタイプの大人だけど、こういう大人は娘に大事なことを教えていないのだろう。だから娘が、救いようのない馬鹿に育つ。

「ご飯、ちゃんと食べてる?」

美保子の部屋に二人きりになって、開口一番、わたしは言った。たった一週間顔を見てないだけなのに、美保子はげっそりとやつれていた。そんなにやつれるくらいファーストキスを毅に奪われ、胸を揉まれたことが嫌なら、最初から付き合わなければいいのに。つくづく馬鹿。

「なんか……食べる気、しなくて」

「駄目だよ、ちゃんと食べないと。このままじゃ美保子、病気になっちゃう」

「でも……食べられないの。食べようとすると、身体が拒否するの」

「……事情、聞いたよ。毅から」

毅の名前を出した途端、美保子の肩がびくりと反応するのがわかった。続いて、睫毛の長い二重の目からぽろぽろ涙が溢れ出す。

「ごめんね……プラトニックな付き合いするって、みちるに言ったのに。約束、破っちゃった」

「いいんだよ、そんな約束。てか、これからどうするつもりなの? 毅は、反省してるって。美保子と別れたくない、これからも付き合っていきたいって。美保子は?」

「どうしよう、みちる。わたし、毅くんが怖い。あんなことされて、どんな顔して毅くんに会ったらいいのかわからない。学校行ったら毅くんに会っちゃうのかって思うと、学校にも行けない。みちる……どうしよう」

涙ながらに言う美保子の言葉は、ちっともわたしの心に響かない。

どうしようも何も、自分が悪いんじゃないか。年頃の男の子相手に、警戒しなかったのが悪いんじゃないか。もっと言うなら、キスされて胸を触られたくらいで泣くなら、そもそも付き合うべきじゃなかった。どうして被害者ぶる？

「ねぇみちる、みちるから言ってくれない？　毅くんに、わたしが別れたいって言ってる、って。わたし、毅くんの顔を見るのが怖い。自分じゃ、とても言えない」

「……ばっかじゃないの？」

毅に言ったのと、同じ言葉が喉から飛び出す。美保子はそこでわたしが怒っているのにようやく気付いたのか、びっくりした顔で怒りに震えるわたしを見ている。

「美保子と毅の問題でしょ？　そこにわたしを巻き込まないで。ていうか、恋愛の後始末を人に任せる人間なんて、誰とも付き合う資格ない！　自分がどれだけ馬鹿か、冷静になって考えたら⁉」

それだけ言って、美保子の部屋を飛び出した。美保子のお母さんに挨拶もせず、逃げるように玄関を出て、全力ダッシュで家に向かう。

死ねばいい。あんな馬鹿女、死ねばいい。人の大切なものを奪っておいて、それなのに毅に向き合おうともしないで逃げてばっか。死ね。死ね。死ね死ね死ね死ね。

家につくと、キッチンからひょっこり顔を出しお母さんが出迎えた。

「あんた、連絡さえすればどれだけ遅くなってもいいって思ってるんじゃないでしょうね？　中学生が暗くなっても出歩いてると、変な人がうようよ寄ってくるのよ」

「知るか‼」

投げつけるように言って睨むと、お母さんは一瞬びっくりした後、目を吊り上げた。

「何よその言い方！　親に対してそんな態度取っていいと思ってるの⁉」

「うるさい！　産んだくらいで、育てたくらいで、そんなのどの親もやってる当たり前のことでしょ⁉　それくらいで、偉ぶるな！　わたしに指図すんな‼」

普段ため込んでた怒りをここぞとばかりにぶつけると、あたしは階段を駆け上って自分の部屋に飛び込んだ。

この怒りが本当に爆発してしまう前に、わたしの聖域に戻らなくては。あたしが、神になれる場所に。

パソコンを立ち上げる。自分のホームページを開く。掲示板に、たくさん書き込みがあった。昨日は小説の更新をしてないのに、どうして？　そう思いながらひとつひとつの書き込みを確認していって、わたしの顔からさっと血の気が引いていく。

『第二のメグたんがやってるホームページってここ？　とりあえずイラスト見たけど

キモい絵ばっか。この子の精神構造を疑う』『中学生があんな小説書くなんて怖い。この子の親、自分の娘がパソコンいじって何してるか知ってんのかな？　今すぐパソコン取り上げたほうがいい』『小説読んだけどマジ気分が悪くなった。こういう子がああいう事件を起こすんだろうね。この子もメグたんと同じくらい壊れてる』――全部、わたしとわたしの作品を中傷するコメントだった。どうして、こんな急に？はっとして巨大掲示板サイトを開く。予想通り、『危険人物！　女子中学生がやってるホームページ。第二のメグたん出現か？』とスレッドが立っていた。

わたしがメグたんと同じくらい壊れてる――そうかもしれない。たしかにわたしには殺人願望があるから。美保子を殺したいって、本気で思ってるから。でもそれの何が悪いの？　みんな口に出さないだけで、殺したい人間の一人や二人、いるもんじゃないの？　それを小説で表現したからって、壊れてるだなんて言われたくない。

かああああっ、と稲妻のようなエネルギーが身体の中心を駆け抜けて、弾けた。

「お前らに何がわかるんだよ!!」

ディスプレイを持ち上げ、床に投げつけた。割れたのか、ものすごい音がした。

物音に驚いた親が階段を駆け上がってくる。

第二章　二〇〇七年

〈恵の話〉

ここにいる子たちの三分の二くらいが、二桁の引き算ができない。

児童自立支援施設は、なかなか難しい場所だ。ちょっとしたことで癇癪を起こす子、暴力を振るう子、強い言葉で詰る子。そんな子たちを管理するための規則が、たくさんある。たとえば、鏡の前で髪の毛をいじっちゃだめだとか、トイレの鍵をかけちゃいけないとか。事実、大人たちにとって、この中にいる子たちは管理の対象なのだろう。

普通の学校に行っていれば中学二年生になった私は、勉強がよくできた。先生は私の頭の良さに気付き、一人だけ高度な問題を解かせた。私は頭が良いのに、普通の学校に行ってたら優等生のはずだったのに、どうしてこんな子たちと同じところに閉じ込められているのだろう。

「今日も、何も書かないのね」

月に一度行われる堤下先生との面談の日、先生は今にもため息が出そうな声で言った。堤下先生は精神科医だ。ここにいる大人の中では珍しく、物腰が柔らかくてふんわりとしたオーラを纏っている。

「書くことがないので、書けません」

心を開かなきゃいけない相手に心を開くまいと決めている私は、白紙を目の前にしてそっけなく言う。

堤下先生は被害者遺族への手紙を書くように言った。つまり詩子のお父さんと、昴さんに宛てた手紙。面談の度に書くように促されるけど、未だ一文字も書いていない。警察の取り調べで嫌な質問に黙秘したように、私はここでも物を言わない貝になる。

「書かないの？　それとも書けないの？」

「書かないんでも、書けないんでもありません。書くことがないんです」

「書くことがない、いつも恵さんはそう言うわね。でも、それってどういうことなのかな？　事件のことは、どう思っているの？」

私を絶対に更生させようと、そういう意志が声にこもってるのに苛立つ。更生も何も、私は何もおかしくない。ここにいる他の動物たちと、同じにしてほしくない。

「反省しています」

「それは、詩子さんを殺した罪の意識から？　それとも、自分のやったことを苦にしてお母さんが自ら命を絶ってしまって、自分はここで暮らすようになって。こんなふうになったから、あんなことをすべきじゃなかった、ということ？」

「両方です」

自分でも声に感情がこもってないのがわかる。実際、私に罪の意識はない。詩子を殺して殺人鬼になれたんだから、望みが叶（かな）ったのだ。小学五年生の殺人鬼、伝説の少女。他の子たちにはできない、一緒に暮らしてる動物たちにはできない、すごいことを成し遂げた。まったく後悔してない。

「じゃあ、質問を変えるね。詩子さんのことは、どう思っていたの？」

「友だちでした。いちばんの仲良し、親友といってもいいと思います」

「なのに、殺したいと思った？」

「はい」

「人を殺してみたいと思ったから？」

「はい」

「どうしてもわからないのよね。人を殺してみたいのなら、何も詩子さんじゃなくてもよかったはずでしょう？　どうして、詩子さんじゃなきゃいけなかったの？」

「殺しやすいのが、詩子だったからです」

「……そう。ごめんね、毎回同じ質問しちゃって」

「構いません」

「詩子さんのご家族に対しては、どう思ってる？　大事な家族を突然失って、しかも犯人が誰よりも疑いたくない人だった。本当にショックを受けているのよ」

「それは、申し訳ないと思ってます」

そう答えるしかない。そう答えないと、いつまで経ってもここから出られないから。

堤下先生は、ゆっくり大きな瞬き（まばた）をしてから言った。

「いつも、恵さんはそう言うわね。でも、本当にそう思ってる？」

「どういう意味ですか」

堤下先生が少し身を乗り出す。

「恵さん、本当のことを、本当の気持ちを、ここでは吐き出していいのよ。私は、恵さんがここにいる他の子と同じだとは思ってない。ちゃんとした家庭に育って、学校でも真面目に過ごしてきて、誰もがこんな大きな事件を起こす子だとは思わなかった。そんな恵さんが恐ろしいことをしたのは、何かちゃんとした理由があるはずだと思うの。私のことを信頼して、なんでも話してくれていいのよ」

「話すことなんてありません。人を殺してみたかった。本当にそれだけだから」

堤下先生の顔に、失望の色が滲む。そう、と悲しそうな声が返ってきた。

児童自立支援施設での生活は、規則でがんじがらめになった終わりのない修学旅行みたいだ。同じ寮の子たちは夕食の後の自由時間になると、ぺちゃくちゃおしゃべりする。動物は動物なりに群れるのだ。私はその輪の中に入っていくことができない。

「うちの親さ、うちがコップの水ひっくり返したとか、そんなちょっとしたことで煙草の火腕に押し付けてくんの。二歳とか三歳とか、そんくらいの頃からずっとだよ？ほら、このへんの全部、そん時の傷」

「うちの親なんて、逆さまにしてお風呂の中に頭突っ込んできたよ。マジ、何度死にかけたかわかんない」

「あたしは服脱がされて、ベランダに出された。真冬の、雪降ってる日とかにもね。凍え死んじゃうかと思ったよ」

ここにいる動物たちは、虐待された経験のある子が少なくない。親に愛情を注がれるどころか、ひどい扱いをされた。そのことが心を歪ませ、非行に走らせたんだろう。虐待なんて私とは遠い世界のことだと思ってたけど、この世界には実際にそんなひどい目に遭った子たちがたくさんいる。

「ほんと、誰かさんなんて甘えてるよねー」

私を敵視している動物の一人が、こちらを窺いながら、わざとらしい大声で言う。

「有名人の親がいるお金持ちのお嬢さまで、お手伝いさんまでいてさ。何不自由ない家でぬくぬく育ったのに、友だち殺しちゃうなんてさ。マジ、性根腐ってるよね。しかも親まで自殺しちゃうんだもん。二人殺したようなもんじゃんね」

「ちょっと、やめてよー。そんな大声で言ったら、聞こえちゃうじゃんー」

「そうだよー。恨まれて、うちらまで殺されたらシャレになんない」

くすくす笑いながら言う動物たち。じっと膝を抱えて、聞こえてないふりをする。

事あるごとにお嬢さまだって佳織たちにいじめられてたあの頃は、詩子が庇ってくれた。でもここに、詩子はいない。この世界のどこにも、詩子はいない。私が殺したからなんだけど、こういう時改めて、自分は一人ぼっちになってしまったんだと思う。

あの頃に戻りたい、とは思わない。きっとあの頃に戻っても、私はまた詩子を殺すだろうから。でも、もしも詩子が死んでいなかったら。そう思うことは、時々ある。


秋も深まり、朝晩の冷え込みが次第に厳しくなる頃、同室の子が一人、寮を出た。

児童自立支援施設に入れられる期間は、普通はそんなに長くはない。

夕食の時、ちょっとした送別会のようなものが開かれた。みんなで思い出話に花を咲かせ、寄せ書きの色紙を渡す。私も書くように命じられたその色紙には、『いつまでも元気でいてね』とだけ書いた。もう何枚も書かされたお別れの色紙には、いつも同じことを書いた。こんなこと私が言うまでもなく、みんな元気に社会に戻っていくのだろう。そこで真っ当に生きていけるかは別として、十代の貴重な時期をこんなところで過ごした過去なんて忘れて、動物のくせにいっぱしの人間みたいな顔をして。

私はここを出ても、堂々と生きていくことはできない。いくら少年法で保護されてるからって、今はネット社会。その上お母さんは有名人だった。私の顔も名前も知れ渡ってしまったことは、想像がつく。

「私、ここを出たらどうなるんですか？」

面談の時、堤下先生に訊いた。面談時、私のほうから言葉を発するのは珍しいことだった。渡された「被害者遺族への手紙」を書くための便箋は、今日も白紙のままだ。

「そもそも、出られる時なんて来るんですか？　私がやったことって、他の子とは違いますよね？　殺人鬼なんて、一生施設の中に閉じ込められるんじゃないですか？」

「そういえば、まだ大事なことを話してなかったわね」

堤下先生は口元をにっこりと緩めた。私が未来のことを考え始めたのは、担当する精神科医としても喜ばしいことなのだろう。

「恵さんがここを出られるのは、再来年の春。中学を卒業するのと同時です。恵さんのお祖父さんとお祖母さんは恵さんを引き取ることを拒否していらっしゃるから、更生保護施設で暮らすことになります」

「そりゃ、殺人鬼の孫だなんて、一緒に暮らしたくないですよね」

「そうかもしれないわね。でも、恵さんは、ここを出ると苗字が変わります」

「そんなことできるんですか」

「できるの。犯罪者を支援する団体があって、そこの養子になる形で、苗字を変えることができる。名前も、読み方だけだったら簡単に変えられるわ。メグムって珍しい名前だから、メグミにしちゃったほうが、ずっと生きやすいと思うのよ」

「私、この名前、結構気に入ってるんですけど」

「気持ちはわかるわ。でも、恵さんの将来を考えたら、メグミにしちゃうのはどうかしら」

将来、と口に出された言葉は、妙なトーンを持って耳に届く。ずっと塀の中での生活で、決められたスケジュールに沿った同じ毎日で、こんな日々が延々と続いていくのかと思ってたけど、私は詩子を殺した小学五年生、十一歳だったあの時から三年分成長した。まだ十四歳で、人生のスタートを切ったばかりなのだ。

「名前は変わるし、中学は元から進学するはずだった中学を卒業することになるわ。恵施設内の中学を卒業したって、履歴書に書かなきゃいけないのは、まずいでしょ。

さんは過去に何をしたか人に知られず、生きていくことができるのよ」

「本当に、誰にも知られないんですか」

「いくら世間を騒がせた大きな事件だからって、他人はずっと覚えていないわ。まして や名前も変わるし、ここにいたことだって誰にもわからないんだから、恵さんが言わない限り、恵さんの過去が暴かれることはないわよ」

堤下先生は、笑顔で言った。社会って、意外と犯罪者に対して甘いのかもしれない。

「高校は、全日制はちょっと難しいかな。通信制か定時制の高校にだったら入れると思う。恵さんが希望すれば、その後大学にも進める。恵さんのお母さん、あなたにたくさんのお金を残してくれたからね。そのお金を、進学費用にあてればいいわ」

「高校とか大学とか、まだなんか想像つかないんですけど。でも私、完全に別の人間として生きていくことができるってわけなんですね」

「そうよ。恵さん、あなたは自分のしたことを忘れちゃいけない。人を殺めて、その周りの人を苦しめて、そんな大きな罪は何をしたって消えない。でも、一度悪いことをしたからって普通に生きる権利を奪われたわけじゃないの。その権利を大切にして、前向きに将来のことを一緒に考えましょう」

はい、と私は小さく頷いた。堤下先生は口元を緩め、満足そうな笑みを見せた。

年の瀬が迫った夜、夕食後の自由時間に先生に呼び出された。隣には寮母さん。二人とも表情が固い。何かあったのだな、と感じて心臓がぎゅっと縮こまる。

「恵の家に、お手伝いとして通っていた三浜さんがいたな？」

「はい。三浜さんに何かあったんですか？」

「三浜さんが亡くなったと、連絡があった。心筋梗塞だそうだ」

瞼の裏に、顔をくしゃっとさせて笑う三浜さんの姿が浮かぶ。

いつも、おいしいご飯を作ってくれた三浜さん。私が家事を手伝うのを、孫を見るような愛おしむ目で見てくれた三浜さん。三浜さんはただのお手伝いさんじゃなかった。私にとっては家族みたいなもので、お祖母ちゃんみたいなものだった。本当のお祖母ちゃんより、心の距離が近かった。この施設に入ってからも、何度も手紙をくれた。

「三浜さんは恵のお祖父さんたちが引き取り手になることを拒否したと知って、自分が恵を引き取りたいと申し出た。ご家族の反対で、その話はなくなったんだがな」

返す言葉が見つからなかった。私が三浜さんを慕うのと同じように、三浜さんは私を思いやってくれていた。あんなに優しかった、陽だまりみたいな存在が、この世からいなくなってしまった。その大きな事実が、暗い雲になって心をすっぽりと覆う。

「恵、大丈夫か？」

気が付くと、私は泣いていた。泣いたのは、いったい何年ぶりだろう。警察署でも、お母さんが死んだ時も、私は泣かなかった。意思とは無関係に、小刻みに肩が震える。熱いものがあとからあとから、頬を伝って流れていく。

寮母さんがそっと、私の肩に手を置いた。私はいっそう強く泣き続けた。いつのまにか、自分でも驚くほど激しい嗚咽が漏れていた。


「三浜さんのこと、残念だったわね」

年が明けて最初の面談で、堤下先生が言った。あの日から、身体の真ん中にぽっかりと穴が空いてしまったような、空虚な日々を過ごしていた。私が心の拠り所にしていた人は、もういない。私は、本当に一人ぼっちになってしまった。

「はい。今も胸が苦しいです」

「お母さんの時は、別にショックじゃなかった、と言っていたわね。でも、三浜さんのことで、恵さんがこんなに辛い思いをしているのはどうしてかな？」

「三浜さんは私といちばん近い人でした。お手伝いさん、の範疇を超えて、本当のお祖母ちゃんみたいに思ってた。お母さんとは違います。あの人とは血が繋がってるだけで、赤の他人みたいなものでした」

「恵さんとお母さんとの関係は、良くなかったのよね」

良くない、と言われればそうなのかもしれない。仕事一筋で、一日のうちのちょっとしか顔を合わさないお母さんは、私に文句しか言わなかった。私立の中学に行きなさいとしつこく言われるのも、嫌で仕方なかった。

「恵さんは、お母さんを困らせてやりたいと思ったのかな？　人殺し、という方法で」

「それは、よくわかりません」

たしかにあの時私は、お母さんに「見て」ほしいと思った。ロボットみたいに操作するんじゃなくて、ちゃんと向き合ってほしいと思ってた。

でもそこまで、堤下先生に話せない。私はやっぱり、堤下先生に心を開きたくない。私の問題を、預けたくない。私が抱えている闇は、私だけのものだ。

「そろそろ時間ね。今日はここまでにしましょう。恵さんの心に触れられてよかった」

堤下先生が穏やかに言った。私は挨拶を言って立ち上がる。部屋の外には、私を管理する施設の職員が待っている。

冬が過ぎれば、ここに入って四度目の春だ。その次の春には、私はここを出て行く。

本当の私を誰も知らない、広い世界へと。

〈昴の話〉

進路希望調査票が配られる間、教室のあちこちからため息混じりの声が聞こえてくる。高校受験なんて昨日のことのようなのに、今度は大学受験。今は高二の秋だ。

「うちさー、金ねぇから大学は国立じゃないと行かせられないって言われたよ。かつ、浪人もするなって。そんなの無理ゲーじゃね？」

「うちは親が早稲田卒だからさ、早稲田目指して勉強しろってしつこく言われるよ。マジ、やんなるわー」

後ろの席からそんな声が聞こえてくる。俺は窓から差し込んでくる秋の午後の日差しに透かすようにして、白い紙を仰ぐように見つめた。

第一希望から、第三希望まである。ほとんどの生徒が、ここに行きたい大学名を書き込む。この高校は、まぁまぁのレベルの進学校だ。よほど成績が悪くない限り、大学を目指す者が多い。

中学三年生になる直前、春休みに俺と父さんは横浜に引っ越した。元の家はそのまま、いつでもまた戻ってこれるようにしてある。周りの人たちから事件の記憶が薄くなるまでのしばらくの間、遠い、誰も俺たちのことを知らない土地で暮らそうという父さんの判断だった。俺は反対しなかった。父さんがそうしたいのなら、そうすればいいと思った。

あの事件から、あっという間に三年以上の月日が流れてしまった。


放課後、バイト先へと向かいながら、グラウンドで練習する野球部の姿を傍目で見る。うちの野球部は、あまり強くない。練習を見ていても、下手くそだ。フォームが悪いし、投げる球にもキレがない。ずっと見ていると中学時代、野球部での楽しかった思い出が沸々と心に浮かんできそうで、そっと目を逸らす。

あの後、いくら崇や優太や諒一に誘われても、俺は野球部に顔を出さなかった。一度も、グラブを握らなかった。もしもあの事件がなければ、詩子が恵に殺されていなければ、俺はきっと野球に打ち込み、野球の強い高校に進んで、今頃は甲子園を目指して日々練習に励み、充実した日々を送っていただろう。

恵は詩子だけじゃなくて、俺の夢も、夢に向かって進む気力も奪ってしまった。

俺のことを何も知らない人たちに囲まれている毎日は、心地(ここち)よいけれど幸せを感じる瞬間はない。今さら趣味やらスポーツやらに打ち込む活力はないし、進路希望調査票を渡されても、これから自分がどうしたいのか、将来何になりたいのか、そのためにどんな勉強をしたいのか、何も考えられない。詩子がいてくれたら、お兄ちゃん、しっかりしなよと怒ってくれるのに。

詩子のいない人生はこれからもずっと続いていく。俺が死ぬまで。それはまるで拷問で、終身刑のようなものだ。なんで加害者でなく、被害者遺族である俺が、そんな目に遭わなきゃいけないのか。

余計なことを考えていると頭がどうにかなりそうなので、俺は一年前から、コンビニのバイトを始めた。レジを打ったり、おにぎりを並べたり、そんな楽しいとはいえない作業でも、とりあえず手を動かしているうちは心を空っぽにできる。

あと二十分で上がりの時刻になった頃、陽菜（はるな）がやってきた。レジの中にいる俺を見て、にこっと片手を上げる。笑うと右頰にできる笑窪が、めちゃくちゃ可愛い。

陽菜とは一年生の時に同じクラスで、文化祭の日に告白され、一年付き合っている。

「もう、バイト先に来るなって言っただろ」

「そんなケチくさいこと言わないでよ。彼女に会えて嬉しくないの？」

「学校でいつでも会えるだろ」

「お客さんにそんな素っ気ない態度取っていいの？」

「何も買わないなら帰れよ。営業妨害だ」

「買うよ。肉まん一個、ちょうだい」

肉まんをひとつ取って紙包みに入れ、千円札を受け取る。お釣りを渡す時、陽菜がにへっとして言った。

「昴、もう少しでバイト、終わりでしょ？」

「あぁ。あと二十分くらい」

「雑誌コーナーで立ち読みしながら待っててていい？」

「いいよ。もう暗いから、家まで送ってやる」

陽菜が嬉しそうに目を細めた。陽菜は身長が百五十二センチしかなくて、小動物みたいだ。一緒にいると表情がくるくる変わって、そんな陽菜の傍にいると心が安らぐ。陽菜といる時だけ、俺は重い過去なんて背負ってない、普通の高校生でいられる。

バイトが終わり、陽菜と肩を並べて帰る。十月も終わりかけて、夜はもう結構肌寒い。時折、木枯らしといっても差支えのないほど冷たく鋭い風が吹く。

「昴は進路決めた？」

「まだ。俺、特にやりたいこととかないし」

「でも、大学には行くんでしょ？」

「たぶん、な。陽菜も行くだろ？」

「あたしは、動物系の専門学校に進もうと思ってるの」

陽菜の声に、輝きが宿っている。この子は、事件を苦にして下を向いて生きている俺とは違う。明るい未来を自分の手で摑むと信じて、胸を張ってまっすぐ生きている。

「トリマーとか、犬のトレーナーとか、動物のことひととおり勉強できる専門学校に行くの。で、動物と関わる仕事に就きたい。ここ一年ぐらい、ずっとそう思ってたんだ」

「そ、か……」

陽菜といるのは楽しい。明るい性格でクラスでも人気者の陽菜と一緒にいる時間はキラキラしていて、陽菜が俺のことを好きな以上に、俺は陽菜に夢中になっている。

その一方で、何いっちょまえに恋なんかしてるんだよ、ともう一人の俺が囁く。詩子は、まだ小学五年生だった。恋の悦びを知らずに死んだ。詩子が手にすることのできなかった幸せを手に入れて、事件を忘れてへらへらと生きていくつもりか？　そんなことが許されると思ってるのか？　もう一人の俺は、容赦なく俺を責める。

「陽菜ん家の犬、可愛いもんな」

「犬、って言わないでよ。家族同然なのに、他人にそんなふうに言われると腹立つんだから。ベスって言って」

陽菜の家には、ラブラドールレトリバーのベスがいる。賢い、人懐こい犬だ。俺によく懐いていて、最初に会った時は嫌と言うほど顔をぺろぺろ舐められた。

「今度また、うち来てよ。ベスに会いに来て」

「あぁ、行くよ」

　人通りのない住宅街に、二人の靴音が響く。少しずれたリズムで重なる音に耳を澄まし、俺は本当に陽菜の傍にいていいのかと自問自答したくなる。

　こんなことを陽菜の隣で考えているのが悲しくて、陽菜の手を不意打ちで握る。陽菜は一瞬戸惑ったように手をこわばらせた後、そろそろと握り返してくる。


　家に帰ると、父さんが作った夕食に手を付ける。肉じゃがと味噌汁、わかめの酢の物。芋の塊を咀嚼していると、テーブルの反対側に父さんがおもむろに腰掛け、言う。

「昴、お前進路はどうするつもりだ」

「考え中」

「お金のことなら、心配するなよ。私大だって大丈夫だし、昴さえ希望すれば大学院だって行ける。昴は将来、何になりたいんだ？」

「別に、なりたいものなんてないよ。大学なんて所詮は就職予備校だろ？　適当に勉強して、普通の会社員になる」

「お前は、ずっとそうだな。あの事件があってから、なんでもかんでも投げやりだ。

部活だって辞めちゃうし、今だって暇つぶしみたいにバイトばっかりして」

「投げやりになるなってほうが難しいよ」

学校にいる時も、バイトをしている時も、家でくつろいでいる時も、あれから三年も経った今でさえあの日のことをさっき見たばかりの夢のようにまざまざと思い出すことがある。詩子の安らかとは遠い死に顔。鼻の奥に今もこびりついて離れない血の臭い。その後の、被害者遺族としてマスコミに追い回され屈辱を味わった日々。

「なぁ、昴。そりゃ父さんだって、詩子のことを思い出して、眠れなくなる夜はあるよ。でも、いつまでもこのままじゃ駄目だと思うんだ。事件によって残された俺たちが苦しみ続けるっていうのは、事件に負けるってことだろう？　それは、とても悔しくないか？　お前がいつまでも投げやりに生きてたら、天国の詩子だって喜ばない」

「そんなの、理屈じゃわかってるよ」

まさに投げやりみたいな言い方になってしまった。父さんはしばらく、眉の下がった悲しそうな顔で俺が食べる姿をずっと見ていた。

十一月も終わりかけ、街に気の早いクリスマスソングが流れ始めた頃、崇と会った。崇ははるばる、三浦半島の端っこの桜浜から横浜の桜木町（さくらぎちょう）まで来てくれた。休日の桜木町はどこか浮かれた顔の人たちで賑わっている。

「久しぶりだな」

俺の顔を見るなり、崇が言った。三年前よりだいぶ背が伸びて、より筋肉がついた崇は、高校球児のシンボルである丸刈り頭にニット帽を被(かぶ)っている。

「崇、お前、今年の夏は大活躍だったな。テレビで観たよ」

「いいとこまで行ったんだけどな。あと一歩で、優勝だった」

崇は野球の強豪校である高校に進み、甲子園に行った。俺がかつて抱いた夢を、崇は叶えた。もしあの事件がなければ、俺はあのまま崇とバッテリーを組んで、共に甲子園の土を踏めたのかもしれない。

「しっかし、すげぇ人ごみだな。桜浜って田舎だなって、改めてわかるわ」

「この近くにいい喫茶店あるから、そこでコーヒーでも飲んで話さないか？」

喫茶店は、混んでいた。運よく、窓際の二人掛けの席が空いていた。俺はコーヒー、崇はメロンソーダを注文する。崇は昔から、甘い飲み物が好きだ。

「今でも、中学の時の奴とつるんだりするの？」

「優太と諒一とは、しょっちゅう会うよ。二人とも相変わらず、野球続けてる。諒一は彼女できる度自慢してくるぜ。すぐ別れるくせに」

「彼女なら、俺もいるよ」

「マジ？　どんな子？」

携帯で陽菜と二人で撮った写メを見せると、崇は嬉しそうに目を細めた。

「いいな、可愛い子じゃん。同じクラス？」

「一年の時は。今は違うクラスだけど、しょっちゅう会ってる」

「いいなー。ヤッてねぇよ。ヤッた？」

「まだってことは、もうすぐヤルんだな。いいなー昴」

じゅるる、と崇が勢いよくメロンソーダを啜る。その様子だと、崇に未だそういう相手は現れていないのだろう。

「崇はどうするんだ？　進路」

「俺は野球の推薦で大学狙ってるよ」

「そっか。甲子園のヒーローだもんな」

「昴は？」

「俺はまだ、具体的なことは何も」

砂糖を追加してコーヒーをかき混ぜながら、崇になら弱音を吐いてもいいのかなと思った。俺のことを誰も知らない環境で生きるのは心地いい。でもそれは同時に、事件のことを話せるのは父さんだけということなのだ。その窮屈さを、ずっと感じてた。

「俺、将来何になりたいとか、どんな道に進みたいとか、そういうのがまったくないんだ。詩子がいなくなって、自分の一部が死んじまった。頭では、こんなんじゃいけないってわかる。でも詩子を喪（うしな）った痛みは忘れられないし、恵のことは一生許せない」

　メグちゃんじゃなくて、恵。そう呼ぶようになって、どれぐらい経つだろう。あの子と詩子と俺と、三人で遊んだ幼い日の楽しい記憶が、嘘のことみたいだ。

　崇が固い声で言った。

「恵ちゃん……いつ出てくるのかな」

「たぶん、中学卒業と同時だと思う。だから、再来年の春」

「そっか。ひどい話だよな。大人が同じことしたら十年は塀の中なのに、子どもだったらたかが数年なんて」

「ほんとだよ。俺には、あの子が反省してるとは思えない」

「反省してないなら、毎日何を考えてるんだろうな」

「わからない」

　詩子の人生はあの夏の日で終わって、でも詩子を俺たちから奪った恵の人生はこれからも続いていく。俺がどれだけ恨んでも憎んでも、それは抗（あらが）いようもない。

「結局、何だったんだろうな。人を殺してみたかった、いちばん殺しやすい詩子ちゃんを殺した、って」

「わからない。俺には、あの子がそんなサイコパスには見えなかった」

わかってることは、ひとつだけ。鮫島さんが言ったように、恵はきっと、サイコパスのふりをしている。なんでそんなことをしたのか。そのほうが、目立つと思った？　サイコパスな小学生殺人鬼だと、世間に名を轟かせられるから？

「昴、とにかく将来のことはちゃんと考えたほうがいいと思うぞ。昴がいつまでも投げやりに生きてたら、昴のオヤジさんだって心配する。俺だって、昴が心配なんだよ。あんなことがあっても、むしろあんなことがあったからこそ、俺、昴にはちゃんと生きていってほしいんだ」

崇らしい、ストレートな言葉だった。ちゃんと生きていく。本当に俺に、そんなことができるのか。

詩子が死んで、恵に復讐を果たすと誓って、それから一歩も進めていないのに。

家に帰りついて習慣通りマンションの郵便受けを見ると、手紙が一通入っていた。恵の祖父母の名前が書かれている。昔の人らしい達筆だった。

家に入るとすぐ、リビングで封を開ける。読んだ後、馬鹿らしくなって放り出す。

父さんも読むだろうから一応取っておくけれど、本当は今にでも破り捨てたい。

恵が児童自立支援施設に入って、政子さんが死んで、恵と血縁関係があるのは祖父母だけになった。政子さんのお通夜で一度顔を合わせたきりのあの人たちから、一か月に一度、詩子の月命日の頃、こうして手紙が届く。いつも、同じようなことが書いてある。父さんは律儀に返事まで書いている。

あの人たちに謝られたって、意味がない。謝るべきなのは、恵だ。恵本人が心から反省してくれなきゃ、どうしようもない。手紙にはいつも、恵の母親である政子さんの教育方針が間違っていた云々（うんぬん）が書かれているけれど、そんなの言い訳にしか思えない。

政子さんは犯罪心理学者という肩書を持ち、テレビに出ていたけれど、ちょっと子どもに厳しい普通のお母さんだ。そういう母親から生まれた子どもは、みんなモンスターになるっていうのか。そんな訳ないだろう。

俺は、恵に会って復讐したい。でもその前に、本当のことが知りたい。何を思って詩子を殺したのか、どんなクソみたいな言い訳でもいいから、恵の口から真実を知りたい。その気持ちだけで、俺は生きている。

十二月三日は、俺の誕生日。朝食の席で父さんがおめでとうと言ってくれ、何か欲しいものはあるかと聞いた。俺は別にない、と答えた。父さんは不服そうだったけど、ないものはしょうがない。

「今日はうち、来てよ」

放課後になると、さっそく陽菜が纏わりついてきた。二人きりで誕生日会をやろうと、あらかじめ約束していた。去年の誕生日には、陽菜からマフラーをもらった。グレーの、ざっくり編んだ手編みのやつで結構暖かい。今年の冬も大活躍するだろう。

陽菜の家は共働きで、夜になるまで親は帰ってこない。しばらく、二人でベスと遊び、それから陽菜の部屋に行った。陽菜が真っ赤な苺(いちご)が載ったショートケーキを出してきた。

「これ、ゆうべ作ったんだ」

「マジで？　手作り？」

「そう、手作りだよ。張り切っちゃった」

陽菜の手作りケーキはクリームが程よい甘さで、生地がちゃんとふわふわしていて、お店で売っているものだと言われても疑わないほどの出来栄えだった。陽菜は、いい彼女なのだ。料理ができて、編み物ができて、女の子らしくて優しい。それに可愛い。

こんなに幸せなくせに、どうして胸がずきずきとするんだろう？

二人でケーキを食べた後、陽菜が俺の肩にもたれかかってきた。陽菜の髪から、シャンプーの甘い香りがした。キスをすると、ケーキの味がした。陽菜が恥ずかしそうに俺の耳に口を寄せてくる。

「今日は、最後までしよっか」

やりたい盛りの高校生だから、俺と陽菜の関係は清いとは言えなかった。陽菜の身体に触ったこともあるし、こうして家に二人きりになって、途中までいったこともある。最後までしなかったのは、お互いの暗黙の了解みたいなものだった。

「プレゼント、特に買ってないの。だからベタだけど、あたしをプレゼントしようかなって。あたしのいちばん大切なもの、昴にならあげられる」

そう言う陽菜は頬が上気して、目がちょっと潤んでいた。さっきよりも深く、濃厚なキスをした。絡まり合う二人の舌が唾液をくちょくちょとかき回す。陽菜が苦しそうに、嬉しそうに、息を漏らす。

ベッドに陽菜を押し倒して、服を脱がせた。ブラジャーを外し、乳房の先端に口づけ、パンツを下ろす。そこは、湿っていた。指を這わせると、陽菜はくぐもったため息を漏らした。俺は興奮していた。陽菜の中に入りたいと、本能が訴えていた。

ズボンとパンツを脱ぎ、いよいよ陽菜の中に自分自身をねじ込もうとしたところで、昂っていたものがすうっと冷めていった。暗がりの部屋の中、目を閉じて頬を赤らめ、俺を待っている陽菜の顔が、詩子と重なった。全然似てないのに、そこで俺は詩子を思い出してしまった。

お兄ちゃん、自分だけ幸せになるつもり？　頭の中で、詩子が言った。

「ごめん。これ以上は、できない」

そろそろと身体を離すと、陽菜は起き上がり、不思議そうな顔で俺を見つめた。あぁ、俺はなんて身勝手なんだ。大好きな人に、これからもずっと一緒にいたいと思っていた人に、なんてひどい仕打ちをしているんだろう。

「どうして？　あたしはいいのに」

「俺が嫌なんだ」

俺はそそくさとパンツとズボンを穿いて、立ち上がった。

「悪いけど、陽菜とはもう付き合っていけそうにない」

背を向けて言った言葉に、陽菜が動揺を込めた声で返した。

「ちょ、嘘でしょ、なんでそんな急に……」

「本当にごめん」

俺は逃げるように陽菜の家を出た。

北風に吹かれて家路を目指しながら、一人で泣いた。好きな人と愛し合う喜びを知らずに死んだ詩子。そんな詩子のことを忘れて、一人で幸せになるなんて、やっぱりできない。陽菜には申し訳ないけれど、俺に陽菜を幸せにできる器はなかったのだ。陽菜はこんなメソメソした暗い男じゃなくて、もっと器の大きい男が似合う。

どうしよう。俺は一生、女の子を抱けない。きっとさっきみたいに、その子の顔と詩子の顔が重なるだろう。どうして俺は、詩子を守れなかった？　恵との間に、本当は何があった？　いちばん近くにいる兄貴なのに、ちっとも気付いてやれなかった。

俺は、恵が憎い。そして、詩子を守れなかった自分自身が憎い。殺してやりたいほど、憎い。

わん、と大きな犬の声がした。ベスか、と一瞬思ったけれど、全然違う犬だった。飼い主に連れられて住宅街を闊歩（かっぽ）する犬も、葉を落として丸裸になった街路樹も、行きかう自転車も、どこか遠いものに見えた。

いや、彼らが遠いわけじゃない。俺が「幸せ」という現実から、遠ざかってしまったんだ。

〈みちるの話〉

「磯野さんの漫画は、単なるホラーにとどまらずストーリーがしっかりしていて、強いメッセージ性まで込められていて、素晴らしいわね」

完成した二十四ページの漫画を読み終わった後、三年生の先輩が言った。そんなふうに手放しで褒められると、つい謙遜したくなってしまう。

「まだまだですよ。背景の書き込みが足りないし、言葉足らずな台詞もあるし」

「たしかにそうね。でもそこを直したら、すごく良くなると思うわ。ちょっと手直しして、賞に応募してみるのもいいんじゃない？」

「何なに、みちる、賞に応募するのー？」

同学年の友だちが話に割り込んでくる。漫画研究会の部室は小さな空き教室で、部員は女の子ばっかり。みんな漫画やアニメが大好きな、オタクと言われる子ばかりだ。

「磯野さん、すごいのよ。三年生を差し置いて、今、うちの部でいちばんかもね」

「すっごーい！　みちる、漫画、あたしにも見せてよー！」

別にいいよ、とわたしは笑って、原稿を友だちの手に託した。じっと見られている間、まるで裸をじっくり観察されているようで落ち着かない。

　県内でも有数の進学校に進学したわたしは、漫画研究会に入っていた。オタクの巣窟だった中学時代と同じような人種に囲まれ、高校生活は充実している。

　週に三回、わたしは家の近くのマックでバイトしている。オーダーを取ったり、ハンバーガーを作ったり、五時間ほど、こつこつ働く。バイトはいい。身体を動かせるし、お金も入る。高校は校則が厳しいからメイクとかはできないけれど、友だちと休日に会う時はメイクもするし、可愛い服も着る。中学の時は別に可愛くもないあたしがおしゃれなんてしたところでって思ってたけれど、眉の手入れをし、睫毛にマスカラを塗り、垢（あか）ぬけた色のリップを塗るだけで、わたしの顔の印象はずいぶん変わる。

「おかえり。夕飯のカレー、お鍋に入ってるから、自分でよそって食べなさい」

　家に帰ると、お母さんがにこやかに迎えてくれる。この人を殺したいと思ったことがあったなんて、信じられない。わたしが受験を頑張り進学校に入ったことで、親子の仲は良くなった。わたしとお母さんの間には、いつも穏やかな空気が流れている。

「あんた、漫画研究会なんか入って、本気で漫画家になるつもりじゃないでしょうね」

ダイニングテーブルの真向かいに座ったお母さんが訊く。まさか、と首を振る。

「そんなわけないじゃん。漫画はあくまで趣味。高校出たらちゃんと大学行くよ」

「そう、なら安心した。そんなので食べていける人なんて、ほんの一握りだからね」

お母さんのこういう現実的なところが嫌だった。わたしは平凡な大人じゃなくて、もっとすごいものになりたかったから。普通の人生、なんて歩みたくなかった。

受験を終えて、高校生になって、今ならちゃんとわかる。普通の人生を歩むことが、どれだけ大変で、そして大切なことかって。

夕食を終え、お風呂に入って自室で寝る前までのひと時を過ごす。久しぶりにパソコンを立ち上げ、中学の頃夢中になっていた自分のホームページを見る。パソコンを壊したあの日、お父さんとお母さんにはすごく怒られたけど、なんとかディスプレイは買ってもらえた。その後ホームページを更新することはなかったけれど、消しはしなかった。悪口ばかり書き込まれる掲示板は閉じて、イラストと小説だけを残した。

中一の秋、鬼気迫る勢いで書き上げたメグたんが美保子を殺す小説も、未だ掲載している。今読むと、あまりの文章の拙さと、グロテスクな部分ばかりが強調されているひどいものだ。こんなの、中学生が書いてるってわかったら、批判されても仕方ない。思えばあの頃のわたしは、中二病真っ盛りだった。失恋のショックで、美保子への殺意を拗らせて、一人でいじけてた。だからこそ、メグたんに心酔した。

幼く可愛く、残酷な殺人鬼。そんなメグたんは、まぎれもなくわたしの神様だった。

匿名掲示板のサイトを覗くと、今でもメグたんに関するスレが立っている。相変わらずメグたんを史上最も可愛い殺人鬼と崇めるスレもあるけれど、真面目に事件を考察し、メグたんのその後について書かれているスレもある。メグたんはあの後児童自立支援施設に送致され、今でも塀の中にいるらしい。児童自立支援施設ってよく知らないけれど、少年院よりも幼い子どもが送られることが多いという。

ネットに出回っている、メグたんの写真を見る。ぱっちりした目、艶やかなショートカット、形のいい鼻と唇。母親の大河内政子に似てないこともない。メグたんの母親は事件後、自殺したらしいけど。メグたんにしてみれば、許されない罪を犯した上、母親は事件の責任をろくにとらず、自分を見放して勝手に死んだようなものだ。ただでさえ、メグたんは人を殺してみたいからって友だちを手にかける、サイコパスな女の子。そんな子が、何年か施設に送られたところで、更生なんてできるだろうか？

わたしがメグたんに惹かれたのは、自分がやりたくて出来なかったことを、メグたんがやったからだ。今思えば、何に憧れてたんだって思うけど。あの頃のあたしは、おかしかった。でもそれは、メグたんの「おかしい」とは決定的に違う。

その日曜日はバイトがないので、クラスの友だちと繁華街で遊んだ。地元は田舎だけど、電車に一時間も乗ればそれなりに開けた都会に出れる。ゲーセンでプリクラを撮って、洋服を見て回って、ファミレスでおしゃべりに花を咲かせた。

「みちる？」

夕方になって地元に帰ってきた時、駅のロータリーで声をかけられた。振り返ると、中学の頃よりぐっと大人っぽくなって垢ぬけた美保子がいた。もともと可愛いけど、化粧をすると本当に美少女だ。短いスカートがすらっとした脚をより際立たせている。

「すごーい！　久しぶりだね。卒業以来？」

「そだね。美保子、こんなところで何してるの？」

「ちょっと、友だちと遊んできたところ」

「友だちって、男の子？」

「まぁ、ね。みちるこそ、化粧しちゃって。デート？」

「まさか。彼氏なんてできるわけないし。普通に友だちと遊んできただけ」

「ふーん。ね、今時間ある？　ちょっと話さない？」

秋の短い日はとうに暮れて真っ暗だけど、もう高校生だから、八時くらいに家に帰ってもさして怒られない。わたしは美保子と一緒に、今年の春に駅前にできたばっかりのチェーンの喫茶店に入った。わたしはカフェオレ、美保子は紅茶をオーダーした。

「みちる、すごいよね。E高って、めっちゃ進学校じゃん」

「まぁね。勉強、頑張ったし」

「わたしなんて、お馬鹿高校だよー。その分、校則とか緩いからいいけど。ねぇ、知ってる？　毅くんに、彼女できたの」

美保子がぽつんと言った。悲しみはなく、遠い過去を懐かしむような言い方だった。

「二週間ぐらい前に、このへんで見たんだ。女の子と一緒に歩いてた」

「へぇ、そうなんだ」

「あの時は、ごめんね。本当にごめん」

「今さらいいよ」

その言葉に添えた笑顔は、嘘じゃない。

あの後、美保子はちゃんと学校に行って、毅と向き合い、別れたいという気持ちを伝えた。わたしがブチ切れたのが、相当効いたらしい。その後、美保子ともちゃんと仲直りした。いい加減、美保子を憎むのも馬鹿らしくなっていたからだ。

「あの頃わたし、みちるにも毅くんにもひどいことしてた。みちるの気持ちを知ってて、毅くんのこと好きかどうかよくわからないのに、とりあえずって感じで付き合って……それで嫌なことされたら逃げるなんて。みちるに怒られても、仕方ないよね」

「良かったじゃん。中一でそれに気付けたんなら、立派だよ」

美保子が、ふふっと口元を緩め、笑った。美保子みたいに可愛い子は、馬鹿になりがちだってことを高校生になってよく思い知らされるようになった。今の学校にも、美保子みたいに恋愛脳で、そのくせ恋に恋しちゃってる子はいる。

「美保子の今の彼氏って、どんな人?」

「写メあるけど、見る?」

美保子が携帯を押しやる。写真フォルダの中から出てきたその男の子は、両生類みたいにのっぺりした顔つきをしていた。美少女の美保子とはとても釣り合わない。

「えー、こんなのが彼氏? 美保子、目がどうかしちゃったんじゃないの?」

「そんなことないよ! 彼、すっごく優しいもん。わたしのこと大切にしてくれる」

「まぁ、すぐに手を出すような男と付き合うよりマシなんじゃない?」

きっと美保子の恋愛脳は、一生変わらない。でも美保子は、あの頃より幾分かは大人になった。そしてまたわたしも、あの頃とは違う。

この子に殺意を抱いていたのが本当に馬鹿らしく思えるんだから。

美保子と会った夜、久しぶりに中学の卒業アルバムを開いた。

美保子は可愛いから、どの写真でも目立っていた。体育祭のページにも修学旅行のページにも、笑顔の美保子がいる。わたしはというと、部活ごとの集合写真でも隅っこにしか写ってない。ぎこちない笑顔は、すっぴんだからすごくブサイクに見えた。クラスのページも開いて、毅の写真を見た。それほど格好良くもないし、美保子と別れた後は誰かと付き合ったという噂も聞かなかった毅。どこの高校に進学したのかも知らない。美保子の件で、わたしと毅はいよいよ気まずくなったから。

今から思えば、毅のことをあんなに好きだったのが謎だ。小学校の時同じクラスで、よくゲームしてたから？　一緒にいるうちに、好きになった？　ただ、それだけ？

そんな思春期の気の迷いのような恋心で、美保子に殺意を募らせてたなんて、下らない。殺意を創作世界で発散するに留めて、実行に移さなくて本当によかったと思う。

メグたんは、わたしの人生の絶妙なタイミングで現れた。人を殺すことが格好いいと、中二病の中学生に本気で信じ込ませてしまうほど、あの事件は強烈だった。でも、事件は事件。ちゃんと被害者がいるのだ。メグたんによって深く悲しんで、心に一生癒えない傷を負っていく人がいる。そんな当たり前のことに、三年前のわたしは気付いていなかった。

あの後、過去に起こった殺人事件を調べるのが好きになった。ネットで、海外のシリアルキラーについてまとめたサイトを見つけて、毎日そこに入り浸った。人には言えない、陰湿な趣味だ。でも、シリアルキラーたちの残忍な犯行や、その背後にある悲惨な生い立ちに、考えさせられるものがあった。

　メグたんはたまたま現代日本に現れて、しかも小学生だったからあんなに大きく取り上げられたけれど、過去にメグたんみたいな人はたくさんいた。そういう人たちに、わたしはすごく興味がある。

　そして、メグたんにはもう憧れていないけれど、メグたんがどうしてあんなサイコパスな女の子になってしまったのか、知りたいと思っている。


　季節が秋から冬へと移り変わり、イチョウの黄色く色づいた葉っぱが落ちる頃、二者面談があった。ちょうど、期末テストが返ってくる時期だ。テーブルの上に期末テストの成績表を広げ、担任と向かい合って面談する。

「磯野は、将来何かやりたいことはないのか?」

　くたびれたスーツ姿の担任は、みんなに言っているであろうことを言った。

「まだ、特にありません。大学には行きますけれど」

「そうなのか。マン研入ってるってことは漫画家志望だと、勝手に思ってたけど」

「漫画家になるなんて非現実的な夢を追いかけるほど、子どもじゃありません」

　自分でもびっくりするくらい、鋭い口調。担任も驚いたように目を瞬(しばた)かせる。

「磯野は美術を選択してるし、評価もいいじゃないか。その気になれば、美大を目指すことだってできるんだぞ」

「そんなの、親が反対するし。わたしは夢を追いかけるほど馬鹿にはなれません」

「磯野はずいぶん現実的なんだな。でも、夢を追いかけるのは馬鹿なことでも悪いことでもないんだぞ。何かなりたいものがあって、自分にはそれは無理だとか、そんなことを磯野の年齢で決めてほしくない」

「先生って、ずいぶん無責任な大人なんですね。人にはそれぞれ持って生まれたカードってものがあるじゃないですか。人生はその中で勝負していくしかない。たとえばこんな田舎の進学校で頑張ってやっと五十番の成績のわたしが東大に行くなんて無理だし、この顔でアイドルになりたいなんて言っても無理。先生が言ってるのは、頑張れば人間もアフリカゾウになれるって言ってるのと変わりません」

「たしかに、磯野の言うとおりだな」

わたしの生意気な言葉に、担任は柔和な顔を崩さない。

「人生では夢が叶わないこともあるし、叶ったところで思っていたのと違う、なんて思うことはざらだ。先生だって、高校の先生ってこんなに大変なんだ、って若い頃はこの職に就いたことを後悔していたよ。でもな、夢って東大に入りたいとかアイドルになりたいとか、そんな大きなものでなくてもいいんだ。たとえばパソコンが好きだからパソコン関係の仕事に就きたいとか、小さい子どもが好きだから保育士になりたいとか。みんなそうやって、自分の好きなものや興味のあるものから夢に繋げていくんだよ。先生は大学時代に塾講師のバイトをしていて、それが結構やりがいのある仕事だったからそのまま先生になったんだけど、みんな、そんなものさ。磯野だって、好きなものぐらいあるだろう？」

　わたしは黙って先生から目を逸らした。

　この人の言うことは間違っていないのだろう。大学からは自分の将来を見据えて学部を選ぶんだから、好きなことや興味のあることじゃないときっと、しんどい。いくら生意気言っても、わたしは甘ちゃんの高校生なのだ。適当な大学を選んで、興味のないことを四年間も勉強する自信はない。

「好きなものは、犯罪者です」

　我ながら物騒な言葉に、先生はまたびっくりした。

「犯罪者？　漫画じゃないのか？」

「あんまり人には言えないけれど、家ではネットで、昔の犯罪者について書かれたサイトばっかり見てます。どうしたらそういう人間が生まれてくるんだろう、本当にこの事件は防げなかったのか、そういうことを考えるのが好きなんです」

　とうてい人には理解されないだろうと思っていたひそかな趣味に、先生は意外な反応を示した。なるほど、と手のひらを合わせる。

「もしかして、大河内政子みたいになりたいのか？　もう死んじゃったけど」

メグたんの母親の名。意外なところで話がメグたんに繋がって、わたしは首を振る。

「犯罪心理学にも興味はあります。でも社会の視点から犯罪を考えることにも興味があるし、司法がどんなふうに犯罪者を裁いているのかにも興味があります」

「ずいぶん、話が広がったな。心理学、社会学、司法。そう考えると、いろいろ勉強したいことがあるだろう？」

「そうですね。どっちにしろ、二年からは文系に進みますけど」

「文系科目の成績もいいし、問題ないよ。磯野、自分はここまでの人間だって、若いうちから自分で自分に制限を課すことはない。持って生まれたものは変わらないけれど、努力によって磨ける能力だってあるんだ」

はい、とわたしは深く頷いた。

具体的に何になりたいかなんて、今はまだよくわからない。ただ、わたしはこれからの人生で、メグたんのような人間のことをもっと知りたいと思っている。

第三章　二〇一三年

〈恵の話〉

詩子と私は、海岸近くの道を手を繋いで歩いていた。初夏の太陽が白っぽい日差しを地上にまき散らし、詩子がつばの大きい麦わら帽子の下で眩しそうに目を細めている。風にはほのかに、海の匂いが混ざっている。

「メグは将来、なりたいものってある？」

「今はまだ、ない」

「あたしはね、お医者さんになりたいんだ。お母さんは死んじゃったけど、お母さんと同じ病気になった人はたくさんいる。そういう人を少しでも助けてあげたいの」

「立派な夢だね」

「ありがとう。でももう、叶わないんだ」

「どうして？」

詩子が私を見る。その顔から笑みが消え、不気味なほど無表情になっている。

「だって、メグがあたしを殺したから。あたしにもう、未来はないんだよ。あたしはずっと、小学五年生のまま。メグはいいよね、あたしを殺したからって、人生終わりじゃないじゃん。何事もなかったように生きていけるんだからさ」

そこまで言ったところで詩子の無表情が崩れ、いっぱいの笑顔になる。詩子は口元を耳まで裂けさせ、目を血走らせ、狂気じみた笑い声を上げる。

「いいなぁ、人殺しのメグちゃん。あたしを殺したことを、なんとも思ってないメグちゃん。メグは忘れられるけど、あたしは忘れないよ。メグに殺されたこと」

咄嗟に耳を塞ぐけど、耳の中にまで詩子の笑い声は入ってくる。抑揚のない、気味の悪い笑い声が聴覚を支配する。私は目をぎゅっと瞑り、詩子を見ないようにする。なのに、瞼の裏にまで詩子の幽霊みたいな笑い顔が映し出される。

スマホのアラームが、私を現実に引き戻す。

目が覚めると、カーテンの隙間から夢の中のような白っぽい日差しが部屋の中に差し込んでいた。築十五年、１ＬＤＫの小さな部屋。ここは、児童自立支援施設でも更生保護施設でもない。まぎれもなく、私の部屋だ。

カーテンをしゅっと開き、窓を開けて換気をして、コーヒーを淹れ、テレビを点ける。天気予報をやっている。関東地方は広く晴れ。最高気温は二十三度。そして今日からゴールデンウィークが終わって、授業が始まる。

事件から九年が経過して、私は大学二年生になっていた。

新しく私に与えられた名前は、下田恵。メグムじゃなくてメグミ。どこにでもある、普通の名前だ。顔だって九年も経てば、ネットに出回った「メグたん」の写真とずいぶん印象が違う。短かった髪を伸ばし、化粧をすると、私は完全に別人になった。大学に通っていて、今までかつての大河内恵だと気付かれたことは一度もない。

大学で心理学部に入った。施設の人に将来やりたいことはあるかと聞かれて、すぐ思いつかなかった。とりあえずお母さんが遺してくれたお金で大学に行けば、普通のOLさんにはなれる。でもそんな人生は、つまらなそうだ。どうせなら、興味のあることを勉強したい。自分の興味をつきつめて、プロフェッショナルな仕事がしたい。

私が勉強したいのは、自分自身の心だった。小学五年生、十一歳だった私が、どうして詩子を殺すまでの衝動に駆られたのか。そのことを、もっと深く研究してみたいと思った。時々見るああいう夢が、罪悪感の現れなのかも知りたかった。

施設を出ても、社会に戻ってきても、未だ私に罪の意識はない。罪の意識を持つことは、あの頃の自分を否定することだと思っているから。

一年の終わりから入った児童心理学を中心に扱ったゼミで、私は今泉孝太郎くんと仲良くなった。背が高くて、ガタイが良くて、笑顔が爽やかな男の子だ。

「メグちゃん、今日の予習してきた？」

いつのまにか「下田さん」が「恵さん」になり、やがて「メグちゃん」になった。まるで恋人同士みたいで馴れ馴れしい。今どきの大学生は、こんなものなのか。

「してきた。今日のゼミの講義、メアリー・ベルでしょ？」

十歳にして自分より幼い子どもを殺したメアリー・ベルは、嫌でも過去の自分を思い出させた。でも私とメアリー・ベルは違う。私はあの子のように母親に虐待を受けていたわけじゃない。調べていくと昔のシリアルキラーには、虐待を受けたり貧困家庭で育ったりした人が多い。時代のせいもあるだろう。私はそのどちらとも違うから、勉強すればするほど、自分の心を知りたいという目的から遠ざかる気がする。

「おっかないよなぁ。十歳の子どもが、殺人鬼になるなんて。今でもそういう事件、たまにあるけど。だいぶ前だけど、桜浜だっけ？　そんな事件あったよね」

今泉くんが言って、それからあっという顔をする。

「あれ、たしかメグちゃんの出身って……」

「そう、桜浜だよ」

なんてことないというふうに、笑顔を作った。

「私は隣の小学校だったから、他人事って感じだったけど。でも、当時はすごい騒ぎになってたなぁ」

「そっか。ごめんね、なんか嫌なこと思い出させちゃって」

「ううん、いいの」

そうだ、別に「嫌なこと」なんかじゃない。たしかにあの事件は私の人生を変えたけど、私は未だ罪の意識なんてないし、後ろめたさなんて覚えずこのまま何事もなかったように生きていける。私はもう、名実共に大河内恵じゃないのだ。

六月のじめっとした空気が漂う夜、ゼミの飲み会が行われた。うちのゼミは、女の子が多い。茶髪にカラフルな洋服に身を包んだ、いかにも女子大生って感じの画一的な女の子たち。彼女たちの頭を悩ませているのは、もっぱら進路のことだ。

「心理学部に入ったからには臨床心理士になりたいんだけど、親に院へ行きたいって言ったら、学費が払えないから就職してくれって言われちゃった。やだなぁ、就活」

「あたしアパレル系に行きたいんだけど、アパレルって最初は売り場に回されるんだよねー。商品開発とかしたいのに。ほんと、働くのって最低。一生大学生でいたい」

酒が入っているからか、みんな饒舌だ。女の子たちの会話に私は、うまく入っていけない。下田恵になっても、同世代とのコミュニケーションが苦手なのは変わらない。女の子たちはちょっと変なことを言えば、空気が読めない子だと思うから。

思えば詩子といたあの頃も、私はあの五人グループの中で一人浮いていた。「お嬢さま」と勝手なレッテルを貼られ、何かにつけて佳織や紗季にいじめられて。私を理解してくれたのは、幼馴染の詩子だけだったのだ。

「メグちゃん、隣、いい？」

いつのまにか、隣に今泉くんが座っている。頬がほんのり赤らんでいた。

「メグちゃんは今、好きな人とかいるの？」

「特にいない」

「中学や、高校の時は？　メグちゃん可愛いから、モテそうだよね」

「いや……そんなこと、ないけど」

「嘘だ、メグちゃん、すごい可愛いもん。メグちゃんが気付かなかっただけで、メグちゃんのこと好きな男の子、たくさんいたと思うよ」

「そうだったらいいね」

詩子を殺さなかった場合の「ｉｆ」に、少し思いを馳せる。

私は詩子が大好きだったから、中学も高校も詩子と一緒のところを選んだだろう。同じ部活に入って、たまに喧嘩もして、化粧も覚えて、街に繰り出してクレープなんか食べちゃったりして。そういう「普通」が、私にはなかった。児童自立支援施設と更生保護施設は窮屈なところで、常に大人の監視下に置かれた。スマホでさえ、大学生になって初めて持ったのだ。

「なんか、飲み足りなくない？」

二時間の飲み会が終わり、二次会に行くという女の子たちと別れて、今泉くんと並んで駅まで歩く。時刻は夜の九時。繁華街は人が多く、お酒と煙草の臭いがした。

「そうだね」

「よかったらさ、これから、俺ん家で二人で飲み直さない？　うち、汚いけれど」

要は家に上げるってことだ。しかも男女二人。何も起こらないわけがない。

「本当にいいの？」

そのひと言は、今泉くんじゃなくて、自分自身に言っていたのかもしれない。

「いいんだよ。メグちゃん、つまみ、何が好き？」

今泉くんは、こんな感じで何度も女の子を家に連れ込んだんだろうか。目の前にいるのは、恋愛経験ゼロの私より遥(はる)かに進んだ今どきの男の子だ。好きだとか付き合うとか、確たる言葉もなしにそういう行為に及んだら、弄ばれて終わりかもしれない。

別にいいか、それでも。

今泉くんの家は汚いと言っていた割に、きちんと物が整理整頓されていて、床もぴかぴかだった。テレビの隣には、大きなマウンテンバイクが鎮座している。

「今泉くん、自転車、乗るんだ」

「うん、俺、サイクリング同好会なの。言ったっけ？」

「いや、初耳。サイクリング同好会って、何するの？」

「海とか山とか、自転車で走るんだよ。男ばっかりの、むさくるしいサークルだけどね。日焼けもするし、女の子にはおすすめしないな」

「私、サイクリング同好会に入りたいなんてひと言も言ってないよ」

テニサーや呑みサーじゃなくて、硬派なスポーツ系サークルに入ってるのは好印象だ。いや、そう思わせるためにサイクリング同好会を選んだのかもしれないけれど。

「煙草吸っていい？」

今泉くんが煙草を取って吸い始めた。紫煙が天井に立ち上ってゆく。

「今泉くん、煙草、吸うんだね。意外」

「一日二、三本だけどね。高校の頃から吸ってた」

「不良じゃん」

「俺、出身、福島の田舎だよ？　田舎の高校生なんて、そんなもんじゃん」

「私も神奈川のど田舎だったけど、煙草なんて吸ったことないよ」

二人きりの部屋を外界から隔てる窓ガラスを、しとしとと六月の陰鬱な雨が叩いていた。こんな雨の中なら、今まで聞けなかったことも、聞ける気がした。

「地震、大変だった？」

こういうことを軽々しく口にすべきじゃないってことぐらいわかる。被災者の中には家族を亡くした人もいるのだ。でも、今泉くんはあっけらかんと言った。

「すっごい揺れたし、家ん中めちゃくちゃになるし、スーパーは点数十点制限だし、水も電気も止まるししばらくほんとに大変だったよ。でも俺の家のほうまでは、幸い津波、来なかったから。メグちゃんのほうが、大変だったんじゃない？」

今泉くんには、両親がいないことは話してあった。父親とは小さい頃に離婚、母親は中学の頃に突然死。その後祖父母の家で暮らして、大学入学を機に上京。私が作り上げた、下田恵という存在しているのにどこにもいない人間のための、嘘の経歴だ。

「たしかに、この歳で既にお父さんもお母さんもいないっていうのは、特殊だよね。お祖父ちゃんもお祖母ちゃんもいい歳だし、あと十年もすれば私、天涯孤独だもん。でもそんな人、いくらでもいるじゃん。大したことじゃない」

「俺の前では、強がらなくていいんだよ」

今泉くんが私を抱き寄せてくる。お酒と煙草に混じって、若い男の子特有のどこか若芽に似たような体臭が鼻を衝く。

「寂しい時は寂しいって言っていいし、辛い時は辛いって言っていい。寂しい思いをするのも、辛い思いをするのも、当たり前なんだから。俺は全部、受け止めるよ」

そのまま顎を持ち上げて、キスをしてきた。初めてのキスは、煙草の味がした。

私たちは、ベッドの上で繋がった。初体験は想像以上に痛くて、幸福感なんて微塵もなかった。それは私が今泉くんのことを好きではない、何よりの証拠なんだろう。

今どきの女子大生は、二十歳になる頃はほとんど初体験を済ませている。高校時代は真面目だった子も、大学生になった途端新歓コンパで知り合った男の子にそのままバージンを捧げて、夏になる頃には別れている。初体験は、大人になるための通過儀礼なのだ。そして痛くて苦しいだけのセックスは、苦行と同じだ。

初めてのセックスで得られたのは、これで自分も一人前になれたという、達成感にも似たものだけだった。

今泉くんの隣で寝たその晩、また詩子の夢を見た。二人でよく遊んでいた公園で、私たちはブランコに乗っていた。私も詩子も、小学五年生のままの姿だった。

「メグ、やっと大人になれたんだね。よかったじゃん。これで、あの時あたしを殺したのが、どれだけ馬鹿なことかってわかった？　遅かれ早かれ、人間はいつか大人になるのに。早いほうが偉いわけでも、遅いほうが悪いってわけでもないのに」

詩子はからっとした笑顔で、そう言った。

ベーコンが焼ける匂いで目が覚めた。まだ眠気の残るだるい身体を起こすと、キッチンに今泉くんがいた。私が起きたのに気付いて、こっちを向く。

「おはよう。よく寝てたね」

「朝ご飯作ってるの？」

「うん、もうちょっとでできるから、少し待ってて」

出された朝食は、トーストにベーコンエッグ。キュウリとレタスのサラダまで添えられていた。男子大学生の朝食にしては、しっかりしている。

「味には自信ないけど、大丈夫かな？」

「作ってくれるだけで嬉しい。頂きます」

今泉くんのベーコンエッグは、ベーコンがかりかりで、目玉焼きは外は固いのに中がとろっとしていて、すごく美味しかった。こんな完璧な朝食を、久しぶりに食べた。

「なんか、ごめんね。その……まさか初めてだとは思わなかったから」

「ううん、いいの。言わなかった私も悪いから」

「こんなこと言ったら、順番が逆だって思われるかもしれないけどさ。俺、メグちゃんのこと、本気で好きなんだ。ちゃんと大切にするから、付き合ってほしい」

生まれて初めて、男の子から好きだって言われた。殺人鬼のメグたんじゃなくて、普通の女の子の下田恵を、好きだって言ってくれる人がいる。

これは私が、普通に生きていけるチャンスなのかもしれない。

「いいよ。私も、今泉くんのこと好き」

「ほんと?」

私を見る目は、子犬みたいに澄んでいた。

「俺、ずっと不安だったんだ。してる時もメグちゃん、ちっとも嬉しそうじゃなかったし。俺のこと、本当はちっとも好きじゃないんじゃないかって。断るのが嫌だから、流されるままこの部屋に来ちゃっただけなんじゃないかって」

女の勘は鋭いというけれど、男も決して鈍感じゃないのだろう。今泉くんは、言動や態度の端々から、私の本当の気持ちを見抜いていた。

「そんなことない。今泉くんのこと好きだし、私も今泉くんのこと、大切にしたい」

下田恵らしい嘘。顔に貼り付けた、恋する女の媚(こび)を売る安っぽい笑み。

私と今泉くんの関係は、こうして始まった。夜の間降り続いていた雨が上がった、梅雨の晴れ間の日差しが地上を照らす、暑い日に。

〈昴の話〉

五月も半ばを過ぎた初夏の陽気の中、スーツは暑い。ワイシャツの内側がぐっしょり濡れている。

「江崎、取引先に挨拶する前に汗ぐらい拭いておけ」

上司が険しい口調で言う。研修期間中の指導役になったこの人は、感情を表に出さず静かに叱る人なので、あまり得意じゃない。

「これから仕事の話をするっていうのに顔じゅう汗まみれじゃ失礼だろう。デオドランドシートは夏場ずっと持ち歩いておくもんだ」

「はい」

「資料は全部揃ってるんだろうな？」

「会社出る時に見直したので、大丈夫です」

「仕事は間違えました、ごめんなさいじゃ済まないんだぞ。去年入ってきた新人は、打ち合わせ中にコーヒーをこぼして相手のスーツを汚したからな」

悪ふざけもノリも許されない、社会人という立場。お金をもらって働くのだから当然なのだろうが、もっと優しくしてほしいと思うこともある。それは甘えなのだろう。

特に将来やりたいことも夢もないまま、大学は経済学部に進んで、でも金融機関に就職する気にはなれず広告代理店に勤めたいと思った。パソコンを使う仕事だから、パソコン関連の資格も取り、デザインについても勉強した。でも研修で作った広告は、アイキャッチがまったくないと厳しいダメ出しを食らう。

これが父さんも、みんなも通ってきた、社会人生活というものなのだ。まだやり甲斐(がい)なんて感じられないけれど、叱られる度に覚える痛みなんていずれ大したものじゃなくなるし、あっという間に指導される立場から指導する立場になるのだろう。

時間は一時間六十分、一日二十四時間、金持ちにも貧乏人にも平等に流れる。誰かが考えたその決まりが、とてもありがたい。少なくとも仕事に打ち込み、毎日身を粉にして働いていれば、過去は嫌でも遠くなる。

くたくたになって一日を終え、最寄(もよ)り駅で降りてすぐのスーパーで、半額シールが貼られている弁当を物色する。ついでにビールと煙草も買って家まで歩くのだが、この道がなかなかしんどい。徒歩十五分もかかるのだ。寝坊して遅刻しそうになって、ダッシュしたこともある。その分部屋の家賃は、学生時代よりも安くなった。

一人で弁当をかきこみながら、ニュースを観る。一昨日、京都の高校で男子高校生が休み時間に同級生に刺され、死亡したというニュースに見入ってしまった。他二人の少年も、軽傷だが切り付けられたらしい。

『加害者の少年は警察の取り調べに対し、被害に遭った少年とその友人から日常的に暴行を受けていたと供述しています。加害者少年のものと見られるSNSには、毎日がしんどい、死にたいなどの書き込みがありました。学校側は、いじめがあったかどうか、慎重に調査すると回答しています』

口の中の唐揚げが急に辛くなったような気がして、テレビを消した。

殺人事件のニュースを見る度にいたたまれない気持ちになる。特に少年事件は、他人事じゃない。事件は毎日起こるし、どんどん忘れられていくけれど、いくら時が経っても遺された者の傷は癒えない。俺はそれを身に沁みてわかっている。人を殺した子どもは軽い罰を受けて社会に戻ってこられるのに、死んだ人間は戻ってこないのだ。

弁当を食べた後、メビウスを咥えながらパソコンを開いた。検索サイトで「桜浜小五女児殺害事件」や「大河内恵」と入力すると、たくさんのサイトがヒットする。なかには大河内恵のその後について、書かれている掲示板もある。恵は、あの後栃木の児童自立支援施設に送られた。日本でいちばん厳しい子どもの更生施設だ。あいつは、もう二十歳。とっくに施設を出て社会に戻っているはずだが、その後の足取りは誰も知らない。名前を変えたという情報もあるが、その名前は絶対に出てこない。

一般人ならともかく、被害者遺族には加害者のその後を知らせてもいいと思うのに、法律が許さない。今どこかで普通に暮らしているあいつのところに押しかけて、謝罪の言葉を求めることもできない。いや、謝罪というのはさせるものではなく、本人が自らの意思でするものだ。俺たちのことを、恵はなんとも思っていないのだろう。

父さんのところには毎月恵の祖父母からの手紙が届くのに、恵本人からの手紙が届かないのが、何よりの証拠だ。

お盆休みは毎年、桜浜の実家で迎え火と送り火を焚く。近所の人たちが集まってきて、牡丹餅(ぼたもち)やらかぼちゃの煮汁やら、いろいろ持ってきてくれる。最初は、周りの人のこういう気遣いが煩わしかった。でも今ではむしろ詩子のことを忘れずにいてくれてありがたい気持ちのほうが強い。俺もそれぐらいは成長したのだろう。

「昴くん、ずいぶん背が伸びたのねぇ。あの頃も大きかったけど」

隣の家のおばさんが目を細めて言う。田舎だから、小さい頃は詩子と恵と俺と三人で、この人の家の庭で遊ばせてもらったこともある。詩子が庭になっていた鬼灯(ほおずき)の実を勝手に持ち帰ってきたので叱ったら本気で泣いてしまって、つられて恵まで泣いてしまって三人で謝りに行くと、好きなだけとっていっていいのにと笑っていた。

「東京では何の仕事をしているの?」

「広告代理店の営業です。まだ一年目なので、下っ端ですけど」

「まだまだ半人前だよな、お前は」

　父さんがどんと背中を叩く。俺が痛(いて)えよと返す。わっと弾けるような笑いが起こる。

　集まった人たちは一緒にご飯を食べていき、夜が更けるとついでにお酒を飲みだす。宴もたけなわになると、自然と詩子の話になる。

「ウタちゃんは本当に元気な子で、運動はなんでもできたわよね。幼稚園で二重跳びができるって、私に自慢してきたのよ」

「詩子はバレーボールクラブでもエース級だったんですよ。試合でばしばし、見事なアタックを決めてましたからね」

　酔った赤ら顔で笑う父さんは、詩子の思い出話を詩子を知る人とできるのが楽しくて仕方ないらしい。俺の瞼の裏にも、レシーブする詩子の顔がありありと浮かぶ。

「小学一年生の時、ドッジボールの大会に出てたよねぇ、ウタちゃん。他の子は二年生ばっかりなのに、詩子ちゃんだけ一年生だった」

「あの子はどんなに速い球でも逃げないし、全力でぶつかっていって、キャッチするんですよ。メグちゃんとは真逆。メグちゃんは最後の一人になっても逃げ回ってた」

　恵の名前が出た途端、一瞬、その場の空気から色が消える。酔った父さんが、顔だけ笑顔のまま、しんみりと語る。

「メグちゃんの祖父母から、ずっと詩子の月命日に手紙が届くんですよ。最初は返事を書いていたけれど、もうやめました。なんて書いたらいいのかわからない」

「仕方ないよ。事件が終わることなんてないんだから」

「たとえばね、これがもっと普通の、ありふれた事件だったらいいんです。たとえば空き巣に入った人間がたまたま詩子を見つけて、衝動的に殺してしまったとか。犯人が大人なら、なんてことをしたんだ、詩子を返せって、怒りをぶつけられますよ。でも、犯人はメグちゃんだった。怒りのぶつけどころがないんですよ」

　怒りのぶつけどころがないというのは、父さんが恵を赤の他人目線ではなく、自分の娘目線で見ているからなのだろう。小さい頃からきょうだいみたいに一緒に育ってきたんだから、そう感じるのもわかる。

　俺だって恵は妹の親友だったけど、兄目線にはなれない。鬼灯(ほおずき)を泥棒して三人で謝りに行った思い出さえ、今は色褪(いろあ)せてぼろぼろになった写真みたいだ。

　近所の人たちが帰っていくと、家は急に静かになる。今から思えば、詩子はこの家の太陽だった。母さんが亡くなってからは家事も積極的に手伝い、俺と父さんの前で、春の太陽みたいにきらきら笑ってた。太陽のない家には、闇が満ちている。

「昴、仕事は上手くいってるのか？」

「少しは慣れたよ。満員電車にも、直属の上司に怒られるのも、接待で取引相手に媚びへつらうのも」

「簡単にやめるんじゃないぞ。どんなひどい職場でも、三年はいないと駄目だ。近頃はブラック企業だなんだといって、大学を出て就職して、一年で辞める若者も多いからな。そんな若者にだけは、ならないでくれよ」

「わかってるって。必死で就職活動してやっと見つけた仕事なんだから、父さんに心配かけるようなことはしない」

そこでちょっと、奇妙な沈黙があった。俺はウイスキーを自分のグラスに注ぎ足し、慎重に言葉を探した。

「恵のこと、調べてるんだ。ネットで検索して、あいつが行った施設がどんなところだったのか、とか。その後何をしてるのか、とか。高校は通信制だか定時制だかに行ったって情報があるけど、どこの高校だったかは全然わからなかった」

「そんなこと、調べて何になるんだ」

「なんでって。父さんは、あいつのこと気にならないのか？　あいつが今どこで、何をしているのか。どんな大人になったのか。また人を殺めたりしていないか。被害者遺族の俺たちに何も知らされないなんて、おかしいだろ」

「お前がそう思うのも無理はないけど、そういうことはやめたほうがいい」

びしりと叱られ、俺の中に真っ赤な火が点いた。

「父さんはあいつがこのまま社会に出て、反省も更生もしないまま、事件のことを忘れてのうのうと生きていくなんて許せるのか？　詩子を殺したのはあいつなんだぞ。あいつは、俺たちから詩子も、普通の人生も幸せも、何もかも奪っていったんだ」

「やめなさい‼」

ガツン、と父さんが思い切りテーブルを叩き、二つのグラスが倒れてウイスキーが零れた。ウイスキーの染みがテーブルクロスの端を伝って床に雫を落とす。

「メグちゃんに怒りをぶつけるのは、やめるんだ。メグちゃんがどうしてあんなことをしたのかって、詩子が何かメグちゃんに言ったのかって、俺は何も気付けなかったのかって、考えて眠れなくなることはあるよ！　睡眠薬、毎晩何錠飲んでると思ってるんだ！　でも、今さら何もわからないんだよ。メグちゃんは、小学五年生だったんだ、子どもだったんだ！　少年法に守られて、まともな動機さえ警察も聞き出せなかった！　事件のプロのあの人たちでさえ、メグちゃんの心に入れなかった。メグちゃんの気持ちはメグちゃんだけのものになった！　あの子は詩子を殺して、心の扉を閉ざして固く鍵をかけたんだよ。鍵をこじあける勇気なんて……父さんには、ないよ」

「本当にそれでいいのがよ」

自分でもびっくりするほど、低い声が出た。父さんは静かに息を吐いた。

「昴はまだ若いから、メグちゃんのことを憎めるんだ。でもな、この歳になってしまうと、諦めがつくんだよ。諦めたくないことでも、諦められないことでも、諦められるようになってしまうんだよ。メグちゃんは詩子を殺した。詩子は二度と返ってこない。今さらメグちゃんに会って、本当に人を殺したかったから殺したのか？　って聞くなんて、違うだろう？　本当のことを聞きたいと思うのは、もう、やめたんだ」

腰を上げ、黙って零れたウイスキーを片付けた。幸いテーブルクロスについた液体は大したことはなく、雑巾で拭けば染みになることもなくきれいに落ちた。床に落ちた茶色い雫が、父さんの涙に見えた。

『お盆休み地元帰れるから会わねぇ？』と七月にＬＩＮＥした時、崇からはものの数分で返信が来た。崇は高校三年生の春の甲子園で腰を痛めて、野球人生に自ら幕を下ろした。医者からはこれ以上野球は続けられないときっぱり言われ、リハビリに励んだ後、理学療法士の道に進んだ。今では横須賀で念願の一人暮らし、リハビリの専門病院で毎日ばりばり働いている。

実家に帰っていた崇から連絡が来たのは、夜の十時過ぎだった。夏の夜の街は人通りが少なく、あちらからもこちらからも蟬と夏の虫の声が混じって聞こえてくる。自転車で、二人が通ってた中学の前で落ち合う。校門は当然閉まっていたけど、崇は当たり前のようにフェンスを乗り越えた。

「不法侵入はさすがにやばいだろ」

「母校です、て言えば許してくれるだろ」

いつ警備員にでも見つかりやしないかとひやひやしながら、崇の後に続く。だだっ広いグラウンドは気持ち良いほど人がいなくて、バックネットのところまで崇はずんずん歩いていく。中学の頃、ここで千本ノックをした。ダッシュの練習もした。グラウンドを十周し、休憩中は優太や諒一たちと語り合った。あの日の記憶が、何気ない日常のひとコマひとコマが、アルバムをめくるように沸々と蘇ってくる。

「運命って、残酷だよな」

バッターボックスに立った崇が言った。

「お前は事件があったし、俺は腰をやられた。今の生活は悪くねぇけど、もしあの時あんなことがなければ、今頃は……って思うことはある」

「仕方のないことってあるよ」

夏の夜の暑さと湿気が和らいだ風が二人の頰を撫でる。暗すぎて、崇が今どんな顔で喋っているのかよくわからなかった。

「バッテリーを組んで活躍して甲子園に行って、そこで結果を出していずれはプロへって。あの頃俺たち、本気で夢を語ってたよな」

「今の俺は、夢なんてないからな。とにかく仕事で一人前にならなきゃって、そればっかで。あれからずっと、暗い洞窟の中を彷徨っているような気分なんだ。俺が楽しい思いをしたら、詩子に悪いって。詩子は大人になれなかった。恋をすることもなく、青春もなく、仕事で認められることも、家庭を持つことも知らないまま死んだ。俺が人生を謳歌するのは、死んだ詩子に悪いなって思うんだ。詩子が食べられなかった美味しいお菓子を、俺が独り占めするみたいで」

「お前、そんなこと本気で思ってるのかよ」

　崇の口調は鋭かった。俺を振り向き、少し早口になって続ける。

「お前が楽しい思いすることが、詩子ちゃんに悪いだなんて、そんなの本気で思ってんのかよ。普通、逆だろ。大事な人の分まで精一杯生きる、楽しいことも辛いことも味わいつくして、頑張って、まっすぐ歩いていく。それが、詩子ちゃんにできるお前の弔いなんじゃねぇの？」

　ふっと、陽菜の顔が浮かぶ。

　あの日、俺が陽菜を抱けなかったのは、陽菜の顔が詩子に重なったからだ。詩子が知らずに死んだ楽しみを俺が味わうことが、詩子に申し訳ないと思ったからだ。結果、俺は陽菜を傷つけた。陽菜とはあれから気まずくなって、学校で話すこともなく、そのまま自然消滅した。風の噂で、陽菜は高校卒業後、動物系の専門学校に進んだ。あの子は、俺を選ばなくて正解だ。暗い過去を背負った暗い男より、明るい男のほうが、陽菜には似合う。

「昴、彼女はいんの？」

「今はいない」

「今はってことは、大学の時にはいたのか？」

「一応」

その子は大学二年の時に知り合って、まもなく寝た。俺の他にちゃんと彼氏がいて、その上五人も身体だけの付き合いのある男がいる子だった。陽菜みたいにまっすぐ俺を好きでいてくれる子より、コップ一杯ほどの愛情だけをくれる子のほうが、初体験を捧げる相手に相応（ふさわ）しいと思った。その子とは二週間に一度ほど大学時代関係していて、卒業と同時に連絡の頻度が減り、今は会っていない。

「優太、結婚したぞ」

「は⁉ そんなの初めて聞いた」

「デキ婚だってさ。相手は年上。あいつ、高校卒業してすぐ働いてるしな。何の問題もねぇんだろ。俺ら、もうそういう歳なんだよ」

結婚なんて、社会に出たばかりの俺には遠い夢物語だ。俺には、自信がない。一人の女の人を幸せにして、温かい家庭を持って、子どもを育てて。そんなことができる力が自分にあるのか、甚だ疑問だ。俺は、たった一人の大切な妹すら守れなかった。

「お前が詩子ちゃんのこと、いつまでも気にする気持ちもわかるよ。自分の身近な人間が詩子ちゃんに殺意を抱いていたのに気付けなかった、それが苦しいんだろ？　でもそれって、お前にどうにかできたこと？　仮に気付いたところで、恵ちゃんを止めることなんてできたのか？　ああいう人間は、いつか何かしらやらかすんだから。そんな奴のことで、いつまでもくよくよ思いつめるなよ。お前の人生が、勿体ない。早いとこ仕事で一人前になって、彼女でも作って、結婚して子ども二人くらい作って、都内の一等地にマイホームでも持てよ。そして、詩子ちゃんの分まで家族を愛してやれよ。俺の言ってること、わかるだろ？」

俺は小さく、首を縦に振った。崇はバットを握る仕草をして、何もない宙空に俺の過去をぽおん、と放った。

東京のアパートに帰りつき、荷物を片付ける気力もなく、とりあえずメビウスに火を点け、物思いに耽った。俺は、詩子を忘れていいのか。恵に対する憎しみを、捨てるべきなのか。すべて捨てれば、幸せになれる気がする。優太みたいに人生の新たな一歩を踏み出して、そこから伸びる道をまっすぐ歩いていけると思う。でも、俺が事件を忘れたら、詩子があの世で迷子になってしまう、そんな気もするのだ。

ぐだぐだと考えているうちに意識が薄れ、いつのまにか眠りの世界に入っていた。

夢の中には、美しい女が出てきた。長い髪に大きな目、ふっくらした唇。政子さんによく似たその女が、詩子の首をロープで絞めていた。ロープはぎりぎりと詩子の首に食い込み、詩子が悲鳴を上げる。

「いやぁ！　お兄ちゃん、助けて！　メグに殺される……!!」

そこでわかる。目の前にいる女は大人になった恵なのだと。恵は、笑っていた。詩子を殺しながら、狂気的な笑みを浮かべていた。目はぎらぎらと光り、笑い声を上げる。恵は笑いながら、詩子を殺す。あはははははは、あははははは、あはははははは。

やめろ、詩子を離せ。叫ぼうとしたのと同時に、目が覚めた。時計を見ると、十分しか進んでいなかった。三時間ぐらい寝たような気がする。身体がずっしり重くて、頭がアイスピックをねじ込まれたようにずきずきと痛んだ。無意識に灰皿に突っ込んだメビウスから、煙が立ち上っていた。

キッチンに立ち、水を飲んだ。喉がからからに渇いていた。まだ、心臓が胸の真ん中で暴れ回っている。今の夢に、余程動揺しているのだろう。

駄目だ、俺は、詩子への後ろめたさも、恵に対する憎しみも、忘れられない。

だって、あの日誓ったじゃないか。父さんが憎めないなら、俺が憎むって。いつか絶対、あいつに復讐するって。

詩子を殺して、人を殺してみたかったから、そんなことを言ってサイコパスのふりをして警察を煙に巻いた女が更生できるなんて、到底思えない。あんな女を社会でのうのうと、生きさせちゃいけない。

大海原のような社会に放り出され、どこかで生きている恵を、いつか俺は絶対捜し出す。そして自分がどれだけひどいことをしたか、身をもって思い知らせてやる。

〈みちるの話〉

「志望動機をお聞かせください」

三人の面接官の、真ん中の人が言った。わたしは背筋を伸ばし、はきはきと答える。

「わたしは高校時代から、国内外で起こった事件を調べ、犯人の生い立ちから掘り下げて、どうしたらこういった事件が二度と起こらないか、自分なりに考えました。大学では、どうしてこの社会では痛ましい事件ばかりが起こるのかを学び、研究しました。社会の歪みは、人間の歪みに繋がるとわたしは思っています。御社に入った暁には、記者として、この社会の歪みを正し、悲惨な事件を生まないためにはどうすればいいか、読み手が考えられる記事を書かせていただく所存です」

「ありがとうございます」

次に、別の面接官が発言する。

「事件を調べていたということですが、磯野さんの中で最も印象に残っている事件は何ですか」

「桜浜で起こった、小五女児殺害事件です。わたしが中学一年生の時の事件です。当時思春期だったわたしは、加害者児童にいたく共感し、当時の親友への憎しみを加害者児童に昇華させることで自分を抑えました。いろいろな事件を調べましたが、わたしは子どもが起こした事件に対して特に興味を持ちます。子どもの事件はその親にも、社会にも、学校にも責任があります。そこをいかに報道の中で突いていくか、考えたいと思っています」

「ありがとうございます」

ぴんと張りつめた空気、箱のような白い部屋の中。すごく緊張していた。そして、最後の質問。

「入社できても、希望の部署に配属されるとは限りません。その場合でも、やっていける自信はありますか」

「大丈夫です。社会人になるからには、最初はやりたいことができなくて当たり前だと思っています。でも、自分のやりたいことができる部署に異動できるよう、熱心に仕事に取り組みながら、スキルを上げていきます」

「わかりました。質問は以上です」

「ありがとうございました」

一礼して、部屋を出る。部屋の外には、固い顔をした就活生たちが椅子に座って待っている。大きな荷物を肩から下ろしたような安堵と共に、帰路についた。

家についてひと息ついて、スマホを開くとお母さんからＬＩＮＥが来ていた。今日が最終面接だと話してあったから。東京で一人暮らしを始めてからも、お母さんからはまめに連絡がくる。

『面接うまくいった？』

たぶん大丈夫、とだけ返して、スマホを机の上に押しやった。就活は、大学生にとっての最終関門だ。リクルートスーツに身を包み、エントリーシートを書き、会社説明会に赴いて、面接でふるいにかけられる。受験の時より数段、プレッシャーが強い。

新聞社に入りたかったわたしは、大手の新聞社に片っ端から応募した。今日、最後の面接をした日の出新聞社は、雑誌や書籍も出している大手の会社だ。三社も落ちてるんだから、ここに受からないと、後がない。不安もあるけれど、なんとなく大丈夫だという気がした。少なくともわたしは、今日の面接でベストを尽くした。

ぴこん。またスマホの通知音が鳴る。

『就職が決まったら、一度帰ってきてね』

返信の文章を考えながら、今では年に一度帰省するだけになってしまった実家に思いを馳せる。反抗期なんて風邪をこじらせただけのようなもので、実家はわたしにとってどこよりも安心できる場所になった。今ではお父さんともお母さんとも、普通に話せる。かつて憎悪を向けていたお母さんは、今では誰よりわたしの味方だ。東京の大学に行きたいと言った時も、反対するお父さんを押し切って送り出してくれたし。

　ゼミの友だちと作ったグループLINEに、数件通知があった。受かった、おめでとう、という言葉が並んでいる。四年生の五月、友だちとの話題はもっぱら就活のことだ。誰もが自分が社会のレールに無事に乗れるかどうか悩んでいる。それでも、内定通知をもらった人は続々出てきて、焦燥感に押しつぶされそうになる。自分もいつか、内定が取れるのか。わたしたちは選ばれる側だから、神にでも祈るしかない。日の出新聞社は、わたしを拾ってくれるといいけれど。そんなことを考えても仕方ないので、パソコンに向かう。ゼミの卒論も、就活と同時並行で進めないといけない。構成は練ってあるけれど、まだ足りないところがたくさんある。

　卒論のテーマは、わたしに新聞記者の夢を抱かせるきっかけになったあの事件、桜浜小五女児同級生殺害事件だ。わたしの人生を変えた事件を、とことん突き詰めようと思った。少年事件に関する本を買い集め、事件について書かれた新聞記事をスクラップし、大河内恵の足取りを調べた。

　事件当時、大河内恵は十一歳だった。法律では、刑事事件に問えるのは十四歳以上で、それ以下の子どもはあくまで「非行」扱いとなる。物を盗ろうが、違法薬物に走ろうが、いじめで加害者を自殺に追い込もうが、自ら手を下そうが、少年としての裁きすら受けられない。恵は事件後、児童相談所を経て少年鑑別所に入り、そして児童自立支援施設に送致された。栃木にある、日本で最も厳しい女子の更生施設だ。児童自立支援施設では、子どもの更生教育を徹底的に行う。集団生活での規則正しい生活、勉強、運動、農作業。小さな施設の中でも人間関係があり、同室の子の中でもいじめが起こることもあるという、恵は、集団生活に馴染めていたのだろうか。かえって、同世代の女子に対する嫌悪感を募らせたりしていないだろうか。

「現地取材したいなぁ」

スクラップした記事を見つめ、そっと呟く。恵の家に、行ってみたい。恵が住んだ、詩子ちゃんが殺された町を、この目で見てみたい。内定が取れた後になるだろうが。

内定が取れて、季節が梅雨から夏へ変わったある日、桜浜に赴いた。桜浜は、わたしの出身地である三重の田舎町によく似ていた。何もない、辺鄙で小さな町。子どもが遊べるような場所なんて、公園とゲームセンターぐらいしかない。そんな娯楽の欠けた街で、恵が推理小説という娯楽に没頭したのは当然だと思った。わたしだって中一の頃、ネットで猟奇的なサイトばかり見ていたのだ。推理小説を読み漁っていた恵は、本の中で人の殺し方を学んだのかもしれない。それを実行に移してしまったのかもしれない。だから人を殺してみたかった？　でもそれは、いまいち納得がいかない。人を殺したいだけなら、たとえば道でたまたま会った見知らぬ人でもよかったはずだ。どうして、恵の殺意は詩子ちゃんに向けられたんだろう。

バスを降りて、江崎詩子の生家に向かった。書く前にちゃんと、花を手向けたかった。小さな花屋でブーケを作ってもらい、あの頃、事件でさんざん報道されていた江崎家へと向かう。江崎家は、典型的な田舎の古い一軒家だった。今は誰も住んでいないのか、人の気配はまったくしない。門の前にブーケを置き、手を合わせていると、声をかけられた。

「あんた、このへんの人じゃないねぇ」

振り向くと、五十代くらいのおばさんが立っていた。わたしをまじまじと見ている。

「はい、東京から来ました」

「東京から、こんな辺鄙なところにどうしたんだい？」

「わたし、大学の卒論のテーマを、詩子さんの事件にしたいんです。詩子さんの生まれた町に行けば、何かがわかると思って」

「詩子ちゃんのことなら、おばさんは何でも知ってるよ」

おばさんはかかか、と気持ちよく笑った。

「せっかくはるばる来たんだから、うちでお茶でも飲んでいかないかい？」

「いいんですか？」

「いいの、いいの。退屈な年寄りの相手でもしてくれよ」

その人は、榮倉さんといった。詩子ちゃんの住む家から、二軒先に住んでいる。子どもは男の子三人。いちばん下の子は事件当時、詩子ちゃんと同学年だったらしい。

「詩子ちゃんはそれはそれは、いい子だったよ。運動神経が良くて、クラスでも人気者。活発な性格だね。親友のメグちゃんとは正反対。メグちゃんはどちらかっていうとおとなしくて、勉強が得意な子だった」

「そうだったんですね」

「メグちゃんは、詩子ちゃんに対して劣等感があったのかもしれないね。小学生の頃って、勉強ができる子よりも運動ができる子のほうが人気者だろう？　でもそれが殺意に繋がるなんて、今でも理解できないけど」

はぁ、と榮倉さんが深いため息を吐く。わたしも考えたことだった。恵は詩子ちゃんに嫉妬していたんじゃないかって。でも嫉妬が殺意に変わることなんて、そうそうない。まして、恵は小学五年生だったんだ。人を殺してみたいなんて、普通は思わないだろう。

「家庭環境は、どうだったんでしょう。恵ちゃんは母子家庭で、詩子ちゃんは父子家庭でしたよね」

「どちらも、今思えば普通のおうちではなかったのかもしれないね。詩子ちゃんにはお母さんがいないし、メグちゃんはお父さんがいなくて、お母さんが有名人。メグちゃんはそのことで、仲の良い友だちから意地悪をされることもあったみたいだよ。何かにつけて、お嬢さまじゃん、ってからかわれたりとかね」

「どうして、恵ちゃんの殺意はいじめていた子に向かわなかったんでしょう？　詩子ちゃんだったんでしょう？」

築倉さんはだいぶ長いこと考え込んで、そしてつらつらとしゃべりだした。

「それが、どうしてもわからないんだよね。メグちゃんは、傍から見れば何不自由ない家庭環境だった。家が裕福で、母親はテレビにも出る有名人。家に帰れば、お手伝いさんの優しいおばちゃんもいる。親が離婚したことは思春期のメグちゃんにとっては、心の傷だったのかもしれない。だから——こういう言い方はおかしいのかもしれないけれど、メグちゃんはあの時、どうしようもない孤独を抱えていたんじゃないかと思う。メグちゃんのお母さんは、テレビに出たり、講演をしたり、一年中忙しくて、メグちゃんに構ってあげようとしなかった。それが小学五年生、思春期の入り口に立ったばかりの恵ちゃんとしては、寂しかったんじゃないかな。うちのお母さんは、普通のお母さんじゃない、ってね。詩子ちゃんがいた。友だちもいた。成績もいいし、家に帰れば優しいお手伝いさんもいた。でもメグちゃんはきっと……ひとりぼっちだったんじゃないかな、あの頃」

榮倉さんの家を出た後、桜浜をあてどもなく歩いた。恵と詩子ちゃんが遊んだであろう公園や、通っていた学校、海辺、小さな駅。桜浜は昭和の面影を引きずった小さな街だ。昭和の街にあるような小さな煙草屋や喫茶店。日用品と最低限の食品だけ扱ったこぢんまりとしたスーパー。道行く人たちはどこかのんびりとしている。九年前、ここで全国を賑わせる大きな事件が起こったなんて、誰も知らないような顔で。

大河内恵はどうして江崎詩子を殺したのだろう。二人は幼馴染で、親友同士だった。温かな感情が、どうして殺意に転じたのか。「人を殺してみたかった」そんな動機が、なぜもっとも近くにいる女の子に向いたのか。彼女は本当にサイコパスだったのか。

わたしには、大河内恵は普通の女の子だとしか思えなかった。榮倉さんが言っていたように、少し変わった家庭で育った、普通の、孤独な女の子。小学五年生にして孤独を抱えた、ひとりぼっちの女の子。子どもにとって、親からの愛情は絶対だ。テレビにも出る有名な母親に構ってもらえなくて、孤独を募らせたのかもしれない。それが大河内恵を凶行に駆り立てた——？

だとしたら、大河内恵もまた、被害者なのだ。親の、社会の、学校の被害者。小学五年生で親友を殺したことは、彼女にとって大きな心の傷になっただろう。その傷を抱え、殺人犯のレッテルを貼られたまま生きていく。

ふと、涙が出てきた。この時初めて、恵が可哀相だと思った。あの頃わたしは、メグたんに憧れた。メグたんを神格化さえしていた。その時期が過ぎ去った後は、自分とは違う特別な子なのだと思っていた。そして今は、あの頃のわたしも一歩間違えば、美保子を殺していたのだと思う。あの頃のわたしと恵は違うけれど、わたしもまた、危険な子どもだった。涙を拭い、わたしは桜浜を去った。

年の瀬になり、卒論が完成して教授に読んでもらうと、教授はわたしを研究室に呼び出した。こぽこぽとコーヒーを淹れ、マグカップを差し出す。

「磯野さんの卒論、感動したよ。今年の卒業生で、いちばんだ」

「ありがとうございます」

教授は、犯罪社会学の第一人者だ。大河内政子ほど頻繁ではないけれど、ときどきテレビにも出る。ゼミでは三年間、今の世の中と犯罪についての関連性を学んだ。少年事件から振り込め詐欺、高齢者の万引きまで。教授の講義は、面白かった。

「僕は特に、この部分が気に入ってるな。『加害者もまた被害者であり、この少女は一生消えない傷を心に背負って生きていかなくてはならない。私たちは現代に生きる者として、こんな小さな加害者も、被害者も、生んではならない』」

「それは、最後の言葉ですね」

「うん、僕も本当にそう思うから」

教授は物腰がやわらかい、グレーヘアの老人といっても差し支えない年齢だ。ゼミ生に対してもとてもフレンドリーに接するので、学生たちから人気がある。

「先生は、これから少年事件をなくす上で、何が大切だと思いますか」

「難しい質問だね」

教授はふっと笑い、そして腕を組む。

「今の子どもは、親から愛されていても愛情を受け取れない子が多い。そういう子は、親に対しての尊敬の念が育たない。たとえ反抗期でも、親に愛されていると信じて育った子は、人の道に外れたことはしないんだよ。お父さんとお母さんが悲しむから、って気持ちが働くから。家庭環境が悪い子だけじゃない、普通の家庭の子だってそうなんだ。江崎さんのおうちは、普通の家庭だった？」

「普通の家庭です。父親はサラリーマンで、母親は専業主婦。一人っ子のわたし。どこにでもいる、温かな家庭でした」

「反抗期はあった？」

「中一の頃は、母親を殺したいって思ってました」

「よくあることだね」

ふふふ、と教授がまた笑った。口元にたくわえた髭が小さく揺れる。

「僕も娘がいるけれど、子どもを愛するのって難しいよ。伝わるように、愛さないといけないから。ちょっとした言葉や態度の端々から、子どもは親に嫌われてると感じる。子どもは大人が考えるよりずっと敏感で、頭がいいからね」

「本当ですよね」

教授がマグカップを置いた。二人のコーヒーは、まだ温かい。

「江崎さんは、春から日の出新聞社だっけ？」

「はい、内定取れました」

「大手じゃないか。頑張ってよ」

「記者からいつかジャーナリストになって、自分の本を出します」

その時は、大河内恵のことを書こう。何があの子を事件に駆り立て、そして今どこでどう生きているのか。すべてを追いかけ、そして世に問おう。

第二のメグたんを、生まないために。

第四章　二〇一七年

〈恵の話〉

この人は朝から晩まで折り鶴を折り続けている。なんのために折っているのか知らない。千羽鶴を作りたいのか、それともただの遊びなのか。たまには他のものを折りましょうか、と言っても、頑として折り鶴に固執する。私は彼女のために毎日新しい折り紙を買い、彼女は一日で百枚の折り紙を使い切る。折り鶴は、彼女にとって特別なものなのだろう。

「下田さん、こっち来て」

先輩に呼ばれ、病室を離れる。廊下で、アルコール依存症の患者さんが暴れている。

「酒！　酒！　酒！　酒をくれ！　くれ！　くれ！　ビールでもチューハイでもウイスキーでもなんでもいい！　今すぐ酒を持ってこい‼」

男性職員三人が患者さんを羽交い絞めにし、奥の病棟に連れて行く。そちらはまるで牢獄だ。トイレの仕切りすらない部屋に閉じ込められる。身体拘束をされている患者さんもいる。ここは、心を病んだ人たちが最後にたどり着く場所だ。

「下田さん、大丈夫よ。ここは都内でもいちばん大きい、ハードな病院だから。同じ病院でも、個人で開業しているクリニックなら、こんな大変な仕事じゃないわ。クリニックの臨床心理士なんて、鬱病と睡眠障害の患者さんくらいしか来ないから。ここは、特殊よ」

先輩臨床心理士の言葉に、曖昧に頷いた。私は来年の春から、臨床心理士として働く。資格を取るための実習期間として、今はこの病院で働いている。

孝太郎とは大学生の時は半同棲状態で、大学院に進んだ時に同じ部屋を借りた。毎朝同じ時間に起きて同じ朝食を食べ、帰ると私は孝太郎の分まで夕食を作る。今夜は、カレーライスとサラダ。孝太郎は私より料理が上手いので、負けたくなくて頑張った。今では簡単なものなら、ひととおり作れる。

「ただいま」

帰ってくるなり、孝太郎はリビングのソファにどかっと腰を下ろした。キッチンの鍋では、あとはりんごをすりおろして入れるだけのカレーがぐつぐつ煮えている。

「今日はどうだった？」

「認知症の人に怒られたよ。若造に俺の苦しみがわかるかって。毎日怒られてばっか、俺」

孝太郎も私と同じく、臨床心理士の道を目指して悪戦苦闘中だ。勉強だけならまだしも、実習は難しい。誰もが、現実との壁に直面する。

「こんなに大変なら、臨床心理士なんてやめときゃよかったかも」

「そんなこと言わないの。ずっと頑張ってきたじゃない、私たち」

「俺、年寄りの相手はやだな。卒業したら、児童心理司とかやりたい」

「児童相談所に勤めるの？」

「それも考えてる」

孝太郎が乱暴にネクタイをほどき、投げ捨てた。

「今日の飯、何？」

「カレーライス」

「恵のカレー、美味いんだよな」

食卓でカレーを囲み、テレビを観ながら二人で食べる。幸せだな、と思う。孝太郎と付き合ってから、私は初めて幸せを知った。子どもの頃から今まで、幸せを感じたことなんてあっただろうか。孝太郎と過ごす何気ない瞬間のひとコマひとコマが、写真にして永久に心のアルバムに閉じ込めておきたいと思える。

「ね、伊藤と野原っていたじゃん、大学ん時のゼミの」

「いたね」

「あの二人、結婚するんだって。さっきライン来た。ま、二人、ずっと付き合ってたし、卒業と同時に就職したもんな。もう立派な大人なんだし、早くないよ」

　孝太郎とずっと一緒にいて、私も嫌でも結婚の二文字を意識するようになった。孝太郎の隣でウエディングドレスを着て、みんなに祝福されて、子どもを産んで、二人でずっと歳を取っていって。それは、子どもの頃の私が決して望めなかった幸せだ。

「今度、恵のお祖父ちゃんとお祖母ちゃんに挨拶しに行っていい？」

「え」

「えって、俺たち、何年付き合ってると思ってるんだよ。恵には親がいないから、お祖父ちゃんとお祖母ちゃんが親代わりなんだろう？　孫と一緒に暮らしてる男が、挨拶もないなんて失礼だよ」

「そう、だけど……」

「別に、堅苦しく考えなくていいんだ。俺のこと、知って欲しいだけ」

　それ以上その話題は出ず、後はテレビのこととか、今日あったこととか、大学時代の思い出とか、そんなことを話しながら私たちはカレーを食べた。

ベッドに入ると孝太郎は二日に一度は求めてくる。最初のうちは苦痛でしかなかったその行為に、次第に快感を見出せるようになった。孝太郎が私の前に何人の女と付き合ったのか知らないけれど、たぶん上手い。そして私は二十四歳、女盛りだ。繰り返し触れられれば、ちゃんと開発される。私は彼によってセックスの悦びを知った。

セックスが終わると、孝太郎はすぐに高いびきをかき始める。私は眠れず、こっそりスマホを開く。「桜浜小五女児殺害事件」で検索すると、いくつかのヒットが出る。匿名の質問箱には、加害者児童はその後どうなったか、という質問があった。『加害者と同じ地元ですが、児童自立支援施設に行ったそうです。高校は、定時制か通信制だったと思います』――なんで知ってるんだろう。いや、これくらいのことは、調べれば誰でも書けるか。

孝太郎と一緒にいればいるほど、孝太郎に対して親しみが湧けば湧くほど、自分が人に言えない過去を持っているのだと思い知らされる。言ったら孝太郎は、離れていくだろう。この気持ちは、もしかしたら愛なのかもしれない。最初は、ちっとも好きじゃなかった。でも身体を重ねて、時を重ねれば、愛情は自然と芽生えてくるものなのだ。このまま孝太郎と結婚してしまってもいいかも、と思っている自分がいる。

でも、結婚となったら、お祖父ちゃんとお祖母ちゃんに挨拶、なんてことが本当に実現してしまったら。あのことが、ばれてしまわないだろうか。私が恵だったと気付かれたら、終わりなんだ。

次の日、仕事中に突然スマホが鳴った。知らない電話番号だったので無視すると、二分後にまた鳴った。休憩所で電話に出ると、しわがれた老人の声がした。

「もしもし、恵か」

「お祖父ちゃん……？」

子どもの頃に聞いて以来の声に、心臓が跳ねる。孝太郎と一緒に挨拶へ行こうと思ってた矢先に、この連絡？　あまりにもタイミングが良すぎる。悪すぎる。

「早速なんだが、お祖母ちゃんが死んでな」

「死ぬ⁉　そんな、なんで……」

「二年前に足を悪くして、それから歩くのがゆっくりになってたんだけれど……一昨日、車に撥ねられた。頭を強く打って、即死だった」

小さな頃に遊びに行くと、飴玉をくれたお祖母ちゃんの顔が浮かぶ。思い出は霧に包まれたようで、その顔ははっきり見えない。でも、とても優しい人だった。私は三浜さんを慕っていたけれど、私のお祖母ちゃんは、お祖母ちゃんだけなのだ。

「だからすぐ、こっちに来てほしいんだけど」

「わかった。支度して向かう」

電話を切り、上司に事情を言う。事が事なので、すぐに送り出してくれた。

駅まで向かって走りながら、孝太郎にも電話した。

「もしもし、孝太郎？」

「どうしたんだよ、何かあった？」

「お祖母ちゃんが死んだの、交通事故に遭ったんだって。私、これから喪服買いに行かないと。一週間くらい留守にするかもしれないけれど、お願いね」

「俺も行くよ」

畳みかけるように孝太郎が言った。

「前から、挨拶に行かなきゃって言ってただろ。いい機会だ。恵のお祖母ちゃんの弔い、俺もしてあげたい」

「気持ちは嬉しいけど……」

「迷うことなんてあるかよ。さすがに彼女に不幸があったなんて上司に言えないけれど、自分の身内に不幸があったことにして休むよ」

孝太郎はそう言って、あわあわと電話を切った。大変なことになってしまった。まだ、覚悟なんて出来てないのに。とりあえず喪服を買わなきゃと、百貨店に向かった。

喪服は、安いけれど少しデザインが若々しいものを選んだ。真っ黒いワンピースは、私の体型にすっと馴染んだ。家に着いて旅行カバンに数日分滞在用の荷物をまとめていると、孝太郎が帰ってきた。二人で支度をして、電車に乗り込む。私たちはまだ大学院生の身分、自分の車なんて持っていない。

電車を乗り継いで二時間半。神奈川と静岡の境目あたりにある山奥の小さな町が、お母さんの育った町で、お祖父ちゃんとお祖母ちゃんの家がある。幼稚園の頃以来の帰郷で、こんなところだったっけ、と思う。駅がリニューアルされ、別の町みたいになっていた。あの頃にはなかったコンビニやスーパーがある。

大河内家は古い家だ。素っ気ないブロック塀に覆われ、庭にはお祖父ちゃんが若い頃趣味で植えたという様々な植物が並んでいる。チャイムを押すけど、誰も出ない。

「お祖父ちゃんと連絡取れないの？」

「携帯は持ってるんだけど。病院か、葬儀屋さんにでも行ってるのかもしれない」

「中に入れないの？」

「鍵持ってないんだよね」

門の前で右往左往していると、しばらくして一人の老人に声をかけられた。

「もしかして、恵ちゃん？」

この人は誰だろう。なんで私の名前を知っているんだろう。

おぼろげな記憶の中に、その顔を見つける。

「もしかして……耕作大叔父さん？」

耕作大叔父さんは、四人兄弟のお祖父ちゃんのいちばん下の弟だ。お祖父ちゃんのきょうだいはみんなこの町で暮らしているから、帰省の度に会っていた。なかでもこの人は、私のことをよく可愛がってくれた。

「恵ちゃんがもうすぐ来ると思うから、案内してあげてって兄貴に言われてね。いやぁ、ほんと久しぶりだなぁ。すっかりきれいになったね」

この人は事件のことを知っている。事件の後はきっと、この町も史上最も幼い殺人鬼の母の故郷として有名になったはずだ。この人だって、いろいろ聞かれただろう。

関わりたくもない殺人鬼の女に、耕作大叔父さんはくしゃくしゃの笑顔を向ける。

「そちらの方は？」

「初めまして、恵さんとお付き合いさせて頂いています。今泉孝太郎です」

ほう、と耕作大叔父さんが目を広げる。

「付き合ってるっていうのは、もしかして結婚前提かい？」

「はい、俺も恵さんも、臨床心理士の資格を取るために大学行って、今実習期間で。来年から働き始めます。生活が安定したら、プロポーズするつもりです」

「それはよかった。恵ちゃん、いい男を選んだじゃないか」

耕作大叔父さんの「メグミ」の発音が、なんだかぎこちない。かつてこの人の前で私はメグムだったのだ。名前が変わったことは、お祖父ちゃんから聞いているはずだ。孫が来るから呼ぶ時に気を付けるように言われてるのだろう。

「みんな、本家に集まってるから来てよ。通夜は明日なんだ。今日は、久しぶりに親戚がこの町に集まるから、みんなで歓迎しようってね。ユカちゃんたちも来るよ」

幼稚園の頃に遊んだ従妹の名前が出てくる。遊んだといっても、年に数度、数回きりだ。血が繋がってるはずなのに、詩子の存在とは比べ物にならないくらい小さい。

大河内家の本家は、立派な作りの大きな家だ。お祖父ちゃんの兄、すなわちいちばん上の長男は、もう九十を超えていて、ひ孫もいる。お祖母ちゃん側の親戚が集まってくるので、田舎特有のおおらかさでみんなでもてなした。女の人が稲荷寿司やおにぎりをふるまい、お酒まで出て、みんな上機嫌だ。

「メグちゃん、すっかりきれいになったのねぇ。こんなに大きくなって、素敵な彼氏までできて。いいじゃない。うちの娘なんて四十越えても独身だから、嫌になるわ。早くメグちゃんみたいに、素敵な人を見つけてほしいんだけど」

何の気もなしに知らない親戚のおばさんからそんなことを言われて、困ってしまう。これだから、親戚付き合いというのは面倒臭い。

「はじめまして、お祖父さん。今泉孝太郎です」

宴もたけなわになった頃やってきたお祖父ちゃんに、孝太郎が挨拶をした。孝太郎にとっては、これが今回のメインイベントなのだ。

「この度は、大変ご愁傷様でした」

「いや、仕方ないよ。もう、七十五だからね。心臓も悪かったし、いつ迎えが来てもおかしくなかった。ちょっと、早まっただけだ」

お祖父ちゃんは、本当にあまり悲しくないような口ぶりだった。歳をとって身近な人がどんどん喪われていくと、最愛の人がこの世から消える覚悟もできてしまうのだろうか。

「孝太郎くんは、臨床心理士を目指しているんだって？」

「はい。スクールカウンセラーになるのが夢なんです」

「それはまた、どうして？」

「中学の頃一時期、不登校になったことがあって。いじめとか、そういうのじゃなくて、ただ学校に行くのが嫌というか、でも単なる怠けとも違って。その時にスクールカウンセラーの先生に親身になってもらって、また学校に行けるようになったんです。それで将来、人の心を癒す仕事に就きたいと思うようになりました」

「立派じゃないか」

お祖父ちゃんが嬉しそうに目を細める。お祖父ちゃんが人を殺めた孫をどう思っているのかわからないけれど、少なくとも孝太郎のことを歓迎してはいるみたいだ。

「あの、恵さんのお母さんは、離婚後苗字を戻さなかったんですか？」

孝太郎がお祖父ちゃんに聞いて、お祖父ちゃんが眉をぴく、とさせた。

「この家は大河内だけど、恵さんは下田ですよね？　別れた旦那さんの苗字かなって」

そのことは、考えていなかった。どうしよう。こんな単純なことでばれてしまったら。私の心配をよそに、お祖父ちゃんは平然と答えた。

「あの子は、現実的だったからね。別れた旦那のことは嫌いだけど、苗字を変えたらパスポートだの免許証だの、手続きが面倒くさいって言ってたよ」

「今はそういう女の人、多いですよね。俺の友だちも中学の時親が離婚したけど、苗字、変わらなかったですよ」

よかった。バレなかった。怪しまれもしなかった。

お祖父ちゃんは自分の娘を「あの子」と呼ぶ。政子という名前を口には出さない。マサコなんてよくある名前だけど、あの大河内政子だと気付かれてしまったら終わりなのだ。

その晩はお祖母ちゃんが使っていた和室に、孝太郎と並べて布団を敷いた。電気を消しても、二人ともなかなか寝付けずにいた。ぽつんと孝太郎が言う。

「恵って、お母さんとあまり上手くいってなかった？」

私は寝返りを打ち、孝太郎のほうを見る。

「どうしてそんなこと聞くの？」

「だって、お祖父ちゃんと話してても、一度も恵のお母さんの話が出てこなかったから。悲しいことだから意図的にその話題に触れないようにしてたのかもしれないけれど、もう十年以上前のことだろう？　思い出話くらい、ないのかなって」

「お母さん、ちょっと変わってたから」

「変わってたって、どこが？」

「子どもにいちいち干渉するんじゃないの。むしろ普段は、放置って感じ。でも、レールは敷きたがるんだ。私は私立の中学に行ってすごく良かったから、あんたも行けって。勝手にいくつかの中学のパンフレット取り寄せたりしてたんだよ」

いわゆる毒親とは違うけれど、お母さんは子どもを見ない母親だった。自分の理想の子ども像があって、それを私に押し付けて、素の私に向き合おうとしなかった。

「私、いつか子どもを産むのが、すごく怖いんだよね」

この家は静かだ。古い昔ながらの日本家屋はしんと静まり返っていて、天井が高い。

「お母さんみたいなお母さんになっちゃいそうで怖い。子育ては、自分が親にしてもらったようにしかできないでしょ？　自分の子どもに、同じ思いをさせたくない」

下手をすれば、私の子どもは殺人鬼になってしまう。私が子育てを間違えたら、そうなってしまう可能性もあるのだ。

「恵は、そうならないよ。お母さんっていう、いい反面教師がいるじゃないか。自分がされて嫌だったことは、恵は人にはしないよ。恵、優しいから」

「優しいかな、私」

「優しいよ。俺はよく知ってる」

孝太郎は何も知らないからそう言う。私だって、優しいふりくらいはできる。仕事で疲れている孝太郎に紅茶を淹れてあげるとか、そんなことくらいは。でもそんなの、本当の優しさじゃない。少なくとも、本当に優しい人間は殺人鬼にはならない。

「恵はいいお母さんになれるよ。二人も三人も子どもを作って、立派に育て上げて、いつか孫ができて。そして俺と二人で、死ぬまで二人で幸せに暮らすんだ」

「それ、プロポーズ？」

「まさか。そういうのは、こんなところじゃなくて、もっとちゃんとした時にする。今日はもう寝よう。おやすみ恵」

まもなく、孝太郎の寝息が聞こえてくる。音のない部屋に、か細い呼吸が響く。それを聞いているうちに、自然と私も眠りについた。久しぶりに、詩子の夢を見た。私と孝太郎と詩子と、三人で手を繋いで歩いていた。真ん中に詩子。私と孝太郎は大人なのに、詩子は子どもだった。詩子は私と孝太郎のことを、パパとママと呼んだ。

通夜も葬儀も、お祖父ちゃんと大叔父さんが重要な役割はすべてやってしまったので、私はすることがなかった。時々話しかけてくる人たちに挨拶をし、孝太郎を彼氏だと紹介する。親戚に紹介、イコール結婚ということだ。孝太郎は終始いつになく緊張した様子で頭を下げていた。

棺の中のお祖母ちゃんは、記憶の中より痩せて皺が増えていた。悲しいという感情は湧いてこない。長く会っていないからかもしれないし、施設を出た後、この人たちに引き取りを拒否されたからかもしれない。結局最後まで、遠い人のままだった。

骨を拾い、会食があって、孝太郎とお祖父ちゃんと三人で家に戻った。私は居間で一人、麦茶を飲んでいた。七月の午後六時半、空はまだぼんやりと明るい。自然が多いこの町は空気がきれいで、縁側から入ってくる夜風が都会よりも澄んでいた。

庭の隅っこで、お祖父ちゃんと孝太郎が話しているのに気付いた。なんとなく見つかってはいけないような気がして、サンダルを履き、そろりそろりと近づいた。

「恵の母親は、私のせいで強い人間に育ってしまってね。これからは女の時代だ、女も男と同じように自立して働くべきだ。そんなことを、子どもの頃から言って聞かせた。小学校の時、テストの点数は百点以外許さなかった。九十九点を取った時は、単位をつけ忘れるなんて、そんなミスをする人間は社会でやっていけないぞと叱った」

「ずいぶん厳しくお育てになったんですね」

お祖父ちゃんが頷く。二人は煙草を吸っていた。

「そのせいか、あの子は自立の意味をはき違えてしまった。女の自立は、女が男より強くなるということじゃない。男を支え、男に守ってもらい、甘える。そういうこともできないと、他人の力を上手く使わないと、自立は難しい。少なくとも、今の世の中では。性格のきつい子だったから、結婚も上手くいかなくて、性格が合わないからとすぐに別れてしまったよ。旦那さんが逃げ出したんだろうね」

お祖父ちゃんが、お母さんのことをそんなふうに思っているなんて知らなかった。たしかに頑固で厳格な、昔ながらの年寄りというイメージだったけど。お母さんが死んだ時、お祖父ちゃんはどう思ったんだろう。大事な娘を孫が殺したんだ。この人も私のせいで辛い思いをしたのだと、今になってようやく理解できる。

「恵は、母親によく似てるよ。一人で考えて一人で決める。なんでもそうするんだ。

今でもあの子は、君に甘えないんじゃないか？」

「たしかに恵は甘えないし、不器用です。高いところにあるものをとる時だって、俺を呼びません。それは俺がやるからと言っても、意地でも自分でやろうとする。そんなに頼ることをしないで、大丈夫かなって思いますよ。でも恵さんほど、素敵な女性はいません。優しくて素直で、可愛らしい。僕には勿体ないです」

「恵を、よろしくな」

お祖父ちゃんが煙草を地面に投げ捨て、靴の裏で火を消した。

「私はもう、老い先短い。せいぜいあと十年だ。これからのことは恵に頼らんよ。貯金もあるし、介護が必要になれば老人ホームにでも入るさ。恵を、あの子を、幸せにしてやってくれ。温かい家庭を作ってくれ」

なんだ、これは。これじゃあまるで、娘を嫁に出す父親の台詞じゃないか。

お祖父ちゃんは殺人鬼の孫のことを、自分の娘だと思っていたんだ。

涙が溢れてくる。お祖父ちゃんの愛情が嬉し過ぎて、心臓の血管にじわじわと染みていく。愛情が心臓から、全身へと行き渡る。

愛はこんなにも身近にあったのに、どうして今まで気付けなかったんだろう。

庭の八重桜の木の陰で、二人に見つからないように、長い間、涙を落とした。

〈昴の話〉

いい匂いがして、目が覚めた。鮭が焼ける匂いだ。グリルの中でこんがりと色づく鮭。口に入れると、ほろほろと身が崩れる。子どもの頃、母さんがよく作ってくれた。

「おはよう、昴」

キッチンから奈智がちょこんと顔を出す。俺が貸しただぼだぼのTシャツ一枚、下は穿いてないので白い太ももが丸見えだ。

「もうすぐご飯できるから、一緒に食べよ」

二年付き合っている奈智は、同じ会社のデザイン部。俺より二つ年上で、もうすぐ二十九歳になる。典型的なさばさばしたキャリアウーマンタイプで、最初はちょっと近寄りがたいと思っていた。でも奈智のデザインする広告は、その外見にそぐわない、ピンクを基調とした可愛らしいものが多かった。奈智の持ち物も、ピンクの財布とか、ピンクのスマホケースとか、ピンクが多い。

見た目と中身のギャップに惹かれて、俺から告白した。

「朝からご飯に味噌汁に鮭って、奈智の用意する朝食って昭和の家庭みたいだよな」

「何よ、文句あるわけ？」

「いや、うちは母さんが早く死んで父さんと二人きりだったから、こういうちゃんとした朝ご飯ってあまり食べたことなくって」

それなりに長い付き合いだから、家庭事情はあらかた話してある。もちろん、詩子のことは言えないけれど。

「うちだって平日はそんなものよ。トーストと目玉焼きとヨーグルト、それだけ。朝は父も母も仕事の準備をしながら家事をするし、忙しいからね」

「奈智って、納豆食べられないの？　奈智が納豆買ってきたこと、一度もないよな」

「食べられるわよ、一応。でも、父が納豆、駄目なのよね。昴のお父さんは？」

「男だけの朝食だから、ご飯に納豆ぶっかけただけなんてことは、ざらだったよ」

「昴のお父さんは納豆が好きで、うちのお父さんは納豆が駄目なのね。二人が会ったら、喧嘩になりそうね」

奈智は笑いながらそう言うけれど、冗談じゃない。この歳になると、身近で結婚の話題が出ることなんて珍しくない。ましてや、奈智は年上。出産のリミットだってある。大人の付き合いは、遊びじゃない。責任を取ることも考えなきゃいけない。

奈智と付き合うことで、俺は恵への憎しみを少しだけ薄めることができた。でもそれは、奈智の人生の半分を、俺がもらうことなのだ。

ボーナスが出たばかりの七月頭、会社近くの居酒屋は賑わっていた。あちこちのテーブルで飲み会が行われ、既に出来上がっている連中もいる。

「彼女がさー、あたしたちいつ結婚すんの、ってマジうるせーんだよ。冗談じゃねぇっつーの。まだまだ遊んでいてーよ」

同期の田崎(たざき)が言う。田崎には高校時代から十年近く付き合っている彼女がいるが、実はこいつは遊び人だ。彼女がいても平気で合コンに行き、お持ち帰りでワンナイトラブに発展することもある。今も彼女の他に、セフレが二人もいるらしい。

「でも、俺らのトシで結婚してる奴って案外多いよな。大学時代仲良かった奴から、この前結婚式の招待状届いたよ」

同じく同期の長嶋(ながしま)は、特定の彼女はいない。「恋愛なんて金と時間の無駄」が口癖で、性欲は風俗で発散させまくっている。

「俺も実家帰省する度聞かれるぜー、親から。彼女はできたかだの、いい人はいないかだの。弟が早くにデキ婚したからって、焦り過ぎなんだよ」

「畠山(はたけやま)は女はキャバだけでいいってタイプだもんな」

と、田崎が茶化す。

「なぁ、ぶっちゃけトークしようぜ。みんな、経験人数は何人？　俺は五人」

長嶋が言う。風俗遊びが唯一の趣味のような男のくせに、経験人数が五人って少なすぎじゃないだろうか。いや、最後までしなければ、「経験」のうちには入らないか。

「俺は十二、三人くらいからな。ほとんどワンナイトだから、もっと多いかも」

「田崎のヤリチン！　彼女はどーした！」

「彼女は主食、浮気はおやつだよ。畠山は？」

「俺は七人くらいかなぁ。いや、八人だったっけ？　覚えてねー。江崎は？」

「二人」

蚊の鳴くような声で言うと、他の三人がえっと声を合わせる。

「二人って、今の彼女と、あと一人だけ？　少なくね？」

「俺はお前らみたく遊んでばっかいねーんだよ」

「昴、真面目過ぎ。このトシで遊びを知らないって、重症だぜ。金も時間もあるんだから、遊ばねーと損だって。お前、彼女が妊娠でもしたらどーするつもりだよ。一生遊べなくなるんだぜ？」

畠山にそんなことを言われても、ピンとこない。俺は同世代の男子に比べて、極端に性欲が薄い。奈智とそういうことをするのは好きだけど、たまには他の子を抱きたいなんて思ったこともないし、エロ動画すら興味がない。

「ボーナス入ったし、今日はこの後みんなでソープでも行くか」

長嶋が言って、田崎がそれはやめとけよと突っ込む。

「初心者の昴にソープはきついだろ。せめてヘルスにしとけよ」

「ヘルスだって初心者にはきついって。おっパブならいけんじゃね？」

「ここは、やっぱりキャバだろ」

さすがキャバクラ王。畠山が仕切ろうとする。

「この近くに、いいキャバがあるんだ。女の子のレベルはあんまり高くないけど、枕やってる子が多いらしい。上手くいけば、枕に持ち込めるぞ」

「いいじゃん。あと一杯飲んだら、そこ行こうぜ」

田崎も長嶋もノリノリだ。俺は正直、気乗りしなかった。キャバクラに行くなんて浮気の範疇ではないかもしれないけれど、それでも奈智に申し訳ない。

飲み屋街の外れに、そのキャバクラはあった。緑を基調とした清潔な印象を与える外観はぎらぎらしてないけど、安っぽい。店内は流行りのＪ－ＰＯＰが大音量で流れ、身体にぴっちり張りついたドレスを身に纏った女の子たちが酔っ払いの相手をしている。客は、大学生ぐらいの若い奴からおっさん、おじいさんまで、年齢層が幅広い。

「あすかです」

名刺を渡してくれた女の子は、大袈裟じゃなく、今まで見た女の子の中でいちばん可愛かった。でかい目も長い睫毛もすっきり高い鼻筋も、まるで人形のようだ。

「いくつなの？」

「ハタチです。今大学二年」

「大学行ってるのに、キャバやってるの？」

「そういう女の子多いですよ。うちは私立でお金がかかるから、学費は半分、あたしが負担。普通のバイトだと稼げないから、こういうところで働くしかなくって」

いわゆる苦学生、というやつか。でも学費を稼げないからってキャバクラだなんて、親からしたらたまったもんじゃないだろう。

「お兄さん、名前は？」

「昴」

「へー。格好いい」

「よく言われる」

「昴さん、何かスポーツやってました？」

「中学の時、野球部だったけど。なんでわかったの？」

「身体が逞しいな、って思ったんです」

褒めているつもりなのだろうが、過去を言い当てられ、いい気持ちはしなかった。

「中学の時に野球部だったんですね。高校では？」

「続けなかった。中二の時にオフクロが死んで。それ以来グラブを握れなくなった」

「……なんかごめんなさい、悪いこと聞いちゃって」

咄嗟についた嘘の後、あすかちゃんは俺にあまり話させないようにと気を遣ったのか、適当に自分の話をして場を繋いでいた。俺はその話に適度に相槌を打った。

「どうだった？　初めてのキャバは」

店を出た後畠山に言われて、俺は縦とも横ともつかない角度に首を振る。

「よくわからなかった」

「よくわからなかった、って何だよ。ちゃんと口説けよ」

「口説いたってしょうがねぇだろ」

金で買った女を口説いて、セックスに持ち込むなんて、そんな虚しいこと俺にはできない。当たり前に女を買い、女を捨てられる長嶋や畠山が羨ましかった。


終電で家に帰ると、奈智が来ていた。奈智も今日は同期と飲むとLINEしてきたから、今まで友だちといたのだろう。でも、うちに来るなんて聞いていない。慌ててスマホをチェックすると、三十分前に「今夜は泊まりに行くね」とあった。

「おかえり。お腹空いてる？」

「うん、ちょっと」

「じゃあ、なんか軽いもの作るね。少し待ってて」

奈智は料理が上手い。第一印象は近寄りがたいバリバリのキャリアウーマンって感じだったけど、付き合ってみると奈智は家庭的で優しい、いいお嫁さんになりそうな普通の女の子だった。時にはビーフシチューとか、凝った料理まで作る。

「昴、女の子と飲んでた？」

ばくん、と心臓が跳ねる。女はどうしてこうも勘が鋭いのだろう。

「飲んでたけど……どうしてわかった？」

「香水の匂いがするから。キャバクラでも行ったの？」

「誘われて、断れない雰囲気で……あ、でも、ライン交換しませんかって言われて、断ったよ。奈智に悪いし」

早口でまくしたてると、奈智がぷっ、と笑った。

「そんなに慌てて言い訳しなくても。あたし、全然怒ってないんだから」

「……そうなの？」

「男の子だったら、付き合いでキャバクラくらい行くでしょう。あたしだって、それくらいは理解してるわ。それにあたしは、昴を信じてるもの」

なんていい子なんだろう、と思ってしまう。結婚十年目の嫁さんだって、こんなに優しくはないいんじゃないだろうか。

ふと、頭の中に陽菜の顔が浮かんだ。本当に久しぶりに浮かんだ。陽菜と奈智は全然違う。陽菜は背が低くて可愛いタイプで、奈智は歳より大人びて見える、きれいというより格好いいという言葉が似合う大人の女。でも奈智はなんだかんだで俺を立てるし、家事も上手い。結婚するなら、理想的な女性だと思う。

「この前ね、同窓会のお知らせＬＩＮＥが来たの」

俺のために作ったお茶漬けをテーブルに置き、奈智が言う。

「同窓会って、いつ？　中学？　高校？」

「中学よ」

「奈智の地元って、静岡だっけ」

「そう、沼津(ぬまづ)。帰省する時、みんなで集まろうって。行くかどうか、迷ってるの」

「なんで迷う必要があるんだよ。行けばいいじゃん」

奈智が冷蔵庫から出したチューハイをひと口飲んだ後、言った。

「だって、このトシで同窓会なんて行ったら、女子のマウント合戦になりそうじゃない。結婚してる子は独身者を見下すし、正社員は派遣社員を見下す。かつての自分たちを知ってるから、より壮絶になるのよ」

「でも、俺に相談してくるってことは、行きたい気持ちもあるんだろ？」

「そりゃ、ね。卒業以来、ずっと会ってなかった子も来るっていうし。それより昴は、心配じゃないの？」

「何が？」

お茶漬けをかきこみながら間抜けな声を出すと、奈智の表情が少し険しくなった。

「浮気よ、浮気！　同窓会で昔好きだった人と再会して、焼けぼっくいに火がついて……なんて、恋愛ドラマの黄金パターンじゃない」

「さすがデザイン部だな。奈智のほうこそ、ロマンチスト過ぎ」

「可能性の話をしてるの！」

今日の奈智は、いつになく饒舌だ。飲み会に行って、ここでまた飲み直して。アルコールがだいぶ回ってるのかもしれない。

「いたの？　中学の時、好きだった人」

「いたわよ、サッカー部の男の子。結構仲良かったんだけど、友だち以上恋人未満って感じで、それ以上進展はしなかったな。別々の高校行ってからは、それっきり」

奈智が俺の目を見た。

「昴は？　昴は中学時代、好きな人、いなかったの？」

「俺は――」

中一の時同じクラスで、あの日まで好きだった子の顔を思い出そうとするけれど、靄がかかったようにぼやけていてよく見えない。名前すら曖昧だ。ユカ？　ユミ？

ユキ？　どれも違う気がする。

決して目立つタイプじゃないし、どちらかというとおとなしい子だったけど、話してみると案外面白くて、優しかった。俺はいともあっさりと、恋に落ちた。オナニーの時はその子のことを考えていた。

その恋を終わらせたのは、恵だった。事件があって、俺は学校中の有名人になってしまって、みんなから腫れ物扱いされた。その子に告白なんて考えられなかったし、告白したところで、「事件で辛い思いをしてるんだからOKしよう」とか、同情心で付き合うことになりそうで、嫌だった。俺の初恋は思いすら伝えられないまま、蓋をして、心の海の底深く沈んでいった。そうせざるを得なかった。

「中学の時はいなかったけど、高校の時はいたよ、彼女」

「へー。じゃあ、その子が初体験？」

「いや……その子とは、未遂で終わった」

「未遂って、どういうこと？　立たなかったってやつ？」

「まぁ……そんな感じ」

嘘をついた。あの時、俺のあそこはびんびんだった。本能が理性を破壊し、激しく陽菜を求めていた。でも陽菜の顔と詩子の顔が重なった途端、興奮がみるみるうちに冷めていったのだ。

「まぁ、初めてなんてそんなものよね。あたしだって、初体験はさんざんよ。高二の時だったけど。その人は、ちゃんと立ったけどね。でもこっちは痛くて仕方なくて、痛みでぎゃーぎゃー言って、にもかかわらずさんざんかき回されて、最後は中で出されて……最悪よ。その後、生理が三日遅れただけで焦ったわ」

「最低だな、そいつ。知識がないのは仕方ないにしても、せめてゴムはつけろよ」

「昴はいつも避妊してくれるね。でも、そろそろそういうの、やめてもいいのよ?」

言いながら、酔っ払った奈智が背中にくっついて甘えてくる。まるで猫みたいだ。

会社では後輩を厳しく叱り飛ばしているのが信じられない。

避妊しなくていい——その意味は、もちろんわかってる。奈智は表面上は仕事に生きるデキる女を装っているが、その実同世代のアラサー女性とあまり変わらない。「女の子」として生きられる時代を過ぎて、結婚を焦る、普通の女性なのだ。

「順番間違えたら、奈智のお父さんに殺されるよ」

「うちのお父さんは、そんなに固い人じゃないわよ。お姉ちゃんはデキ婚だったけど、もう三十一だったからね。嫁に行ってくれて、ホッとしたって感じ」

「女の子の父親だけにはなるもんじゃないな」

「なんで?」

「若い時はどこにも嫁にやりたくないって思うのに、ある程度の年齢を過ぎたら、今度はいつ嫁に行くのかと心配しなきゃいけない。男のほうが、ずっと気楽だ」

「じゃああたし、男の子を産めるように頑張らなきゃね」

俺たちは、酒臭くて濃厚なキスをした。そのまま互いの身体のいろんなところに触れて、下腹部が痺れてきたところでベッドになだれ込んだ。

その晩、俺は人生で初めて、避妊なしのセックスをした。


お盆休みの東京は連日最高気温三十三度、三十四度の真夏日が続いた。緑のない都会は、アスファルトから照り返す太陽がじりじりと肌を焼くから、歩いているだけで暑い。都会の暑さから逃げるように、奈智は沼津に、俺は桜浜に帰省した。電車を乗り継いでたった二時間の道のりが、すごく遠く感じた。

父さんは定年退職した後、横浜のアパートから桜浜の実家に戻り、悠々自適に暮らしていた。庭で家庭菜園を始め、採れた野菜を料理して、近所にお裾分けしている。

「昔は、このへんは子どもがたくさんいてよかったねぇ。今はもう、年寄りばっか。横須賀のほうは新興住宅街が出来て人口が増えたけど、このへんは寂れる一方。若い人はこんな何もないとこ、住みたくないのかねぇ」

手作りの牡丹餅を持ってきてくれた榮倉さんが、父さんと話をしている。榮倉さんの家には、子どもの時に詩子と何度もお邪魔した記憶がある。恵が一緒にいることもあった。それくらい、桜浜のご近所関係は濃厚なのだ。

「好江さんは、いい人だったわねぇ。梅干しを作るのが、すごく上手くって。夏になると好江さんの梅干し、よくお裾分けしてもらったわ。ああいう人が、小さい子どもを連れてまた住んでくれるといいんだけどねぇ」

好江というのは、母さんの名前だ。西日本の田舎出身の母さんは、お母さんというより、おばあちゃんみたいな人だった。のんびりした人で、関西弁を崩したような独自のイントネーションでしゃべる。母親らしい口うるさいところはなかったけど、物や食べ物は大切にしなきゃいけないとか、そういうことはきっちり教育された。

もし母さんが生きていたら、違ったんだろうか。詩子が死んでからも、俺は暗い青春を送ることなく、母さんが上手に支えてくれたんだろうか。

病院のベッドに身体を横たわる母さんの姿が瞼の裏に浮かんで、すぐ消えた。

榮倉さんが帰っていき、父さんと二人きりになると、自然と男同士の話になる。換気扇の下で二人で煙草を吸いながら、父さんがぽつりと言った。

「お前、今付き合ってる人はいるのか」

「いるけど……なんで」

「なんで、じゃないだろう。いつ父さんに会わせてくれるんだ？」

女の子の親は結婚を急かすものだと思ってたけれど、男の親もまたそうなのか。適当にはぐらかして逃げたいけど、二人きりだとそうもいかない。

「会うも何も、大袈裟だよ。まだ、将来のこととか何も決まってないのに」

「その人、いくつなんだ？」

「俺の二個上」

「だったら、将来を考えないで付き合うなんておかしいだろう。よそ様の娘にいい加減なことをするなんて、父さん、許さないからな」

「いい加減な付き合いなんてしてないよ。俺も奈智も、結婚願望はある。ただ、具体的な話は何もないだけで……」

　父さんがとんとん、と灰皿に煙を落としながら急に神妙な顔になった。

「具体的な話をする前に、お前の場合は話さなきゃいけないことがあるだろう」

「なんだよ、それ」

「決まってるじゃないか。詩子のことだよ」

　その発想はなかった。俺はごくり、と水たまりみたいにでかい唾を呑む。

　当たり前だけど、奈智に詩子の話をしたことはない。それどころか、奈智は俺が一人っ子だと思っている。妹が死んだなんて、しかも友だちに殺されたなんて、話がヘビー過ぎて、とても言えない。冷静に話せる自信もない。

「いいか、昴。結婚するっていうのは、相手にも、そのご家族にも、信頼を得ることなんだ。結婚は、一種の契約みたいなものだからな。だから、嘘があっちゃいけない。話すのは辛いだろうけど、詩子の事件は大きすぎる事件だ。今はネットがあるから、親族の誰かが、俺たちが詩子の家族だって知るかもしれない。隠して結婚したら、その時昴は、奈智さんに責められるかもしれないぞ」

「そんなこと言われたって、どう話していいかわかんねぇし」

「昴は、奈智さんを幸せにしてやりたいのか？」

「そりゃそうだろ」

「ならその気持ちを正直に伝えるんだ。妹の分まで、君を幸せにしたいって」

「そんな臭い台詞、言えるわけないし」

俺は煙草の火を乱暴にもみ消した。そして奈智のことを考えた。

奈智は今頃、沼津の同窓会で十年以上の時を経て再会したかつての同級生たちと盛り上がっているだろう。昔好きだったサッカー部の男の子にも、会ったかもしれない。

頼りがいがあって大人っぽくてばりばりのキャリアウーマンで、でも本当は誰よりも女の子らしくて可愛い奈智。俺だって、奈智に嘘をついたまま結婚したくない。

でも、語るだけで涙が溢れてきそうな中学時代のもっとも辛い記憶を奈智の前で冷静に吐き出せるかどうか、自信がなかった。

崇にLINEで帰省を知らせると、すぐに会わないかと返信が来た。海の近くの居酒屋で待ち合わせると、崇はすぐに来た。最後に会った時よりも、頬がふっくらしている。去年歯科助手の女の子と結婚して新婚ほやほやだから、幸せ太りだろう。

「こんな夜中に家抜け出してきて、大丈夫だった？　新婚の奥さん、怒らない？」

「全然怒ってなかった。じゃあ今日はあたしも、実家に帰ろうかな、だって。あいつの実家、横須賀だからさ。横須賀生まれの横須賀育ち。都会っ子だよな」

「東京人から見れば、横須賀は田舎だぞ」

「こいつ、すっかり東京に染まりやがって」

小突き合うノリは、中学の頃とちっとも変わってない。どれだけ時が、距離が、二人を隔てても、あっという間に中学生の頃の俺たちに戻れる。学生時代の親友は一生の親友だと言うけれど、俺と崇はまさにその関係だった。

「崇さ、奥さんにプロポーズする時、なんて言った？」

「ばーか！　そんなこと、恥ずかしくって言えっかよー！」

「俺にも言えないのかよ」

「昴だから言えねぇの！　わっかんねぇかな、この感覚」

「俺、今、プロポーズの言葉で悩んでるんだよな」

「お、いるんだ。彼女」

奈智のことをかいつまんで話した。同じ会社の人で俺より二つ年上だということ。二年付き合って、親に会うとか子どもが欲しいとか、そんな話もしていること。父さんから言われたことまで付け加えると、崇は額に皺を寄せた。

「それは、たしかに難しいよな。なんでも正直に言うのが誠実ってことじゃないと思うけど、その人の話聞いてると、何でも言ってほしいってタイプだと思う。女の人って、過去のことでも隠してることがあると、裏切られたって思う人が多いからな」

「どうすればいいと思う？」

「わかんね」

「わかんね、じゃなくて」

「わかるわけないだろ、俺に。俺は昴の友だちで、事件の傍観者でしかないんだぞ。ただ、一般的な傍観者より、昴の近くにいたってだけで。昴がどれだけショックを受けて、今までどれだけ重い荷物を背負って生きてきたか、俺には想像もつかない。そんな俺がいい加減なこと、言えるわけねぇだろ」

尤(もっと)もなことを言われた。

簡単に相談しちゃいけない。自分で考えるんだ。奈智を幸せにしたいのなら、奈智に嘘をつきたくないなら、奈智のことを誰より大事に考えて、自分の頭を百パーセント稼働させて考え抜かなきゃいけない。考えて出した答えなら、何よりも誠実だ。

「でも、良かった。昴がそういう気持ちになってくれて」

　にぱっ、と崇が中学生みたいに無邪気な笑顔になる。

「違ってたら悪いけど、昴が辛いのは、罪悪感を抱えてるからだろ？　詩子ちゃんを、守ってやれなかったって。恵ちゃんがおかしい子だって、気付けなかったって」

「まぁ、そうだな」

「でもそろそろ、自分を許していいと思う。他人に気付かれずに普通の人のふりをして、普通の人にできない恐ろしいことをするのがサイコパスなんだから。きっと誰も、大人でも、恵ちゃんの狂気には気付けなかった。仕方ないことだったんだ」

　ぽん、と崇が少し痛いくらいの強い力で肩を叩いた。

「もう、いい加減幸せになれよ。昴」

「そうする」

　それだけ言って、ハイボールをぐいと喉の奥まで流し込んだ。冷たいアルコールが食道を伝って、胸の中で今も密（ひそ）かに燃えている憎しみの炎を少しだけ溶かした。

お盆休みはずっと実家にいるつもりだったが、三日もするとやることがなくなってしまう。父さんの家庭菜園を手伝おうとしたら、素人が邪魔するなと追っ払われた。仕方ないので、街に出る。車を走らせ、横須賀まで三十分。ショッピングモールの駐車場に車を止め、ぶらぶらと洋服屋や雑貨屋の前を歩いた。

「昴さん！」

でかい声で名前を呼ばれて、びっくりしながら振り返る。

一瞬、誰だかわからなかった。茶髪のショートカットに、でかい目が印象的な美人。歳は二十代の前半くらい。生きていたら、詩子と同い歳ぐらいじゃないだろうか。

「昴さんですよね？　江崎昴さん」

「えと……君、誰？」

「あ、やっぱわかんないですよね、ごめんなさい。佳織ですよ、詩子といつも一緒に遊んでた、吉崎佳織」

中学の時何度か見たことがある顔が、目の前の美人に変わる。びっくりした。月日は普通の女の子を、こんなに美しく変えてしまうものなのか。

「ごめん……全然わからなかった」

「あはは、当たり前ですよねー。詩子の家に何度かお邪魔して、その時にちらっと挨拶したくらいだし」

「いや、子どもの頃の佳織ちゃんのことは、よく覚えてるよ。メグはお嬢さまだからそんなにすっトロいんだよー、って言って恵を泣かしてただろ」

「嫌だなぁ、そんなことばっかり覚えられてるなんて」

ふくれっ面をする吉崎佳織は、やっぱりきれいだ。小学校の頃は服装こそ派手だけど、顔立ちは平凡だったのに。

「あ、言っとくけど整形とかしてませんからね」

聞いてもいないのに、そんなことを言ってくる。

「よく言われるんですよ、昔の友だちに会うと。整形したのかって」

「思ってもいないのにそんなこと言われるのはさすがに心外なんだけど……」

ごめんなさい、と佳織ちゃんは笑いながら謝った。

「でもねー、女の顔なんて、十代のうちにずいぶん変わるもんですよ。化粧すれば誰でも別人だし。あたしも、すっぴんは今でもブサイクですからねー」

「女の子は、化粧した顔がすっぴんだよ」

「そう言ってくれる男の人、好きですよ、あたし。あの、せっかく久しぶりに会ったんだし、お茶でもどうですか?」

俺たちはショッピングモールの端っこのこ洒落たカフェに入った。俺はアイスコーヒー、佳織ちゃんはアイスロイヤルミルクティーをオーダーする。

「佳織ちゃん、今は何してるの？」

「横須賀で一人暮らしして、働いてます。何をやってるのかもわかんないような会社の、つまんない事務職のOLですよ。勉強嫌いだから、高校卒業してすぐ就職したんですよね、あたし。早く自立したかったし」

「その気持ちは良い事だと思うよ。ていうか、こんなところで男とお茶してて、彼氏は怒らないの？」

「知ったら怒るでしょうね。でも、小学校時代に殺された友だちのお兄さんだって言えば大丈夫。彼も地元このへんだし、詩子や恵のこともニュースで知ってるし」

話が他愛のないものから過去へと飛ぶと、急に佳織ちゃんの表情が硬くなる。

「あの年、夏休みが明けてすぐの学級会で、みんなで詩子とメグのことを話し合ったんですよ。泣きながら、どうしてメグは詩子を殺したのか、自分たちは止められなかったのかって、みんなで話し合った。その中で、メグは施設に行くことになるだろうから、みんなで励ましの手紙を書こうって言い出した子がいて。先生はそれはすごくいい事だって言ったけど、あたし、ブチ切れました」

からんからん、佳織ちゃんがストローでグラスの中をかき混ぜ、いくつかの氷が音を立てる。佳織ちゃんのつけ睫毛で彩られた目が、遠くを見ていた。

「だって、殺人鬼に同情するなんておかしいでしょう。説教する必要はあれど、励ますなんて変。いくらクラスメイトだからって。悪いことして施設に入れられるんだから自業自得だし。言ってやりましたよ、人殺しにかける慈悲なんてない、ってね」

慈悲、だなんて小学五年生の佳織ちゃんは本当にみんなの前でそんなことを言ったんだろうか。記憶は改ざんされるものだから、別の言葉を使ったのかもしれない。でも佳織ちゃんがその時抱いた感情は、そこから今に繋がる心の傷跡は、本物なのだ。

事件で傷つくのは、被害者遺族だけでない。被害者の近くにいた人、みんなに一生忘れることのできないトラウマを植え付ける。恵が犯した罪は、それだけ重い。

「知ってます？　あいつ、結婚したんですよ。ファンの男と」

声を落として、佳織ちゃんが言った。生ごみでも見るような顔をしていた。

「ファン……どういうこと？」

「昴さんだって知ってるでしょ、あの事件の後、ネット上で馬鹿な人たちがメグたん祭りを始めたって。メグのイラストとか、絵が好きな人が描いて、ネットに上げたりしてたんですよ。まったく、不謹慎にもほどがありますよねぇ。事件からあまりにも時間が経ってるからほとんどのファンはいなくなったけど、中にはまだメグのこと覚えてる人もいたみたいで……それでメグはどうも、自分を神格化している男のうちから一人を選んで、結婚したらしいんです」

ばちぃぃん、と頭の中で大きな風船が弾けて、脳みそが飛び散った。言葉に出来ない感情が心臓を昂らせ、動揺で血圧がみるみるうちに上昇していくのがわかる。

あいつが、結婚した？　自分を神と崇める男と、幸せになった？

「いくらファンだからって、そいつも頭湧いてますよ。地獄の人生じゃないですか。ネットに湧く連中って、ほんとろくなのいないですよね。何にも考えてないんですよ」

「佳織ちゃん、どこでその情報、知ったの？」

身を乗り出す俺に、佳織ちゃんが目を丸くした。


帰り道は、上の空だった。運転は問題なかったが、次から次へと、佳織ちゃんから聞いた話が脳裏に浮かんでは消える。ばらばらに飛び散った脳みそは喫茶店を出る頃にはなんとか元通り固まっていたけれど、まだ完全に復活したわけではないらしく、嫌なことばかり思い出しては、憂鬱を生み出す。

恵を神と崇める無責任なネット住人がたくさんいたこと。その中の一人と恵が結婚したこと。大河内政子に似た若い女が、男と歩いているのを見た人が何人もいること。情報化社会の現代は、法務省に守られた少年事件の加害者の行く末も、簡単にあぶり出してしまうものなのだ。

家に帰りついた後、早速スマホで検索をかける。『大河内恵』と入力するだけで、予測変換で結婚と出てきた。「元メグたん」が結婚したというのは、ネットの世界では大きなニュースになっていた。

調べてみると、大河内政子によく似た若い女が都内で男とデートしているのを見た、という人が何人かいるらしい。それだけでファンと結婚、とはずいぶん飛躍した話ではあるが、火のないところに煙は立たない。政子さんによく似たその女とその彼氏だか旦那だか知らないが、パートナーの情報は、いくつかあった。どこどこの区の、どこどこの駅で見た、という具体的なことを書いている人もいた。

「昴、なんて顔してスマホ見てるんだ」

台所から出てきた父さんに声をかけられ、はっとする。

「今のお前、親の仇でも見るような顔をしていたぞ。何かあったのか?」

「別になんでもない。夕飯、できた?」

「あぁ、今夜は素麺にしたよ」

「手抜きだな」

「そう言うなら、ちょっとは手伝ってくれ」

素麺は、ちっとも味はしなかった。食べている間も、その後風呂に入った時も、ベッドに入った後も、眠れなくてずっと恵のことを考えていた。

恵は再犯こそしなかったけれど、政子さんに似たきれいな大人の女の人になった。そして、幸せな恋までしている。

俺が奈智にお前のことを打ち明けるかどうかで悩んでるっていうのに、お前はのうのうと何の悩みもなく生きているなんて、ふざけるな。お前に幸せになる権利なんかない。クソみたいな法律がお前を生かしてるんだから、生きている間は一生苦しめ。

何時間も恵を呪い続け、過去を思い出しては涙が溢れた。一睡もできぬまま明け方になって空が白み始めた頃、今度は自己嫌悪に押しつぶされる。

俺って、なんて格好悪いんだろう。一人の女を幸せにしてやろうと思っているのに、昔に囚われて、一人の殺人鬼を呪い続けて。

こんな夜が人生であと何十回、何百回と訪れるのかと思うと、気が遠くなった。

東京に帰って、一日死んだ芋虫みたいに過ごした後、奈智にラインした。奈智はちょうど、新幹線に乗っているところだった。大事な話があるから今夜会いたい、と書くと、奈智からハートマークのスタンプが送られてきて、胸がぎゅっ、と痛む。

「どうしたの、昴」

部屋に入るなり、換気扇の下で煙草を咥えている俺を見て奈智は言った。一目でわかるほど、俺は病人の顔をしていたらしい。

「顔が真っ白よ。それにこの部屋、ものすごく煙草臭いわよ。一日中吸ってたの？」

床にはメビウスの空箱がいくつか転がり、灰皿から吸殻が溢れていた。俺が煙草を吸う時は耐えがたいストレスを抱えている時だと、奈智は知っている。

「帰省中、何かあった？　もしかして私のこと、お父さんに何か言われたの？」

「奈智、俺、お前にひとつ大きな嘘をついてた」

奈智の切れ長の目が丸くなった。俺は呼吸が苦しい。

「俺、一人っ子じゃないんだ」

奈智が何度か、目を瞬かせる。俺の言葉をどう解釈したのだろう。

「えと、それって……生き別れになったきょうだいがいたとか、そういうこと？」

「そうじゃない、死んだ」

「え」

奈智の声が、上ずっている。あぁ、やっぱりこれは裏切りなんだ。二年も付き合ってた大事な人に、心から好きになった人に、人生を共に歩んでもいいと思った人に、いちばん大事なことを言えなかったのは、裏切りなんだ。

「桜浜小五女児殺害事件って、覚えてる？」

「ええと……ずいぶん前の事件よね？　あたしより年下の子が同い年の子を殺したっ

てニュースで連日やってたけど……え、ちょ、昴、その、まさか……」

奈智の顔が真ん中からからからと崩れていく。引きつった笑顔で、奈智が言う。

「冗談、でしょ？」

「こんなこと、冗談で言えない」

奈智は靴も脱がないまま、玄関に膝をついた。あまりの衝撃に、身体の力が抜けてしまったらしい。数秒にも、数十分にも感じられるような沈黙の後、奈智が言った。

「昴の気持ちはわかる。こんな大きなこと、簡単に話せないって。でもどうして今になって、話してくれたの？」

「俺は。俺は奈智と、結婚できないから」

奈智がさっと顔を上げる。泣きそうな唇で、目だけで俺を睨みつける。

「な、何よそれ。おかしいでしょ！　加害者の家族だっていうなら、まだわかるわよ？　でも昴は、被害者の遺族でしょ？　何も後ろ指を差されるようなことないじゃない！　うちの親だって親戚だって、事情を知ってもドン引きしたりしないわよ！　同情はするだろうけど。昴ってもしかして、同情されるのが嫌？」

「そういうことじゃない」

奈智に俺の苦しみはわからない。崇に俺の苦しみはわからない。父さんにさえ、俺の苦しみはわからない。だから、こんな言葉しか出てこない。

「そういうことじゃないんだよ、奈智」

発した自分の声が、涙で掠れていた。奈智の前で泣きたくなんかなかったのに、いつのまにか涙と鼻水が一緒に出ていた。汚らしい顔で、俺は言葉を吐く。

「被害者の遺族っていうのは、一生加害者に対する殺意と闘い続けるんだ。俺は今でも、この世界のどこかで許されて幸せに生きているあいつを捜し出して、復讐したいって思ってる。そんな人間と、奈智が結婚するべきじゃない」

「……全然わからないわ」

奈智が俯いて頭を抱え、ロングヘアを乱暴にがしがしとかき回した。

「人に対する殺意があるからって、何？　たしかに、昴はあたしには想像もできないほど辛い過去がある。犯人に対する、強い憎しみがある。殺意がある。でも、殺意を持って生きている人間なんてごまんといるじゃない？　自分を虐待した親を殺してやりたいって思ってる人とか、いっぱいいいるわよ。昴の理屈だと、そういう人はみんな結婚しちゃいけないってことになっちゃうじゃない」

「俺は、これ以上奈智を待たせたくないんだ」

二十代後半の男と、二十代後半の女を同じに考えちゃいけない。出産や子育てのことを考えたら、奈智となあなあに付き合い続けて、お互い三十半ばでゴールイン、なんてことは避けたかった。高齢出産は大変だと聞くし、生まれた子どもに障害が出るリスクもある。アラフォーでの子育ては、体力的にもきついだろう。

　俺は奈智が世界でいちばん大切だから、奈智のことを思ったら、ここで手を離すべきなんだ。一日中芋虫になって、出た結論だった。

「俺が中二の時に体験した事件は、今も生傷のまんまなんだよ。瘡蓋（かさぶた）が出来ても、すぐ剥がれる。この傷が完全に塞がるまで、あいつへの殺意がなくなるまで、奈智とは結婚できない。しちゃいけない」

「あたしは昴の力になれないの？　昴の傷を、癒してやれないの？　結婚して、子どもを産んで、当たり前の幸せを当たり前に味わって。そうやってゆっくり、一緒に傷を癒していくことはできないの？」

「奈智といるのは、楽しかったよ。でもこの問題だけは、俺が誰とも分かち合うことができないんだ。父さんとだって、理解し合えない。同じ被害者の遺族ですら、そうなんだ。ましてや他人の奈智に、抱えさせたくない」

　奈智は、何も言わなかった。

そのまま、数分が流れた。俺は涙が流れるままに任せた。奈智はそんなみっともない俺の姿を見るともなしに見て、俺の嗚咽が止まった頃、ゆっくり立ち上がった。

「同窓会で、好きだった子と再会したの。ＬＩＮＥ、交換した」

奈智の口調は、感情が失われてしまったように平坦（へいたん）だった。

「その子、本当はあたしのことが好きだったんだって。あの時は言えなかったけど、好きだったんだって。あたしも好きだったたって言ったら、両想いだねって、二人で喜んだわ。彼、東京に出てきて、今は彼女はいないんですって。新幹線の中で、東京に戻ったら二人で会わないかってＬＩＮＥが来た」

これは喜ばしいことなんだと、俺の望み通りなんだと自分に言い聞かせる。奈智が過去に囚われる陰湿な男じゃなくて、ごく普通に生きる男と幸せになるのなら、祝福しなきゃいけない。理屈ではわかっているのに、心臓がぐらぐらする。

「まだ返信してないの。昴から連絡が来て、ちょうどいいと思った。大事な話が結婚の話だったら、彼には丁寧にお断りできたから。でも……その必要も、なさそうね」

奈智がゆっくり背を向ける。永遠に会えない場所に行くような背中だった。

「会社で会ったら、普通にしてて。それだけは、約束よ。これ、先輩命令だから」

仕事の時と変わらない冷たい口ぶりで言い、奈智は部屋を出て行った。かんかんかん、と外の階段を下りるヒールの音が、人生で二度目の恋に終わりを告げた。

〈みちるの話〉

二十三時、明日の朝刊の社会面の記事を書いていると、デスクの電話が鳴る。笹井さんはひと言ふた言会話をした後、わたしと他何人かの同僚を集める。

「江戸川区で、十七歳のガキが同級生を刃物で殺した。明日の朝刊の一面で報じるから、取材に行ってこい。加害者の人となり、被害者との関係、できるだけ詳しく調べろ。記事に書けなかった分は、雑誌の部署に回すからな」

ああまたか、と反射的に思ってしまう。学生時代は過去に起こった痛ましい事件を調べるのが大好きだったのに、現在進行形で起きている事件の取材は、心が痛む。どうして加害者だけでなく、被害者のプライベートなことまで世間に報じなきゃいけないんだろうか？　記者として、必要性がわからないわけじゃない。でも少年事件の加害者被害者、双方を晒し者にしてしまうのは、どうしても抵抗がある。

「ミッチー、お前の大好きな少年事件だぞ。もっといい顔をしたらどうだ」

仏頂面でてきぱきと荷物をまとめていると、笹井さんがそんなことを言ってくる。新人歓迎会の時、大学の卒論で桜浜小五女児殺害事件について書いた話をすると、勝手に少年事件の専門家だという変なレッテルを貼られてしまった。

「取材の前に、いい顔なんてできません」

「いい顔をしないと、一般人への取材はできないぞ。適度に真面目で優しい雰囲気を醸し出せ。お前は女なんだから、せめてもっと明るい色の服を着ろ」

「それはセクハラです」

つっけんどんに答えると、俺に怒る元気があるなら大丈夫だと笑われた。笹井さんは仕事には厳しいが、冗談を言って部下を笑わせることもできる、いい上司だ。わたしはこの部署で唯一の女性社員なので、何かにつけて可愛がってもらえている。

会社を出てタクシーを捕まえ、江戸川区にひた走る。わたしに任されたのは被害者取材ではなく、加害者取材だ。加害者の自宅を特定し、近所の人に話を訊いて回る。赤の他人、それもマスコミに殺人事件の犯人とはいえ、子どもの頃からよく知っているような人に話を訊くのは、気の重い仕事だ。

事件現場となった加害者の少年の自宅周辺は、パトカーが何台も来て深夜なのに人通りが多く、街全体がそわそわとしていた。このあたりは東京といってもほとんど千葉で、ご近所関係も密な昔ながらの人間関係が残っている地域だ。私は、話をさせてくれそうな加害者少年を知っていそうな人を探す。ふと、五十をひとつかふたつ過ぎたくらいの小柄な女性が、加害者少年の自宅をじっと見ているのに気付く。表情は固いが、パーマをあてた茶色い長い髪が柔和さを醸し出している人だった。

「すみません、日の出新聞の者です。少しお話をお聞かせ願えないでしょうか」

マスコミの人間に突然話しかけられても、その人は不愉快そうな顔をしなかった。

「話を訊くっていっても、私の話でお役に立てるかしら？　私、あの子の親のことはよく知ってるけど、あの子自身のことはほとんど知らないのよ」

「構いません。少しでも情報を頂ければ、ありがたいです」

この人は、典型的な話し好きのおばちゃんだ。自分のことでも他人のことでも、とにかく周りにしゃべりたい人、ほうっておくと一日中しゃべり続ける。地方に行くとよくいる典型的なおしゃべり好きだが、東京でも郊外に行くとまだ存在している。

「あの子、小学生までは普通でしたよ。家の前の掃除をしてると挨拶してくれるしね。でも中学に上がってすぐの頃かしら、学校に行ったり、行かなかったりしてたみたい。悪い仲間でもできたのかなと思ったけれど、見た目はほとんど変わりませんでしたよ。背だって、小学校の頃からほとんど伸びてないんじゃないかしら」

頭の中に、見たこともないその少年の顔が浮かぶ。小柄で前髪を重ためにしている、おとなしそうな子。そんなイメージが浮かんだ。

「学校に行っていない時は何をしていたんでしょう。出歩くところは見ましたか？」

「見ましたよ、普通に。コンビニに行ったりとか。もう挨拶はしてくれなかったけどね。すごく、顔が険しくなってましたよ。殺されちゃった男の子と、一緒に歩いてる姿も見たわ。仲良くしゃべってましたね、私にはよくわからない、最近のアイドルの話をしてたけど」

「二人は、友だちだったんですね」

　桜浜の事件が思い出され、大河内恵のことを思い出す。いちばんの友だちを殺してしまった大河内恵。彼女と今回の事件の少年に、共通点はあるのだろうか。

「そう、友だち！　もう、つい一週間くらい前も、そこの公園で二人でずーっとしゃべってるの見ましたよ。友だちのほうは、煙草吸ってたわねぇ。私から見たら、殺された子のほうが悪そうに見えたけど。茶髪にしてピアス何個もつけて。でも、世の中ってわかんないものねぇ。見た目で人を判断しちゃいけないって、ほんとだわ」

　ありがとうございますと名刺を渡し、他に何か思い出したことがあればいつでも電話をくださいとひと言添えて、現場を去った。

　帰りのタクシーで、スマホで検索をかける。一般人の情報収集力は侮れない。ＳＮＳがあるから、殺されたほうの顔も、殺したほうの顔も、すぐに出回り、未成年でも容赦なく実名が特定される。加害者の少年と被害者の少年が並んで写る写真がすぐに見つかった。加害者の少年はだいたい私がイメージしたとおりの、少し目つきがきついだけであとは普通の男の子、という印象で、被害者の少年のほうがいわゆる典型的な陽キャの見た目だった。髪の色は明るく、唇にまでピアスがついている。

どんな事件にも動機があり、理由がある。たとえば友だちだった二人の間に亀裂が入り、加害者が被害者を許せず、犯行に走ったのかもしれない。もちろんどんな理由があったって人を殺すことは許されないが、殺された側に殺されるだけの理由があれば、世間は加害者に安易に同情する。

大河内恵がどうして江崎詩子を殺したのか、これだけ少年事件に携わった今でも、未だにわからない。たとえば詩子ちゃんに意地悪をされて、それが許せなくて殺したのなら、警察にそう言えばよかったはずだ。なぜ、彼女は人を殺してみたかった、そんなことを言ったのだろう。彼女は本当に、世間で言われているようなサイコパスだったんだろうか。

会社に戻ってエナジードリンクで無理やり眠気を吹き飛ばし、原稿を書いていると笹井さんに声をかけられた。

「ミッチー、次の一面のコラム、お前が書け」

一面のコラムを任されるのは、私みたいな若手じゃなくて、ベテラン社員に限られる。思わず間抜けに口をぽかんと開けてしまった私に、笹井さんは畳みかける。

「お前、卒論のテーマが桜浜の事件だったんだろう。あれは小学生の女の子同士の殺しだったが、今回の事件も似たようなところがあるんじゃないのか。犯人と被害者は、仲が良かったらしいからな」

「事件は似たようなものでも、ひとつひとつ違います。安易に紐づけた記事は書きたくありません」

「それでも、似ているところはある。お前は桜浜のような事件が二度と起こらないように、記者になったんじゃないのか」

飲み会の時、酔っ払った勢いでそんなことを口走ったこともある。私は少年事件をこの世からなくしたい。幼い加害者も、幼い被害者も、生んではいけない。少年事件は大人が起こす事件と違って、周りの大人がしっかりしていれば防げた事件だってあるのだから。そんなことを言った覚えがある。

「わかりました。ありがとうございます、書いてみます」

「それでこそミッチーだ。期待してるからな」

にっ、と唇の端だけで笑って、笹井さんはデスクに戻る。私は原稿を二本書いた後、疲れ切って、始発で家路に着いた。

大学生の頃よりも広々として家具も新品で買った1LDKに帰りつくなり、メイクも落とさずパジャマにも着替えず、ベッドにダイブして泥のように眠りについた。起きたらもう、夕方の五時。とりあえずシャワーでも浴びるかとバスルームに入ったら、鏡の中のわたしはひどい顔をしていた。口の横の皺が深く、目元も心なしかたるみはじめている気がする。仕事上、不規則な生活をしているから年齢より老けて見られるのは仕方ないと思っているし、仕事では若く見られるより、老けて見られたほうが得をすることもある。

でもさすがにこれは、女としてまずいだろう。

私は同世代の女子と比べれば、恋愛やら美容やらにはあまり興味がない。初体験は大学一年生の時で、その後三人ぐらいの男の子と付き合ったけれど、どれもあまり長続きせず、社会人になってからは忙しくてすっかり恋愛から遠ざかってしまっている。

大学時代の友だちの中には、既に結婚した子もいる。わたしはまだそういう要求はないけれど、でも一人で生きていくと決められるほど、強くはない。女なんて誰も、男が思っているほど強くないけれど。わたしだって、誰かと愛し合って、寄り添って生きていきたい。自分の親が築いたような普通の家庭に対する憧れだってある。

お風呂から上がると、まずは働き始めてから五キロ太った身体からなんとかしようと、スマホで動画を観ながらエクササイズを始めた。腹筋、背筋、胸筋、お尻、脚。簡単そうな筋トレなのに、意外としんどい。はぁはぁ息を切らしながら水分補給にキッチンで水道水を飲んでいると、スマホが鳴った。関野（せきの）くんだった。

『お忙しいところすみません、磯野さん。今何してました？』

「腹筋してたわよ、家で。貴重な休みに、何の電話？」

わざと厭味（いやみ）ったらしい声を出すけれど、別に関野くんのことが嫌いなわけじゃない。

関野くんは一年下の後輩で、新聞部にいた頃は笹井さんに大目玉を食らいまくる、仕事がとんでもなくできない子だった。それでも根性はあるのか頑張ってはいたが、ケアレスミスが多く、いくら注意しても直らない。取材に行った帰りに財布を落として大騒ぎしていた時には、笹井さんも怒りを通して呆（あき）れ果てていた。

関野くんにはスピードを求められる新聞部での仕事は向いていなかったのだろう、今年から雑誌の部署に回されている。セミヌードのグラビアが載る、低俗な週刊誌だ。

『本当にすみません、ちょっと、仕事で相談したいことが』

「相談？　折り入って何？」

『実はうちの雑誌で、パパ活について特集を組むんです。パパ活をしている女子高生に直接会えることになったので、インタビューは磯野さんにお願いしたいな、と』

「何それ。なんでその仕事、わたしがやらなきゃいけないのよ」

『相手は女子高生ですよ。男の僕がひとりで行ったら、それこそ警戒されます。女の人のほうが口を割りやすい。でもうちの部署、女の人はおばさんばっかりなんですよ。

おばさんって、目の前の女の子を娘目線で見て、説教しそうじゃないですか。そしたら取材どころじゃなくなる』

「理由はなんとなくわかったよ。でもわたしだって、パパ活する女の子の気持ちなんて全然理解できないわ」

美人じゃない、容姿に自信がないというのもあるが、わたしはお金欲しさに自分を切り売りする女の気持ちを理解できない。男はみんな、ずる賢い。そんなことをして、面倒くさいことに巻き込まれたら、そっちのほうが大問題だ。

『お願いです、こんなこと頼めるの、磯野さんしかいないんですよ』

「そりゃそうだろうけど、あなたのところの雑誌、新聞なんてろくに読まないでいかに手軽に女とヤレるか、そんなことしか考えてない馬鹿しか読まないでしょう？　どうせパパ活でＪＫと最後までヤレる方法とか、そんな記事書かせるつもりでしょう」

『インタビューの内容は、磯野さんに任せます』

関野くんの声から、必死さが伝わってくる。

『僕は女性と話すのがとにかく苦手なんです。ましてや今どきの、パパ活している女子高生なんて、はっきり言って宇宙人です。違う言語で喋れる自信がありません』

「わかったわよ」

ため息を吐きつつピアニッシモに手を伸ばす。学生時代は嫌っていた煙草を、社会人になってから吸うようになった。男ばかりの職場でもらい煙草をするようになって、それから三日にひと箱ぐらい吸っている。

「関野くんじゃ、相手の子を怒らせる無神経な質問をしそうだしね。女子高生ほど、怒らせて怖い生き物はいないわよ。あの子たち無敵なんだから。一緒に宇宙人に会ってあげる」

優しいことを言っておいて、脅すことも忘れない。関野くんは絶対恋愛対象としては見られないけれど、からかうと面白いのである。

仕事が休みの日の夕方、関野くんに取材をセッティングしてもらった。持っている服の中からいちばん女らしい、レースのついたブラウスと小花柄のロングスカートを合わせる。メイクも今日は普段なら絶対使わないブルーのアイシャドウを塗り、ローズピンクの口紅で仕上げた。髪の毛を軽く巻いて、学生時代に友だちから誕生日プレゼントでもらった、グレープフルーツの香りの香水をつける。

すべて、取材対象の警戒心を解くためだ。女子高生相手なら、いかにも新聞記者みたいな格好で行かないほうがいいだろう。あくまで、普通のＯＬさんっぽく。

待ち合わせ場所は、新宿(しんじゅく)のルノアールの会議室だった。関野くんは先に入って、女の子と話をして待っていた。部屋に入るなり、女の子が言う。

「何これ。インタビュアーは若い女の人だって言ってたのに、おばさんじゃん」

いきなりこれだ。さすが女子高生、容赦がない。でもこれくらいで怒って態度を変えたら、取材なんてできるわけない。あくまでクールに、知的に、そして優しく。

飲み物が運ばれてきて、関野くんがICレコーダーを取り出し、取材ノートを取り出す。女の子に話を録音させてもらっていいか聞いた後、了解を得てボタンを押す。

「はじめまして、日の出新聞の朝刊の記者をやっている、磯野みちるです。あなたのことは、なんて呼んだらいいのかな？」

「あざみ」

「それは、SNSのアカウントの名前？　それとも、パパ活の相手に名乗る名前？」

「本名だよ。友だちからは格好良いって言われるけど、あたしは嫌。お母さんがつけたんだけどさ、花の名前がよかったんだって。花の名前なら桜とか、向日葵（ひまわり）とか、もっと華やかな花にしてくれって感じ。あざみって、春にわさわさ咲く雑草でしょ？」

不覚にも、ちょっと笑ってしまった。いわゆるキラキラネームでなくても、自分の名前にコンプレックスを抱く人は大人でも子どもでも多い。

「パパ活は、いつからやってるの？」

「高校入ってから。友だちで、やってる子がいて。お茶するだけで五千円とか、楽なバイトじゃんと思って。うちの高校はバイト禁止じゃないけど、普通に働くよりいいよね。おいしいご飯食べられたり、服買ってもらえたりするし」

「パパ活してて、嫌な目に遭ったことはある？　エッチなことされそうになったり」

「無理やりは嫌だけど、合意の上ならあたしはしてるよ」

少し驚いた。そんなわたしの顔が面白かったのか、あざみは得意げな顔で続ける。

「多いんだよ、キスしたいとか胸触りたいとか。嫌じゃないことは、追加料金もらってする。キスは二千円、胸は三千円、パンツは五千円。あたし、全然可愛くないけど背が低いし胸ないし、子どもっぽいでしょ？　オヤジ受けいいから、結構稼げるんだ」

「パパ活って、年齢より幼く見える子のほうが有利なの？」

「うん。背が高くて大人っぽくて、胸がでかいとか。そういう子は、あんまり稼げない。オヤジって、発育途中の太ももに隙間ができるような身体が好きなんだよ」

「なるほどね。パパ活に関係ない質問をしてもいいかな？」

「別にいいけど」

「あざみちゃんは、彼氏はいるの？」

急に苦虫を嚙み潰したような顔になる。アイスロイヤルミルクティーをひと口飲んだ後、あざみちゃんが答える。

「今はいない。でも一年の頃、文化祭で知り合った他校の男子と付き合ったんだ、三か月くらい。でもあいつすぐ二人きりになりたがるの。最初はキスとか、胸触ってきたりとか、それくらいだったんだけど、どんどん変態っぽいこと要求するようになってきて。女って、初体験の時めちゃくちゃ痛いんでしょう？」

「まぁ、痛いわね。人にもよるけど」

「でしょー？　で、このまま付き合ってたら無理やりやられるだろうな、って思ったから別れたんだ。どうせ、ヤリたくて付き合ってただけだろうし。高校生の男なんて、そんなもんじゃん。好き＝（イコール）付き合う＝セックス。セックスのことしか考えてないんだよ。そんな男、もう嫌。恋愛はあたしは、しばらくいいや。今は、推しが彼氏」

リアルな恋愛が苦手で推しにのめり込む、典型的な今どきの女子高生だな、と思った。パパ活の話をしていた時は宇宙人だと思っていたのに、急にあざみちゃんが普通の女の子に見えてきた。高校の時も、あざみちゃんみたいな子は同級生にいたから。

「なるほどね。学校は、楽しい？」

「楽しいよー、うち、女子校なんだ。女子しかいない。うちの高校、校則緩いしね。染めさえしなければヘアアレンジは自由だし、化粧は禁止だけど、ナチュラルメイクなら見過ごされる。でもハハオヤは、第一志望も第二志望も落ちて、今の学校にしか入れなかったことをめちゃくちゃ恥ずかしく思ってる」

お母さん、でもママ、でもなく、ハハオヤと言った。そのひと言から、あざみちゃんと母親の間の距離を感じる。

「あたし、中学受験に失敗したんだ。親は中高一貫の、私立の偏差値高いところに行かせたがったんだけど、あたし、そもそも勉強、大嫌いなの。すんごい馬鹿だし。算数とか、分数からしてちんぷんかんぷんで、三年生からつまずいて。塾に通っても、まるでわかんない。母親がそんなあたしにブチ切れて、なんでこんなこともわかんないんだってヒステリー起こすの。小学校の頃は全然友だちと遊ばせてもらえなくて、塾がない日も放課後は毎日、ハハオヤと勉強。間違えるとキーキー怒鳴られる。今はそんなにうるさくないけど、毎日ぶつぶつ呪いのように言ってるよ。あざみは馬鹿だから、四年生からじゃ遅かった。三年生から、塾に入れるべきだったたって」

　典型的な、中学受験の失敗例だ。親が子どもの希望を無視して進学校に入れたがり、子どもにストレスをかけて親子の関係が瓦解していく。思春期前期に母親との関係が崩れてしまうと、その後修復するのは本当に難しい。

「お母さんのことは、よくわかった。お父さんはどういう人なのかな？」

「なんか、変なところで厳しい人。女の子なんだからはしたないことはするなとか、女の子は下品な言葉遣いをするなとか、そういうことをグチグチ言ってくる。小学校の頃、校庭で男子に混ざってサッカーして怪我（けが）した時は、すごく怒られた。四年生にもなって男の子とそんな遊びをするからいけないんだ、って」

　ずいぶん前時代的な父親である。小学四年生の女の子が男子に混ざって遊んで、何が悪いのか。男の子は男の子同士で遊び、女の子は女の子同士で遊ぶ。そんな昭和の考えを持っている男の人が今でもいることは知っているが。

「あざみちゃん、サッカー好きだったの？」

「大好き！　小一から、サッカークラブに入ってたんだ。女の子もいるクラブ。女子の中で、あたしがエースだったの。試合のたんびに、相手チームがあんな女に負けるなー！　ってさ。でも絶対、あたしがボール奪うんだけどね。あの頃は、楽しかったなぁ。男とか女とか関係なく自由に遊べて、大好きなサッカーができて。マジで小学校一年生とか二年生とか、そんくらいの頃に戻りたい。あたしの黄金期だもん」

　あざみちゃんは今はパパ活なんてしているけれど、本当は身体を動かすことが好きで、サッカーが好きな普通の女の子だったんだ。今でも、普通の女の子だけど。

　そんなあざみちゃんを、母親と父親が壊した。

「あたしの将来の夢は、サッカー選手になることだったんだ。それ、小二の時作文で書いたら、チチオヤもハハオヤも激怒。そんな世界で食べていける人間なんてひと握りだし、あんたは勉強すらろくにできないんだから、サッカーなんて下品なスポーツはやめて女らしくしろって。おしとやかで品のいい可愛い女の子になって、二十四までに婿を捕まえてこいって。あたしみたいな馬鹿は社会で通用しないとも言われた」

「……それは、ひどいわね。子どもに対して、その言い方はないわよ」

「でしょー⁉ まぁ、高校生にもなれば、親の言うこともわかるよ。高校出たら一応大学には行くけど、キャバ嬢やってお金貯めて一人暮らししたいんだ。客の中から金持ち捕まえて、大学卒業してすぐ結婚したい。社会には出ない。あたし、社会で通用しないと思う。一応、真面目に働こうと思ってバイトしてみたこともあるんだよ。近所のコンビニ。でもあまりに仕事ができなくて一週間でクビになった。コンビニ店員もまともに務まらない女、普通の会社じゃ無理だって、よーくわかった」

　憂鬱な顔になって、あざみちゃんがアイスロイヤルミルクティーをかき混ぜた。からからと、氷がぶつかる音がした。


　あざみちゃんを帰した後、関野くんとルノアールの喫煙席でしゃべる。関野くんは煙草を吸わない。わたしはピアニッシモをじっくり味わいながら、ぽつんと呟く。

「あざみちゃんのこと、どう思った？」

「どうも何も……僕には、普通の子だな、としか」

「あなたって、本当に人を見る力がないのね。新聞記者から週刊誌に異動になって良かったわよ。関野くんにはどう頑張っても、いい記事は書けないわ」

　すみません、と関野くんがうなだれる。わたしは小さくため息を吐く。

「わたしはね、エンコー世代じゃないのよ。エンコーが流行ってたのは、九〇年代の半ば。その頃は女子高生ブームで、そのへんにいる女子高生を捕まえて、五千円あげるから胸揉ませてとか、そんなことを言うおじさんがうようよしていた。女の子も、胸揉まれるぐらいだったらいいかな、とか思っていた。でも、最後まで付き合うエンコーをする子は少数派だったわよ。女の子たちも、ちゃんと線を引いていた」

「磯野さん詳しいですね、調べたんですか」

「当たり前でしょう、パパ活について書くなら、援助交際の歴史を調べなきゃ。次にエンコーが流行ったのは、二〇〇〇年前後。家庭環境が悪くて家に居場所がなくて、学校にも馴染めない。そういう子が寂しさを埋めるために、携帯電話を使って援助交際をするようになった。当時は出会い系サイトが広まったばかりの頃で、今みたいに十八歳未満禁止、というルールもなかったの。だから女子中高生が、大人と繋がりまくり。エッチなことをしまくり。そういう時代だったわ」

「すごい時代ですね」

　関野くんが目を丸くする。やれやれ、この子は取材の下調べを何もしてないのか。

「そして今は、パパ活でしょう。身体を売らない。お茶やご飯やカラオケ、ウインドウショッピングだけ。おいしいご飯を食べさせてもらって、好きな服やアクセサリーを買ってもらって、割のいいバイトとしてお金を稼ぐ。性的要求には、オプションをつけて応える。あざみちゃんは、自分のことを馬鹿だって言うけれど、実に器用よ」

「あざみちゃんは、なんでパパ活をしているんですかね？　周りの友だちがやってることだから、罪悪感がない？　それともただの、お金欲しさ？」

「それもあるけど、わたしには自分を本当の意味で愛さない親への反抗に思えた」

紫煙が天井にゆるゆると溶けていく。関野くんはわたしの話をじっと聴いている。

「あざみちゃんは、母親から勉強ができないことを責められ、父親からは前時代的な価値観を押し付けられている。親があざみちゃんに向き合ってないの。それは、どこの家庭でも多少はあることだけれど、子どもからしたら何よりひどい虐待よ。そんなふうに育てられた子どもは、大人になっても親に感謝なんかできない。だから平気で親を裏切るのよ。パパ活も万引きも違法薬物も、非行に走る子は反抗期だからそういうことをするんじゃなくて、親を愛せない子どもなの。こんなことをしたら親が悲しむ、とは考えられない」

「……磯野さんの話は、いつ聞いてもためになりますね」

中学生みたいな感想を言われて、苦笑してしまった。

「もっと勉強しなさい。関野くんは、世の中のことをあまりにも知らなすぎるわ」

「そう言われると、ぐうの音も出ません」

「せめてニュースを観なさいよ、ニュースを。どうせ家で、可愛い女の子がキャッキャするアニメばっかり観てるんでしょう」

「僕は、女の子の日常を切り取った普通の青春アニメが好きなんです」

「ただのオタクじゃない」

「オタクって言わないで下さいよ」

関野くんは不満そうな顔で、オレンジジュースを音を立てて吸い上げた。


関野くんの書いたパパ活特集のタイトルは『現役パパ活女子高生インタビュー　パンツ一枚五千円』だった。タイトルはひどいが、わたしが修正を入れた記事や、パパ活する女子高生が抱える闇の部分まで掘り下げた最後のまとめ部分は、きちんと書けていた。インタビュアーとして、わたしの名前も載った。

「ミッチー。読んだぞ、お前のインタビュー」

雑誌が出てすぐに、笹井さんに言われた。お盆休み直前のオフィスは、休み前に仕事を片付けておきたい社員たちでカリカリしている。

「ミッチーは記者としてじゃなくて、インタビュアーとしても成長したな。学校や家庭環境のことまで掘り下げていく手腕は、見事だった」

「ありがとうございます」

「なぁ、ミッチー。今の親に欠けているものは、なんだと思う？　不良なんて今どきダサいなんて言っている普通の子どもが、どうして親に隠れて悪さをすると思う？」

それは、少年事件の根幹を突く質問だ。世間を賑わせる少年事件の加害者は、圧倒的に「普通の子」が多い。絵に描いたような不良が恐ろしいことをしでかす時代は、終わった。一見なんの問題もない家庭ですくすく育った普通の子が、世間を震撼させる事件を起こす。そういう時代になってしまった。

「今の親は、子どもに愛情を伝えるのが下手過ぎます。自分の理想の子ども像を作り上げて、我が子をそれに当てはめようとしている。素のままの、目の前の子どもに向き合おうとしない。子どもに愛情を注いでいるつもりになっていて、その実、子どもにはまったく親の愛が伝わっていない。だから子どもも、親を愛さない。愛していない人のことは、親だろうが恋人だろうが友だちだろうが、簡単に裏切れます」

非行は、子どものSOSだ。ありのままの自分を見てほしい。勉強をしろとか、いい学校に入れとか、いい仕事に就けとか、そんなことばかり言わないで、将来の心配ばかりしないで、今の自分にちゃんと向き合って欲しい。そんな願いが曲がった形で現れてしまうのが、パパ活であり、万引きであり、マリファナであり、殺人なのだ。

「なぁミッチー、これは俺の考えなんだが」

笹井さんが前のめりになって言う。いくら剃ってもすぐに生えてくる体質らしく、口の周りに無精髭が何本か見える。

「今の親はとにかくしつけが下手だ。それこそ二歳とか三歳とか、ほんの小さい頃からのしつけがな。俺の孫は、二歳と五歳なんだよ。娘は転ぶと危ないからって、部屋にコードを置かないんだ。転んで怪我をして泣いたら、一日中機嫌が悪いからって」

「子どもって、そんなものじゃないんですか」

「かもな。でもな、子どもの頃に、コードに足が絡まって転んで怪我をする、そんな経験は必要だと思わねぇか。その時に親が、なんで怪我をしたのか、子どもに考えさせなきゃいけない。そしたら子どもは、コードがあるから怪我をしたんだ、コードを踏まないようにして部屋を歩かなきゃいけないんだってわかるだろう。それを、部屋中のコードというコードを撤去するなんて、俺からすれば典型的な甘やかしだよ」

笹井さんは続ける。笹井さんはこういう時になると、話が長くなる。

「人生には成功もあれば、失敗もある。今はとにかく子どもを褒めろ、褒めろっていう風潮だけど、同じくらい子どものうちから失敗して学ぶことも必要なんだ。子どもが失敗した時に、手助けしてやるのが親だからな。それを、今の親は子どもを失敗から遠ざけようとする。公園の遊具が、その典型だ。怪我をすると危ないからって、あらゆる遊具が撤去されて、今では滑り台とブランコぐらいしか残っていない。つまんねぇ公園だろ。もちろん、昔も過保護な親、子どもを失敗から守ろうと躍起になる親はいたよ。でも俺の世代は子どもが三人、四人、五人いる家庭も多かったから、どうしても一人ひとりに目をかける余裕がなくなる。今の親は一人か二人しか産まないからな。経済的に余裕がないからって、子どもをたくさん作る親がいなくなった。それは、社会のせい、政治のせいなんだがな」

ふう、と笹井さんが小さいため息を吐く。そしてまっすぐ、わたしの目を見る。

「なぁミッチー、お前いつまで新聞記者をやるつもりなんだ。ミッチーは取材対象の気持ちを考えられるし、文章も上手い。うちの部署にいたら、いいポジションまで行けるだろう。でもミッチーが本当にやりたいことは、違うんじゃないのか」

笹井さんはどうして、こうも上手くわたしの気持ちを言い当ててしまうのだろう。本当のことを言われて、喉の奥がぎゅっと縮こまる。

「新聞記者は、ミッチーみたいな優しい人間には向いてない。お前は、取材対象に入れ込み過ぎるからな。取材対象に寄り添って、その苦しみから救ってやりたいって思うだろう。その気持ちは悪いことじゃないし、同じような思いをする人が出ないように、改めて社会に警鐘を鳴らす記事が書きたいっていうのもわかる。でも新聞のコラムや社説なんて、文字数はたかが知れてる。ミッチーが本当に書きたいことは、うちの部署じゃ書けないぞ」

笹井さんが席を立ち、ぽんと肩を叩いた。

「異動願いなら、いつでも受け入れる。考えて決断できたら、俺に言え」

気の抜けた声で、ありがとうございます、と返した。笹井さんと話しながらずっと手に握っていたコーヒーの紙コップが、すっかりぬるくなっていた。

深夜に都内で通り魔事件が起き、その取材であたふたして、会社に戻れた時は空が白ばんでいた。家に帰って化粧を落として寝たら、今日の仕事に間に合わない。仕方なく、オフィスの固い椅子を二脚並べて身体を横たえた。新聞記者になってからこんな形で睡眠を取ることは日常茶飯事だった。

微睡（まどろ）みながら、笹井さんに言われたことを思い出す。取材対象に肩入れするな、そういうことは入社一年目からよく言われた。記者の仕事は、ドライじゃないとやっていけない。事件の加害者家族や被害者遺族にいちいち同情していては、仕事なんてできないし、本当の意味で被害者を救うことなんてできない。あまりにも多くの事件に関わって少しずつ慣れてきてはいるけれど、まだ至らない。児童虐待の末、子どもを殺してしまって彼氏と一緒に法廷で裁かれた女性の裁判では、泣いてしまった。彼氏の虐待を止められず、お腹を痛めて産んだ我が子を殺してしまった後悔が、生々しく伝わってきたのだ。

わたしが実現したいのは、事件のない世界だ。誰も人を殺さず、誰も殺されない。そんなことは人間がこの世にいる限り実現しないのだろうけれど、世の中の仕組みを少しずつ変えていくことはできる。それには、傍観者たちの声が必要なのだ。こんなことはおかしい、こんな決まりはやめるべき。そう訴える、名もない一般市民の声が。

ぶるん、とスマホの着信で目が覚める。関野くんからだった。『この前はありがとうございます、磯野さんのお陰でうちの雑誌の売り上げが上がりました！　ネット記事もすごく読まれています！　ぜひまた、うちでも仕事してください』――

苦笑しながらスマホを遠くに押しやり、返信もせずに改めて横になって目を閉じた。関野くんの低俗な週刊誌は大嫌いだけど、仕事をして喜んでもらえるのは悪くない。

そういえばまだインタビュアー料貰ってないな、と思ったところで、意識がしゅるしゅると萎んでいって、わたしは底のない眠りの世界へ落ちていった。

第五章　二〇二〇年

〈恵の話〉

「では、今いちばん心配なさっているのは、お仕事のことなんですね」

そう言うと、患者さんは悲痛な面持ちで深く頷いた。四十七歳、女性。職業、主婦。週に四日、スーパーの惣菜売り場で働いているが、ただのパートタイマーの自分は無職とたいして変わらないのだと、自分にひどい劣等感がある。

「ステイホームで仕事は忙しくて、土日も出てほしいって言われて出ることもあるんですが、なんせ時給が安くて。主人はイベント関連の会社で働いているから、このご時世でいろいろなイベントが中止になって、業績がすごく悪いんです。大きな会社ではありませんから、最悪潰れるかもしれません」

「それはご心配ですね」

彼女はもともと軽度の鬱と不眠症でこのクリニックに通っていたが、感染症が流行してからより鬱がひどくなり、薬を飲んでも眠れない日が多くなった。立ち仕事は体力勝負なので、睡眠不足のまま仕事に行き、職場で倒れてしまったこともあるらしい。

「食事のほうは、どうですか。ちゃんと食べられていますか」

「主婦ですからきちんと自炊しますし、余ったお惣菜も持って帰れるので、食べられてはいます、一応。でも食欲がなくて、前はコロッケや天ぷらや、脂っこいものが大好きだったのに、胃が受け付けなくなりました。歳のせいもあると思いますが……」

「わかりました、先生に伝えておきましょう。今すぐフルタイムで働きたいお気持ちはわかりますが、お仕事を探す前に、まずはひどくなっている不眠症を改善させることを考えましょう。先生に、眠れない時の対処法を訊いてみてください」

「ありがとうございます」

女性は、深々と頭を下げる。私の心の奥に、ぽっとピンク色の柔らかな火が灯る。

臨床心理士の仕事には、ちゃんとやり甲斐がある。


就職活動の時、院長先生は面接の後、にこやかに言った。

「下田さんはとても優秀だけど、君自身がいろいろと辛いものを抱えているね。まずはそれを楽にする作業をしないと、うちでは働かせてあげられないよ」

院長先生の指示に従い、催眠療法に入る。ベッドに身を横たえ、身体の力を抜くように言われた。催眠療法の知識はあった。自分には効かない治療だと思っていたし、そもそも自分にそんなことが必要なのかどうかという疑問もあった。

しかし私は、徐々に催眠療法の世界へ入っていく。だんだん意識が遠くなり、目の裏が真っ黒になる。普通は目を閉じていても、真っ黒にはならない。瞼の下で目が光を感じて、金や銀の輝きを映し出す。でもそんなものはすぐに遠ざかって、かつて経験したことのない、本物の暗闇の中に放り出された。

目の前に女の子がいる。セミロングの髪を後ろでひとつに束ね、Tシャツにショートパンツの少女の後ろ姿。振り返る前にわかった。この子は詩子なのだと。

『さよなら、メグ』

詩子の声は、天から降ってくるように聞こえる。今にも泣き出しそうな顔だ。

『メグのこと大好きだったのに、もう会えないんだね』

詩子は闇の奥へ歩き出す。私は詩子を追いかける。必死で走る。でも、全力疾走しているつもりなのに、詩子になぜか追いつけない。私は喉に全身の力を込めて叫ぶ。

「詩子、待って！　私を置いて行かないで」

『無理だよ』

詩子が振り向く。詩子の目からは、大粒の涙が零れ落ちている。

『だってあたし、メグに殺されたんだもん』

そこで意識が爆発して、目が覚めた。心臓がばくんばくんと身体の中心で暴走し、過呼吸になりそうなほど呼吸が速くなっていた。ぼろぼろ泣きながら詩子、詩子とうわ言のように繰り返すわたしの背中を撫でながら、院長先生が言った。

「君は子どもの頃、大切なものを失った。でもそれは、人から奪われたものじゃなく、自分から手放したものだった。違うかな？」

「違いません」

泣きじゃくりながら、なぜか事件のことをすべて話したい衝動に駆られた。それをしたらまず採用されないとわかっていても、この人に縋りたくてたまらなかった。

隠しておかなきゃいけないのに、誰かに聞いてほしかった。誰にも理解してもらえないだろうけれど、あの時私がどんな思いで詩子を殺したか、知ってほしかった。

「子どもの頃に負った傷は、簡単に癒せるものじゃない。長い時間をかけて、今の自分と折り合いをつけていくしかないんだよ。このクリニックには、いろんな患者さんが来る。いじめられて引きこもりになった人や、親に虐待されて自分の子どもにも手を上げてしまう人。君とはちょっと違うけれど、それぞれいろんな事情があって、耐えがたい苦しみに今も苛まれている……まぁ、何が言いたいかっていうと」

院長先生は私にティッシュを差し出し、にこやかに笑った。

「君に何があったのか僕は知らないし、知ろうとも思わない。今さら君に辛さを吐き出させたりもしない。でもこの仕事をするなら、辛い過去は忘れないといけないよ。子どもの頃の痛みを思い出して、仕事が辛くなって、鬱になる人もいるからね」

その時、赦(ゆる)されたような気がした。この人は私を赦してくれたと思った。そして、働くためには、臨床心理士として生きるには、過去と決別しないといけないのだ。

きっともう二度と、催眠療法でも夢の中でさえも、詩子には会えないのだから。

結婚と同時に、私と孝太郎は二人の職場の中間地点に引っ越した。新婚の夫婦にしては家賃の高過ぎる部屋だが、払えないほどの金額じゃない。私たちは車を持っていないから、多少家賃が高くても通勤に便のいいところに住むしかなかった。

帰宅すると、先に帰った孝太郎が作る肉野菜炒めの匂いが玄関まで漂ってくる。孝太郎は妊娠がわかってから過保護なまでに私を甘やかすようになった。朝は忙しいから二人とも適当に食べるけれど、夕食はもっぱら、孝太郎の自炊。妊婦にはあれがいいだのこれがいいだのスマホや育児書でいろいろ調べてきて栄養バランスのいい献立を作り、恵は座ってていいからと上げ膳据え膳状態で、皿洗いまでやってくれる。妊婦は適度に身体を動かしたほうがいいから私がやるといっても聞かない。父親になることが嬉しくて仕方なくて、子どもの母親になる私が愛し過ぎるんだろう。

「子どもって、素直で賢いよね。今日の子は発達障害があって、順序立てが苦手だったんだけど、何度も繰り返したらできるようになったんだ。お母さんも喜んでた」

「よかったじゃない」

孝太郎は小児精神科のある病院に勤めている。実習で自分より年上の患者に怒鳴られて嫌な思いをした孝太郎は、子ども相手の仕事が性に合っているのだと言う。

「ていうか、病院。次の検査、いつ？」

「来週だけど」

「俺も仕事休んで付き添いたいなぁ。産休は、七月からだっけ？」

「うん。八月の頭には生まれるって」

お腹の中の子どもが女の子だとわかり、伝えられた予定日は詩子の命日だった。それはつまり、私が殺人鬼になった日でもある。

神様も運命も信じていないけれど、何らかの見えない力が、それこそ因縁めいたものが働いているような気がして、仕方なかった。

孝太郎と寄り添って眠りにつく直前、穏やかな寝息を立てている孝太郎の隣で手帳型のスマホケースを開き、「桜浜小五女児殺害事件」や「メグたん」、「大河内恵」など検索をかける。ネット上には東京でメグたんを見た、メグたんがファンと結婚した、というまことしやかな噂が流れている。史上最年少で最悪の殺人鬼だとか、あんな恐ろしい子どもを社会に解き放つなんて間違っているとか、そんな言葉たちと共に。

馬鹿らしい、とスマホを閉じる。……負けるものか。私はファンどころか、私があのメグたんだとも知らない普通の男性と結婚して、子どもを産む。人殺しに幸せになる権利はない、と声高に叫ぶ人もいるけれど、そんなのは感情論だ。私はきちんと法の裁きに則(のっと)り、赦された。事件を忘れて幸せに生きて、何が悪いのだ。

そっと、お腹に手を当てる。それに応えるように、赤ちゃんがお腹を蹴る。

最近は胎児に名前をつける妊婦さんも多いらしいし、実際、孝太郎はその風潮に則り、まだ産まれてもいない我が子に名前をつけようとした。せめてお腹の中にいるだけでもと、キラキラネームをつけたがり、プリンセスとか、女王様とか女帝とか、どんどん格が上がっていく。でも、子どもの命名権は、私が持っている。孝太郎はネーミングセンスが壊滅的だから絶対につけさせたくないと言うと、恵が産むんだから恵が好きにつけなよ、と言ってくれた。

自分で言い出したことなのに、私はいつまでも名前を決められなかった。今泉という苗字だから、愛とか茜(あかね)とか、ひと昔前に流行った洒落ているけどありふれた名前がいいかとも思った。私はメグミじゃなくてメグム、と名付けられたことを結構気に入っているから名前が変わることに抵抗があったし、今どき少しぐらい変わった名前でも、キラキラネームとは言われなくなった。せっかくだから響きが可愛くて、他の子と被らない名前がいい。

私はいい母親になる。お母さんみたいに口うるさくて、レールばかり敷きたがって、素のままの子どもと向き合わない。そんな母親にだけは、絶対にならない。

大学時代から距離を置いて付き合っていた友だちとは自然と疎遠になり、今の職場でも特に仲の良い人はいない。これからの人生を支えてくれるのは孝太郎なんだから、孝太郎の子どもを産んで、私みたいな辛い思いをしないように、のびのびと育てる。

私はこの子が何をしたって逃げたりしない。世界中を敵に回しても子どもを守る。

クリーム色のカーテンを閉め切った窓の外から、雨が地面を叩く音が聞こえる。梅雨なのだが仕方ないが、梅雨の時期は患者さんが増えるので嫌になる。いわゆる季節性うつ、というやつで、日光を浴びない日が続き、活力がなくなり、頭痛や吐き気を催していろんな病院をたらいまわしにされた挙句、心因性のものだから精神科を受診しなさいと医者に言われ、ここにたどり着く患者さんもいる。

今日も待合室は賑わっていた。一見普通なのにどこか普通じゃない、見えない問題を抱えてここに流れ着いた人たち。いちばん奥の列の端でスマホをいじってる男性が目に留まる。黒い革ジャンにジーンズ。気温二十八度を超える今日にしては厚着だ。

この人は何かが違う、と直感的にわかった。毎日多くの人の話を聞いている間に、精神的なサポートが必要な人か、そうでないか、わかってしまうのである。この人はおそらく、精神科に来るような重篤な問題を抱えているようには見えない。

受付で次に診る患者さんの情報を受け取り、カウンセリングルームに入った。

このクリニックでは、初診の人は必ず、医師の診断の前に臨床心理士と話をする時間を設けている。再診の患者さんも、医師が判断すれば臨床心理士と話す時間がある。クリニックの中でそこまでする病院はまだ少ない。院長先生は、臨床心理士の必要性をよくわかっている。

カウンセリングルームで受け取った問診票には木藤健作（きとうけんさく）と名前があった。年齢、三十八歳。職業、無職。アル中かもしれないので相談したい、と備考欄に記載がある。

「今日はよろしくお願いします」

カウンセリングルームに入ってきた木藤さんは、目が笑っていた。さっき、スマホをいじっていた革ジャン姿の男だ。

「今はお酒はどれくらい飲まれていらっしゃいますか」

「缶ビール二杯と、缶チューハイ一本。そして、ずっと家にいるので、アルコール度数五パーセントくらいの安い酒をちびちびと、一日じゅう飲んでいます。それこそ、水代わりに。これはまずいかな、と思ってここに来たんですが」

おかしい。アルコール依存症は否定の病だ。人からちょっと飲み過ぎじゃないか、あなたはアル中じゃないかと言われても、病院に行きたがらない。酔った末に人に暴力をふるって警察に捕まったとか、パートナーとの関係が悪くなって離婚したとか、そういう「底付き」を経験して初めて、病院に足を運ぶ。そういう病なのである。

それが、まるで絵に描いたようなアルコール依存の症状を語り、自分から受診するなんて、普通ではない。

「お酒の量が増えたきっかけとして、自分で思い当たることはありますか」

「仕事を失ったことでしょうね。派遣で働いてたんですが、このご時世でしょう。派遣切りに遭って、次の仕事も見つからなくて。貯金なんてほとんどないし、これからどうしようって考えると鬱になっちゃって。酒に頼ってる、って感じですね」

話しながら、やはり目が笑っている。この人は本当の話をしていない。まるでアルコール依存症のふりをして、暇潰しに精神科を受診しに来たようだ。

「このクリニックには、入院施設はありません。アルコールの依存の専門外来もありません。アルコール依存症は、入院して自助グループに通い、長い年月をかけて治していく病気です。だから、もし先生がアルコール依存症と診断したら、アルコール依存症の専門外来がある病院を紹介することになります。それでもいいなら、先生の診察を受けてみますか？　依存症の陰には、鬱が隠れていることも多いので」

「ぜひお願いします。酒の飲み過ぎで、二か月で八キロも太っちゃったんですよ」

笑いごとのように話す木藤さんからは、やはり悩んでいる様子は見えない。この人は本当は何の目的で病院に来たんだろう。

「今泉恵さん、とおっしゃるんですか」

白衣の胸につけているネームタグに目をやりながら、木藤さんが言った。

「はい、今泉恵と言います」

「クリニックのホームページに、写真が紹介されてましたね。実にきれいな方だ」

「ありがとうございます」

私はいったい、何の話をしているんだろう。この人は診察に来たんじゃないのか。私をナンパしに来たのか。

「今泉恵って、珍しい名前ですよね」

「恵こそありふれた名前だけど、結婚前はもっと地味な苗字でしたよ」

「ご結婚されているんですか」

白衣を着ても隠せなくなったお腹を見て、木藤さんが言う。

「はい、昨年」

「妊娠していらっしゃる?」

「ええ、八月に生まれます」

「今泉さん、大河内政子に似ていらっしゃいますよね」

息が止まる。心臓がばぐうっ、と嫌な音を立てる。私の動揺を見透かしているかのように、木藤さんは笑いながら言う。

「大河内政子、あの事件が起こる前はテレビによく出ていましたよね。一度、ドキュメンタリー番組にも出たことがあるんですよ、あの人。その時に若い頃の写真も出ましたが、あなたにそっくりだ」

「そうなんですか」

「あの事件は、大河内政子にとっては悲劇ですよね。犯罪心理学者として有名だったその娘が、殺人なんて。しかもその子はたったの小学五年生、事件を苦にして大河内政子は自殺。あの女の子は、母親の人生を壊しましたよ」

曖昧に頷いた。意思と無関係に手が震える。足が震える。マスクの内側で、唇がぶるぶるしているのがわかる。

「今はネットの時代ですから、加害者の実名も名前もすぐ出回りますよね。大河内恵。あの事件を起こした少女の実名。知ってる人は、知ってますよ」

「そうなんですね、私は知りませんが」

意識的に、冷たい声を出した。いったい、この時間は何なんだろう。この人は何が言いたいんだろう。怖くて仕方がなかった。

「そういえば、今泉さんもメグムですよね。大河内メグムと、同じ名前」

「私は今泉メグミですが」

「それは失礼しました」

あはは、と笑って、木藤さんが言った。

「知ってますか？　名前って、簡単に変えられるんですよ。特に事件を起こした子どもは法務省が守ってくれるし、名前は読み方だけなら簡単に変えられる。大河内メグムが今泉メグミになっていても、なんら不思議はないんですよね」

「変な冗談を言うなら、待合室で待っていて下さい」

暴れ回る心臓を必死で鎮めながら声を振り絞ると、木藤さんは悪びれない調子ですみません、と謝った。

とっくにつわりの時期は終わっているのに、昼休みに孝太郎が手作りしたお弁当を食べてすぐ吐いてしまった。恐怖が身体じゅうを支配して、ものすごく疲れていた。

トイレの前にへたり込んでいると、院長先生が来て目を丸くした。

「今泉さん、どうしたの？　まさか、生まれる？」

「いえ、ちょっと具合が悪くなっただけです。久しぶりに吐いてしまって。ちょっとおかずの味付けが妊婦には濃すぎただけなので、気にしないで下さい」

心因性のものだとは言えず、嘘を吐く。立ち上がり、院長先生に訊く。

「あの、木藤さんのことなんですが」

「木藤さん？　ああ、アルコール依存症かもしれないってうちに来た人？」

「そうです、十一時くらいに来られた方」

あー、と院長先生は頭を掻く。

「あの人、変わってるよね。アルコール依存症かもしれないからって、自分から来るなんて。でもこういうご時世だろう？　もともと鬱じゃなかった人まで鬱っぽくなって、精神科を受診する人も結構いるんだよ。あの人も、その一人じゃないかなぁ」

「そうですか」

「なんか変なこと言われたの？」

本当のことは言えないので、また嘘を吐くしかない。

「私の顔ばっかりやたらじろじろ見てくる方ですね。きれいな人だね、って」

「あー、たまにいるんだよね。うちのクリニック、ホームページにスタッフの写真を出してるだろ？　臨床心理士の女性を口説く目的で精神科に来る患者さん。特にうちでは臨床心理士との面談を大事にしているから、そういう人もたまに来るんだよね。まぁ、無職で酒浸りだったら、普段ナンパも女遊びもしない真面目な人でも、気晴らしに女性を口説こうと思うものなんじゃないかな」

「院長先生だったら、そんな発想になります？」

真面目な質問のつもりだったのに、院長先生はぷっと笑った。

「思わないよ。妻も子どももいるし、今さら女遊びなんてしたくもないからね。もともとそういうこと、どっちかっていうと苦手だし。でもあの人は三十八、若い頃に遊んでても、そろそろ結婚したいとか、そういうことも頭を過ぎる年頃だ。なぜか一般人は臨床心理士ってお金を持ってそうとか思うみたいだし、狙われやすいのかもね」

臨床心理士という資格を持ってるだけで、実家が裕福そうだとか、ものすごく稼いでいるんじゃないとか、そういうことを思う人もいるらしい。実際は私も孝太郎も、二十代の平均的な月収しか稼いでいないのだが。

「うちはなかなか給料上げられないけれど今泉さんは優秀だから、ここで経験を積んだら、もっと給料の高い病院を紹介してもいいよ。なんせ今泉さん、お母さんになるんだからね」

「結婚してもしばらくは、ここにいたいです」

人付き合いが基本的に苦手な私は、どこの職場でも働けるわけじゃない。ちょっとでも嫌な同僚がいたりすると、仕事に行くのが苦痛になるタイプだ。院長先生が優しくて、他の臨床心理士や看護師にも嫌な人はいない。その環境は、すごくありがたい。

夕食の席でも、私は孝太郎の料理を食べられなかった。吐き気が午後になっても続いていて、お腹が空くのに何も食べられないというつわりに戻ったような状態が続いている。何をしていても、頭の中で木藤さんの切れ長の一重の目が不気味に笑ったところを思い出してしまう。

「恵、大丈夫？」

早めの夏バテみたい、横になってるからと言って夕食を食べずにベッドに潜っていた私の隣に、孝太郎が座る。孝太郎がそっと、私のおでこに手を当てる。

「熱はないね。でも、早めの夏風邪かなぁ。恵は夏に弱いもんね。付き合ってから毎年、夏になると五キロとか六キロ、体重減るし」

「ねぇ孝太郎」

呼びかけると孝太郎が、ん、と目を丸くする。特にイケメンでもなんでもない、この人を心から愛しいと思うようになったのはいつからだろう。

「私、本当にいいお母さんになれるのかな。生まれてくる子どものこと、ちゃんと愛せるのかな。守ってあげられるのかな」

事情を知らない、知らせるわけにもいかない孝太郎には、こう言うのが精いっぱいだった。もし木藤さんが私のストーカーにでもなってしまったら、生まれてくる赤ちゃんに危険が及ぶ。あの人にまた会ったら、平静を保てる自信がない。

「なんだよ恵、今さらマタニティーブルー？　妊娠したての頃は、全然そんなこと言わなかったのに。仕事で、子育ての悩みでも聞いたの？」

「そういうわけじゃなくて……ただなんとなく、不安になって。たとえば孝太郎が普段接しているような、難しい子どもが生まれてきちゃったら、どうするの？　たとえばサイコパスで、善悪の区別がつかないような子とか……」

「たしかにそれは、ちょっと大変だよな」

孝太郎が布団に潜りこみ、私をぎゅっと抱きしめる。孝太郎の温もりが肌に染み入り、涙が出てきそうになる。

本当のことを言うのが正解だってわけじゃないけれど、何も知らせずに結婚したことは、すごく不誠実だったんじゃないだろうか。

「そういう子だったら、普通の子よりはちょっと大変だよね。善悪の区別がつかないっていちばん困るよ。適切な療育をしないといけないし。でも恵は臨床心理士だし、俺は子どもの心のケアのプロだよ。もしそういう子だったとしたら、俺たちを選んで生まれてきたんだ。子どもは親を選んで生まれてくるって、恵も聞いたことあるだろう?」

スピリチュアル界隈でよく言われることである。私は信じていないけれど、孝太郎は根が素直で、そういうことをすっと受け入れる。神社にお参りするのさえ、神様なんていないくせに願いごとをするなんて馬鹿馬鹿しいと思ってしまう私とは正反対だ。

「あんまり心配しちゃ駄目だよ。どんな子だって、俺と恵なら大丈夫だから」

「ありがと……孝太郎」

孝太郎の胸に顔を押し付ける。強く強く、押し付ける。孝太郎が私の髪を撫でる。涙で孝太郎のTシャツが濡れる。

詩子がいなくなって、お母さんがいなくなって、三浜さんがいなくなって、それから私は一人ぼっちだった。一人ぼっちの殺人鬼として、暗い十代を過ごしていた。そんな私に手を差し伸べてくれたのは孝太郎で、その手を死ぬまで離したくない。

光熱費の節約のため夏場でも極力エアコンを使わないで過ごすし、そもそも私は冷え性でエアコンの風が苦手だ。でもその日は北関東で四十度近くになる猛暑日で、朝から猛烈な日差しが降り注いでいた。鬱陶しい日光をカーテンで遮断し、エアコンをつける。冷え過ぎないように、マタニティドレスの上にカーディガンを羽織った。

妊娠十か月でこんな真夏ともなると、昼間歩くのすら億劫になり、食料品も生活用品も孝太郎に買ってきてもらっている。夏に弱い私が、熱中症で倒れでもしたら大変だ。昼間食べるおやつとか、昼食に使う野菜やお肉も孝太郎が買ってきてくれる。

予定日は明日。いつ生まれてもおかしくない。今日はなんだか朝からやたらとお腹が張っているけれど、お腹が張る＝出産、ということではない。新米妊婦さんにはよくあることで、予定日近くになって生まれる、と思って産婦人科に駆け込んで、陣痛が弱すぎて全然生まれず、家に帰されることもあるらしい。

おやつのジェラートでお腹がいっぱいになると眠気が襲ってきて、ベッドに横になる。産休以降、昼寝が習慣になった。食べて寝て、テレビを観て。そのせいで産休前より五キロも体重が増えた。赤ちゃんが大きくなったんじゃなくて、完全な贅肉だ。

眠りと現実の間を彷徨っていると、意識が恐ろしくネガティブなところに飛んでいく。もし赤ちゃんが大きくなって、私が大河内恵だと知ったら、その時この子はどう受け止めるのだろう。この子は、メグたんの娘。史上最年少の殺人鬼の娘なのだ。

妊娠したことで、私は秘密を持つ相手を一人、増やしてしまった。

生理痛がひどくなったような痛みで目が覚めた。まさか陣痛かとトイレに走る。おしるしが来ていた。さすがにパニックになった。孝太郎に短いＬＩＮＥをして、準備してあった荷物を持ち、タクシーを呼ぶ。配車を待つ間、痛みはどんどんひどくなる。時計を見ると、午後四時過ぎ。初産の平均時間は十時間だ。今おしるしとなると、出産は明日の未明か。この子は詩子が死んだ日に生まれようとしている。

信じてもいない運命を、因縁を、嫌でも信じてしまう。子どもは親を選んで生まれてくると孝太郎は言った。そしてこの子は、元大河内恵である私を選んだ。

孝太郎は仕事を早上がりして、十九時くらいに病院に飛んできた。私はちょうど陣痛が激しくなり、かつて経験したことのない痛みに歯を食いしばって耐えていた。孝太郎が予(あらかじ)めマタニティ雑誌で調べていた方法で、腰をさすってくれる。

「少しは楽になった？」

「全然」

助産師さんを呼んで腰をさすってもらうと、さすがプロだ、少し痛みがましになった。陣痛はずっと痛いわけではなくて、痛い時と無痛の時が交互に来る。でも時間が経つと無痛の時間が少なくなって、痛みの時間が増えていく。先生に診察してもらっても、子宮口は五センチまでしか開いていなかった。十センチまで開かないと、お産にはならない。それまでひたすら、痛みに耐えなきゃならないのだ。

「恵、頑張れよ。俺がついてるから」

そんな孝太郎の言葉さえ、素直に受け取れない。想像以上の痛みで、心がとげとげしていた。こんなに痛いって最初から知ってたら、妊娠なんてしなかったのに。妊娠したことを初めて後悔した。

きっとこれは、見えないものからの警告なのだろう。殺人鬼が子どもを産んで幸せになるな。そういう意思が私を苦しめているんじゃないか……そんな気がした。

深夜十二時をまわったところで、担当の先生が陣痛室にやってきた。痛みに耐えて汗だくで、肌がシャツに貼りついて気持ち悪い。何より痛すぎて、生まれてもいないのにへろへろだ。この世の終わりのような声で唸る私に、先生が声をかける。

「うーん、お産の進行がちょっとスローになっちゃってますね。陣痛促進剤、打ってみましょう」

「陣痛を促進？　そんなもの打ったら、もっと痛くなっちゃうじゃないですか」

半ば憤慨しながら言う私に、先生はにっこりする。

「痛いのは、お腹の赤ちゃんが頑張っている証拠です。今泉さんは、陣痛がまだ弱いですね。子宮口も、六センチしか開いていないし。陣痛促進剤を打ったほうが早く生まれるし、今泉さんが痛い思いをする時間も短くなりますからね」

優しく言ってくれる先生。陣痛促進剤を打つと、本当に陣痛が促進され、私は野獣のような声を上げ、頭を上下左右に振り、ベッドの上でのたうち回った。孝太郎が心配そうな顔で付き添ってくれるが、そんなのどうでもいいと思ってしまう。そんな顔で見るくらいなら、今すぐ私と替わって欲しい。

陣痛室に入ったのは、正午を回った頃だった。長過ぎる陣痛との闘いで体力が削られ、一生分の力を使い果たしてしまった気がした。激痛で、今にも気絶しそうだ。

「よし、今泉さん。次の陣痛でいきんでみましょう」

先生が冷静に言う。激しい陣痛でパニックになりかけた私は、いきむなんて言われてもどうするのかわからない。

「口を閉じて叫ぶエネルギーをいきみに変えるんです。お腹を覗き込んで、力を入れてください。合間は深く呼吸して、赤ちゃんに酸素を送ってあげるんですよ」

陣痛は一、二分間隔になっていた。

何も考えられない。まるで地獄の業火に焼かれているよう。出産は、地獄だ。殺人鬼である私に、地獄に落ちる代わりの痛みが与えられたのだ。

陣痛の合間にふっと、意識が遠のく。ふわふわと宙に浮いているような不思議な感覚の中で、私は本当に久しぶりに詩子に会った。

『メグ、頑張って。もうちょっとだよ』

詩子が遠くから私に手を差し伸べ、その手を握る。詩子の手は小さくて柔らかくてすべすべで、あの頃とちっとも変わっていなかった。

『あと少しだよ。あと少しであたしたち、本当の家族になれるから』

詩子はそう言って、私から遠ざかってゆく。やがてまた激しい陣痛がやってきて、痛みに耐えながら、頭の隅っこに詩子の顔がちらついている。

娘が産声を上げたのは、ちょうど私が小学五年生の夏、詩子を殺した時刻だった。

この子は難産の末、本当に詩子の生まれ変わりのように、詩子が死んだ日に、詩子が死んだ時刻に、生まれてきた。

「すごく可愛いね。恵にそっくりだ」

赤ちゃんを見つめながら、孝太郎が言う。感動のあまり目が潤んでいた。陣痛の時も、出産の時も、ずっと付き添ってくれた孝太郎。世間ではろくに家事育児を手伝わない駄目な父親も多いと聞くけれど、孝太郎なら大丈夫だろう。

「どうした、恵。せっかく生まれたんだぞ。もっと嬉しそうな顔しろよ」

「…………」

「あ、ごめん。無理に喋らせちゃ悪いよな。大仕事の後なのに。疲れて、それどころじゃないよな」

私はそっと小さな身体を抱き上げた。恵にそっくり、と孝太郎は言ったけれど、その子はどこか詩子に似ていた。小さい頃の詩子と、目の前の新生児の顔が重なる。

「……ウタコ」

ぽつんと呟いた私の言葉を、孝太郎が引き取る。

「それ、この子の名前？」

「うん」

この子はきっと、詩子の生まれ変わりだから。詩子がもう一度私に会うために、この世界に戻ってきてくれたんだから。

だからこの子の名前は、ウタコ。

「いい名前だね。よし、この子は今日から、今泉ウタコだ」

何も知らない孝太郎が、向日葵みたいに爽やかに笑った。

〈昴の話〉

新年会は、納期のせいで一週間遅れた。居酒屋の大和室に、営業部、デザイン部、総務部、各課の暇人が集まっている。既婚者は家庭があるので、新年会には来ない。この会社の新年会や忘年会は、各課を超えた男女の出会いの場にもなっている。

「江崎さんって格好良くて仕事もできるのに、なんで彼女いないんですかぁ？」

去年新卒で入ってきたデザイン部の女の子が隣に座って媚を売る声で言う。社内で昇格した俺には奈智と別れても好意を向けてくる女の子も何人かいたし、取引先で出会いもあった。でも俺は、彼女たちからの好意を素直に受け取れなかった。

「こいつさ、何年か前に彼女にフラれたんだよ。それをまだ引きずってんのな」

同じく酔っている長嶋が、ビールジョッキ片手に言う。奈智はあの後、中学時代の同級生と結婚し、退職した。女性はいつも夢ではなく現実を取る。彼氏がいてもその人以上に自分を幸せにしてくれる男が現れれば、たやすく乗り換えられる。そういう生き物だとわかっていても、奈智のことはいつまでも心の片隅に引っかかっていた。

「えー、江崎さん、可哀相ー。あたしでよかったら、いつでも癒しますよぉ」

若い女の子は悲劇的な話に弱い。でも、中学生の時に妹をその友だちに殺されたなんて言ったら、ドン引きするんだろう。

「しっかし、みんなどんどん結婚してくよなー。そりゃ、俺らそういう時期なんだから仕方ねぇけど。田崎は彼女がいたからわかるとして、畠山のデキ婚には驚いたな」

田崎は高校時代からの彼女に「結婚するつもりがないなら別れてほしい」と言われ、別れ話になりかけた挙句、仕方がないという感じで結婚した。畠山は、キャバ嬢を妊娠させた。「さんざん遊んでいた天罰だ」と四人で飲んだ時、泣いていた。

「男の人って、結婚に関してはのんびり屋ですよねぇ。でもあたしは、今すぐにでも結婚したいなぁ。地元の子、高校卒業と同時に結婚して、子どもが生まれて。その子すっごく可愛くて、だからあたしも早く結婚して、お母さんになりたいんですよぉ」

二十代前半にありがちな可愛らしい夢を語る目の前の女の子に、思わずぷっと笑ってしまった。どの女の子も可愛いな、とは思う。でも好きだな、とは思えない。

新年会の後は、二次会へ行く人と帰る人とに分かれた。二次会は、さらに何人かのグループに分かれている。俺も長嶋に誘われたし、さっき隣に座った女の子がしつこく「江崎さんともっとお話ししたい」と言ってきたけれど、丁重にお断りした。

家に帰りつくと、冷蔵庫に入っていた缶チューハイを飲み、メビウスに火を点ける。

煙を燻らせながら、スマホで検索をかける。「メグたん」「桜浜小五女児殺害事件」「大河内恵」などと入力していくと、事件の概要についてまとめたサイトや、ユーチューブの動画が何件かヒットする。小学五年生の女の子が、同級生を殺害。それはかつてない、大きなニュースとなって、今でもネットの住人たちに語り継がれていた。大河内恵は本当に、ファンと結婚したんだろうか。俺より三つ年下だから、そろそろアラサーだ。子どもがいてもおかしくない。あいつは未だに、俺のところにも父さんのところにも謝りに来ない。でも父さんには毎月、恵の祖父から手紙が届くらしい。政子さんのお通夜の時に一度会ったきりの、ほとんど知らない人から手紙をもらっても、正直なんとも思えない。だいたい彼らに、事件に対する責任はないだろう。

あいつは今、何をしてるんだろう。どこで暮らして、どんな仕事をしているんだろう。考えているうちに、ひとつの黒い発想にたどり着いた。

これを実行に移してしまえば、父さんや崇は怒るだろう。でも俺は、じっとしていられなかった。俺はどうしたって恵を赦せないから。赦したら、詩子が可哀相だから。死ぬまでずっと恵を憎んで、必ず復讐を遂げる。俺の人生を壊したのは、恵なのだ。

寒かった冬がようやく終わりに近づき、空気に梅の香りが混ざり始める頃、都内最大手の探偵事務所を訪れた。ホームページには人捜し、浮気調査、なんでもやりますと書いてあった。生まれて初めて入る探偵事務所は、ミステリー小説に出てくるようなところではなく、普通のオフィスのような場所だった。受付を経てカルテのようなものに依頼内容を書き、その後個室に移される。

「担当の木藤です」

木藤健作、と書かれた名刺を出されたその人は、四十手前くらいの険しい目つきをした、いかにも探偵らしい探偵という感じの男性だった。

「大河内恵というのは、桜浜小五女児殺害事件の大河内恵ですか」

「そうです。俺は殺された女の子の、被害者遺族なんです」

そこで俺は自分でも驚くほどすらすらと、言葉を吐いた。恵のせいで俺がどんなに辛い思いをしてきたか、あの夏にどれほど辛い経験をしたか。初対面の人なのに、言葉がすらすら出てくる。奈智にさえ、言えなかったことだった。

「江崎さんの事情はわかりました。正直かなり難しい依頼です。少年事件の加害者でしょう。大河内恵が送致された施設はだいたい予想がつきますが、そこへ行っても話に応じてもらえるとは思いません。大河内恵は法務省に守られ、罪を赦されています。今どこにいて何をしているか。調べても、何もわからない可能性があります」

「金なら、いくら出しても構いません。俺はどうしても、あいつを見つけ出したいんです。これから人生で起こる楽しいこと、すべてを投げうったって構わない。あいつを見つけ出さないことには、俺は一歩も前に進めないんです」

「見つけ出して、どうなさるおつもりですか」

顔を上げると、木藤さんは真面目に、そして少し切なそうな目で俺を見ていた。

「なんてことをしてくれたんだと、土下座でもさせて謝らせるおつもりですか？　それで、あなたの気は済みますか？　被害者遺族として、あなたが大河内恵に会いたいと思うのは当然のことです。でもあなたが、何か変なことを……たとえば大河内恵に復讐するとか、そういうことを考えておられるのなら、この依頼はお受けできません」

当然だと思った。俺が恵を見つけだし、恵に復讐したら、この探偵だって、いや事務所全体が、責任を追及されるのだから。木藤さんは俺の目をまっすぐ見つめ、言う。

「約束してください、大河内恵が見つかったとしても、馬鹿なことはしないと」

「……わかりました」

「この依頼は、高額になります。成功するかどうかもわかりません。それでもよければ、ご金額の説明をさせてください」

俺は頷いた。木藤さんは、依頼料のシステムが書かれたリーフレットを取り出した。

ゴールデンウィークに帰省したいと電話をかけると、父さんは少し複雑そうな声を出した。なんせ、このご時世である。でも神奈川県知事は帰省はウェルカムだと言っているし、そもそも東京と神奈川はお友だちのようなものだ。

ステイホーム、ステイホームとテレビはうるさいが、桜浜のご近所さんたちはあまりそんなことは気にせず、家に人こそ上げないけれど、会えば道端で立ち話ぐらいはする。今日も父さんは、榮倉さんの家から林檎をたくさんもらったのだと自慢してきた。榮倉さんは旦那さんの実家が青森らしい。

「林檎は少し黒砂糖を入れてな、コンポートにするとすごく美味しいんだ。生クリームとバニラアイスがあれば、ちょっとしたデザートになるぞ」

「父さんって、毎日何してんだよ」

「ん？　全然、普通だよ。家事をして、畑仕事をして、買い物をして、夕飯を作って。でも一人暮らしは寂しいからな。最近、猫でも飼おうかと思ってるんだ」

「ペットはやめてくれよ、父さんに何かあったら、俺が面倒見なきゃいけないだろ？　今住んでるマンション、ペット不可だし」

「そんな縁起でもないことを言うなよ。父さんは、九十までは生きるつもりだぞ」

からからと笑いながらガラスの皿に切った林檎を並べる父さんから、大切なひとり娘を喪った悲しみは感じられない。大人は、みんなそうなのだろうか。歳を取ると、悲しみも憎しみも怒りも、感じにくくなってしまうものなのだろうか。俺だってもう子どもじゃないけれど、父さんのようにはなれない。

「父さんは、この家で一人で暮らしてて、辛くないのかよ。詩子のこととか、思い出したりしないのか？」

そう訊くと、父さんは手を止め、宙を見つめた。

「そりゃ思い出すさ。何かの拍子に、あの子の顔が浮かぶ。それこそ、顔を洗ってる時とか歯を磨いてる時とかお風呂に入ってる時とか、ふっと、小さな頃の詩子の顔が頭を過ぎるんだ。四年生になって一緒にお風呂に入りたくないって言われた時はショックだったなぁ、とか、そういうことをな」

父さんの声は沈んでいるのに、悲しみは感じられない。この人は俺よりずっと強いのだ。

「でもな。悲しみを詩子や母さんと受け止めて、前に進んでいる。俺は父さんより、ずっと弱い。

「でもな。この家。詩子や母さんと一緒に暮らしたこの家にいられるのが、すごく幸せなんだよ。この家には、詩子たちの思い出が詰まっている。詩子のことを思い出すことができるって、詩子が父さんの中でまだ生きていることだと思うんだ。だから父さんは、この家を終の棲家にするよ」

「恵のことは、憎んでないのかよ。詩子を殺したあいつが、憎くないのかよ。未成年だからって、小学生だからって、ろくに罰も受けないで、社会に解き放たれて。そんなのおかしいって、思わないのか、父さんは」

「父さんにとってメグちゃんは、もう一人の娘みたいな存在だからなぁ」

父さんの声がすっと暗くなった。父さんは詩子を喪った痛みを消化できても、未だ事件の犯人である恵に向き合えていない。

「小さい頃から互いの家を行き来して、詩子と昴と一緒に遊んで、時々政子さんとも一緒にご飯を食べて。みんなでやったバーベキューは楽しかったよ。メグちゃんはお父さんがいないからって俺に懐いてたよなぁ。肩車してやると、すごく喜んで……」

父さんがさりげなく目をこすった。白目が充血していた。

「俺は、詩子とメグちゃん、二人の娘をいっぺんになくしてしまった父親なんだよ」

そんな父さんに、何も言葉を返せなかった。

父さんに恵を捜しているなんて、そんなことは言えなかった。この人は最初から、恵を憎んでいないのだ。小さい頃から詩子と一緒に遊んでいた、たった小学五年生の女の子に、怒りも憎しみもぶつけられないと言ったほうが正しいのだろう。

父さんみたいに生きられたらどんなにかいいと思う。事件のことを忘れて、詩子を思って、前向きに歩いて。でも俺は、父さんとは違う。同じ被害者遺族だって、俺と父さんの間には、遠い隔たりがある。

崇は最後に会った時よりも腹が出ていて、肌も脂ぎって皺が深くなり、歳より老けて見えた。去年、二人目の子どもが生まれたらしい。二児の父親ともなれば、年相応に老けても仕方ない。でも俺と並ぶと、同い年なのに明らかに崇のほうが年上に見えるので、それをからかうと崇はぶうぶう文句を言い出した。

「仕方ねぇだろ、カミさんと子ども二人養うんだから。運動なんてしてる暇ねぇぜ。食事だって、子どもが小さいうちは俺だけカップ麺だったりするし」

「田舎の人って歳より老けるよな。優太も諒一も見かけたけど、四十近くに見えた」

「うるせぇな。てめぇみたいな東京に染まった奴が、やたら若く見えんだよ」

崇も優太も諒一も地元に残って、既に家庭を持ってる。桜浜に生まれた人は、横須賀や三浦半島のどこかにマイホームを持ち、横浜や東京へ仕事に行く人が多い。もっとも、女の子はどうだか知らない。佳織ちゃんだって数年前に一度会ったきりだし、紗季ちゃんや麻里ちゃんが今頃どうしてるのかなんてわかるわけない。

「俺、今、探偵雇ってるんだ」

地元の居酒屋でサシで飲み、酔いが回ってきた頃にそう言うと、崇はアルコールがすべて抜けてしまったような顔になった。

「探偵って、お前、何するつもりだよ」

「大河内恵を捜してもらってる」

崇が言葉に詰まる。俺の顔をまじまじと見つめ、それから言葉を継ぐ。

「捜して、どうすんだよ。捜して、見つけて、そしたらお前、どうするつもりだよ。まさか恵ちゃんに復讐とか、そんなことするつもりじゃ」

「俺の自己満足だよ。俺は、知りたいんだ。あれから、大河内恵がどうなったのか。どこに住んで、どんな仕事に就いて、どんな人生を歩んでいるのか。あいつが心から、詩子を殺したことを悔いているかどうか」

「それ知って、どうなんの？」

崇の口調が俺を責めている。崇は昔から思っていることをずばりと言う。

「そんなこと知ったらお前が辛くなるだけじゃん？　もし恵ちゃんが結婚して仕事も上手くいって、普通に暮らしてて、子どもの一人や二人いて。事件のことなんか忘れて能天気に暮らしてたら、お前、すげぇ傷つくだろ？　そんなの許せないだろ？　なんで、今になって過去の傷に塩を塗るようことするんだよ。お前、今よりもっと辛くなるぞ」

「辛いのは、今でも同じだから」

ずっと辛かった。中学二年生のあの日、あの夏、詩子がこの世を去ったあの日から。周りに合わせて笑ったり、勉強したり、働いたりはできる。でもずっと、心の片隅に詩子が付き纏って、離れない。詩子の隣には、恵がいる。恵が詩子にカッターナイフを突きつけている姿がありありと想像できてしまって、夢の中にまで出てくるのだ。

「昴、お前、いつまで事件に縛られてんだよ。恵ちゃんを憎むのも、恨むのも、よくわかるよ。俺がお前の立場でも、同じ気持ちになると思う。でもお前があの日から、どれだけ辛い思いをしてきたかって、俺は傍で見ていただけで、お前の気持ちになることはできない。俺はあくまで、事件の傍観者でしかないから。けど、これだけは自信を持って言える」

数秒の間の後、崇ははっきり言った。

「恵ちゃんのことは、もう忘れろ。あんな奴のことなんて忘れて、普通に生きろよ。普通に幸せになれよ。前の彼女のことだって、幸せにできなかったんだろ？　そんな理由で女を振るなんて、はっきり言って最低だぜ」

奈智のことを言われると、弱い。俺は陽菜も奈智も、突き放してしまった。詩子を置き去りにしたまま幸せになろうとしている自分が、赦せなかった。あの日から俺は甲羅に手足を突っ込んだ亀みたいに、臆病に生きていた。

「いつまでも恵ちゃんに縛られてないで、自分の人生を生きろよ。なんで過去を引きずって、未来を見ようとしないんだよ。お前みたいに、事件の被害者遺族になった人はたくさんいる。でもほとんどの人は、犯人に対する憎しみを抱えたまま、それでも折り合いをつけて生きていくと思うんだ。お前だって、そうするべきだよ」

「偉そうに言うなよ」

強がって放った声が、頼りなく揺れていた。崇の表情が固まる。

「お前に、俺の気持ちはわからない。絶対わからない」

「……そうだよな」

崇はぽつんと言って、ぐびりと酒を流し込んだ。


昼飯を食べた後、詩子と恵と俺と、三人でよくキャッチボールをした公園に向かった。夏の午後の太陽は高く、日差しは西日と夕陽の間の色をしている。濃い緑の芝生の上に、子どもが忘れていったんだろう、野球ボールがひとつ落ちていた。それを拾い上げ、手のひらで弄びながら、小さい頃のことを思い出す。

恵は運動神経は悪いけれど、キャッチボールはできた。二対一で相手をして、俺がフェイントをかけて恵に投げても、すっと取れる。三人でよく中当てもやった。真ん中になった子を狙い、両サイドの二人がボールを投げ合う。ドッジボールが苦手な恵は、中当てで鍛えるしかない。ボールが怖くて逃げ回ってしまう子は、ひたすら逃げる練習をするといい。それが、恵の戦い方だった。

恵は過去から逃げることで、自分の人生と闘おうとしているんだろうか。

そうしないとやってられないのかもしれない。真面目に過去と向き合っていたら精神的に辛い思いをするだろうし、実社会で生きていけない。なにせ、友だちを殺して施設に送られたのだ。小学五年生だった恵にとっては、重すぎる出来事のはずだ。

でも、それじゃあ、俺たち被害者遺族はどうなるのか。

何十回も何百回も考えた。事件を防ぐことはできなかったのかと。すぐ傍にいた俺が、なんで恵の異常性に気付けなかったのかと。あいつに、この気持ちは絶対わからない。恵には未来があるけれど、死んだ詩子に未来はない。せめて恵には本当のことを言って欲しい。人を殺してみたかったから殺したなんて、そんなの嘘だろうって問い詰めたい。なんで史上最悪のサイコパス小学生のふりをしたのか、恵に問いたい。

木藤さんから電話が来たのは、梅雨が終わりかけた頃だった。


この前と同じ事務所の個室に通され、何枚かの書類を受け取る。大河内恵は、今泉恵という新しい名前を与えられていた。メグムという変わった名前ではなく、メグミというどこにでもいる女の子の名前になって、普通の人生を歩んでいた。

「今泉恵――いや、大河内恵は、現在臨床心理士として働いています」

「臨床心理士って。心に問題を抱えた人を癒す仕事ですよね？」

「はい、これが彼女が働いているクリニックのパンフレットです」

パンフレットの最後のページに、恵の写真があった。他の臨床心理士や医師と同じく、白衣姿に笑顔で写っている。成長した恵は、驚くほど政子さんに似ていた。

「なんであいつは、臨床心理士になんてなったんでしょう？　あいつは、殺人犯なんですよ？　いちばん、なっちゃいけない仕事だと思うんですが」

「そこまでは知りようもありません。大学で心理学を学んだようですが、大河内政子は多額の遺産を遺して死んだ。そのお金を遣ったんでしょう。なぜ心理学部に進んだのか、私にもわかりません。母親と同じ道を歩みたかったのかもしれませんが」

あくまで私の推測ですが、と木藤さんは付け加えた。俺は曖昧な角度で首を振り、YESの意思を示す。

「そして彼女は今、妊娠しています」

身体の奥で、固く縮こまっていた何かが弾けた。

恵が妊娠。母親になろうとしている。殺人犯が、子どもを産もうとしている。

「予定日は八月とのことです。ちょうど、詩子さんの命日と近い頃に生まれるでしょう。偶然だの運命だの信じない主義ですが、偶然で済まされないものを感じますね」

「あいつは。あいつの旦那は、あいつの過去を知ってるんですか？　あいつが大河内恵だって、ネットでさんざんもてはやされた、メグたんだって」

「夫の名前は、今泉孝太郎。大学時代から付き合っているようですね。大河内恵の過去は、何ひとつ知りません」

弾けて散らばったものが腹の底で蠢き、不快感で胃の中のものがせり上がる。

俺が悩んで悩んで苦しんでいる間、恵はのうのうと幸せになっていた。立派な仕事に就き、パートナーを見つけ、子どもまで産もうとしていた。

「実に、器用な女です。新しい名前を与えられたのをいいことに、過去をすっぱりと切り捨てた。臨床心理士という仕事も、案外向いているのかもしれませんね」

木藤さんは膝の上で揃えた自分の手を見て震えている俺に向かって言った。俺は心に大地震が来たみたいに、心臓がばくばくと震えていた。

「江崎さん。あなたもいい加減に、事件のことは忘れましょう」

木藤さんが前のめりになった。顔を上げると、俺の目をまっすぐ覗き込んでいた。

「私の母は、私が十六の時に父に殺された。私は加害者家族であり、被害者遺族でもあります。江崎さんの苦しみは江崎さんにしかわかりませんが、被害者遺族としての葛藤は、たしかに経験しています。だからこそ言えることですが、大人になっても多感な時期にあった辛いことを抱え込んで生きていたら、自分がしんどい。大河内恵のことをこれ以上考えていたら、あなたの人生は台無しになる」

たくさんの依頼者を相手にしてきて、自分自身、凄惨な経験をしてきた人の、重い言葉がのしかかる。崇にだって、同じことを言われた。

前を向けなくても、無理やりにでも歩いていかなきゃいけない。

「一度、きちんとしたカウンセリングを受けることをおすすめします。もちろん、今泉恵以外の臨床心理士に」

「ありがとうございます」

自分の声が、やたら遠く聞こえた。木藤さんの目は、ブラックジョークを言っているのにちっとも笑っていなかった。

家に帰りついても、何もできなかった。腹が減っていたが食欲にならず、風呂に入ろうとしても面倒臭い気持ちのほうが勝つ。呆けた頭のまま、崇に連絡した。仕事はもう終わっている時間のはずなのに、崇は電話に出なかった。

俺は崇に何を言いたかったんだろう。何を伝えようとしているんだろう。

事件の当事者でもなんでもない崇に、これ以上心配をかけてはいけないのに。

恵が不幸になっている結果を、きっと俺はどこかで望んでいた。恵が小学五年生という幼さにして友だちを殺し、施設送りになり、そこから出ても精神的に病んでしまって、やがて薬物にでも手を出し、薬物を買う金欲しさに風俗にでも勤め始め、そして薬物で捕まって、刑務所にいる——そんなあいつの不幸を、望んでいた。

現実の恵は、幸せだった。俺よりずっと幸せだった。事件のことを上手く隠し、資格が必要なきちんとした仕事に就いて、結婚もして、子どもまで産まれようとしている。その事実を、受け止められなかった。

メビウスに火を点ける時、ライターを握る自分の手が震えていた。煙が少し目に染みる。涙が溢れてきて、身体が発した涙が、やがて心にまで染みこんできて、止まらなくなる。

やっぱり許せない。あいつをこのまま、野放しにしておくことなんてできない。

それに、俺は今ならあの日からずっと望んでいたことを実現できる。

今こそ、恵に復讐できる。

〈みちるの話〉

東京が梅雨入りするかしないか微妙な天気が続く頃、わたしはＺｏｏｍで産婦人科医にインタビューを受けていた。この先生は未成年の妊娠相談の専門ダイヤルで働いていて、感染症の影響である休校期間で妊娠してしまった女の子の相談に乗っている。休校期間、特にすることもなくそういうことをした女の子たちが相次いで妊娠し、このサービスを利用する女子中高生が増えた。なかには、小学生もいるという。

「そういった子どもたちに、共通点はありますか？　ひと昔前は、未成年妊娠は不良がするもの、という風潮がありましたが、今ではそうは言えなくなっていますよね」

「磯野さんのおっしゃる通り、相談してくる女の子は、圧倒的に普通の子が多いです。何の問題もない家庭で親の愛情を受け、すくすく育った恵まれた子です、でも」

先生はそこで少し言葉を切って、神妙な表情になった。

「よくよく話を聞いてみると、女の子たちは親のことを信頼していないことが多いんです。今の親は、子どもを本当の意味で愛さない人が多いですよね。勉強しろだの、いい学校に行けだの、将来いい職につけだの……私も二人子どもがいるのでそう言いたくなる気持ちはわかるのですが、思春期にそんなことばかり言われた子どもは、親に愛されていないと感じます。そういう子が恋愛をすると、親に愛されていない分、男の子から与えられる愛情にのめり込みます。それはとても危険なことなのです」

「ありがとうございます。とても参考になりました」

取材は、一時間の約束だった。先生にお礼を言って、Ｚｏｏｍを切り、録音をやめる。今回もいい記事が書けそうだ。

二年前に新聞部からネットニュースの部署に異動になってから、わたしの仕事はより充実した。事件の取材もすることはあるが、わたしはいかに女性の社会的地位を上げていくか、ということをテーマにした記事を書くように頼まれ、懸命に書いた。もちろん、興味のある少年事件の取材も続けた。ネットニュースでは新聞よりも突っ込んで書くことができるのだ。

休校期間に増えた未成年妊娠の問題を記事にしていると、健人（けんと）からＬＩＮＥが来た。

『仕事お疲れさん。今夜、みちるの家行ってもいい？』

心を弾ませながら、いいよ、ご飯作っておくね、と返信する。今から健人に会える。それだけで、初恋中の中学生みたいに胸がドキドキわくわくしていた。

健人はスポーツメーカーの営業で、二年前、ちょうど異動になった頃、女性向けトレーニンググッズの取材をしている時に知り合った。大学時代にバスケで鍛えた身体は大柄で締まっていて、逞しい。歳は、健人がわたしのひとつ上。取材で意気投合し、出会って二か月後に付き合い始めた。今では、週に二回は会っている。

仕事を早めに片付け、健人のために料理をすることにした。オムライスとトマトとキュウリのサラダ、玉葱のスープ。料理は得意じゃないけれど、健人は典型的な子ども味覚で、ハンバーグやオムライスを喜んで食べてくれるのが嬉しい。食事の用意をして健人を待っている間に五年以上着たおして染みだらけになったトレーナーから、ブラウスとロングスカートというデート用の服に着替え、メイクもした。

ネットニュースの部署に配属され、健人と付き合い始めた頃から、わたしは女を意識したファッションを好むようになった。ネットニュースの部署では、女性が好む記事、たとえばこの春流行の服とかメイクとか骨格診断とか、そういうことについての記事も書くように指示されたので、自然とファッションにも興味を持つようになった。新聞部にいた頃より女性が取材対象になることも多いので、いかにも新聞記者です、という格好はやめた。取材慣れしていない一般人は、フェミニンな服装の優しそうな女性がインタビュアーとして出て来たほうが心を開きやすい。たまに社内で笹井さんに会うと、「きれいになったなぁ」とびっくりされる。

「みちる、髪染めたの？」

うちに来るなり、開口一番、健人が言った。

「うん、少しだけね。根元から黒くなってくるのが嫌だから、社会人になってからはずっと黒髪だったんだけど。もうあと二、三年もしたら、こんな明るい髪色にできなくなっちゃうでしょ。おばさんが茶髪なんて、気持ち悪いじゃない」

「みちるは茶髪似合うし、可愛いからいくつになってもおばさんにはならないよ」

健人の好きなところは、こういうことを本気で言って、それがちっとも不愉快にならないところだ。

「今日は健人も在宅ワークだったの？」

「一件だけ、人に会ったよ。これは本当に、ちゃんと直接会って、顔見て話したいっていうお客様だったからね。人に会って話をすることって大事だなって、こんなことになってから実感したんだ。みちるもそうでしょう？」

「まあね。最初は会社に行かないで自宅で仕事ができてラッキー、ぐらいに思ってたけど、一週間過ぎた頃から、人に会えない孤独で辛くなってきちゃった」

どれだけスマホやパソコンが発達して便利になったって、わたしたちはリアルな人と人との繋がりを求めずにいられない。人間とは、そういう生き物なのだろう。遥か昔の縄文時代だって、村があり、仲間と暮らして、狩りをして暮らしていたのだから。

「世の中がもうちょっと落ち着いたら、みちる、うちの実家に来ない？」

オムライスを食べ終わった健人があまりにも自然に言うので、わたしはしばらく面食らった。大人の男が彼女を親に紹介する、それってつまりそういうことだ。

「みちるのこと、オフクロに話したんだ。そしたら一度会ってみたいって」

「急にそんなこと言われても」

「嫌なの？　俺たちもう二年も付き合ってるんだよ。俺と結婚するの、嫌？」

健人らしいあまりにも自然な流れのプロポーズに、デザートに用意していたさくらんぼが手のひらから転がり落ちそうになった。一度、深呼吸する。

「嫌じゃないけど、でも」

「でも、何？」

「こんな、家でご飯食べてて話の流れでプロポーズとか、そういうのは。そういうことはちゃんとした場所でちゃんとした時に、ちゃんとした言葉で言って欲しい」

「みちるって、意外と乙女チックなところあるよね」

健人が歯を見せて笑った。健人はホワイトニングもしていないのに歯が真っ白で歯並びもいいから、笑うと大型犬が笑っているみたいに見える。

「じゃあ、まず婚約指輪から買わないと。みちるって指輪のサイズいくつなの？」

「知らないよ、男の人から指輪もらったことないし」

「ジュエリーショップに行かないとね。行こう、今度の休みに」

健人はノリノリで指輪を買う計画を進め、ジュエリーショップを調べ始めた。

健人に出会う前まで、わたしは自分の性欲というものがわからなかった。

十代は奥手で、大学二年生で初体験してその後何人かと付き合っても、セックスがいいものだとは思えなかったし、社会に出てからは恋をする暇もなかった。ワーカホリック気味で咲く前から枯れかけていた花だったわたしに、健人は水を与えてくれた。

健人のセックスはたぶん上手いんだと思う。誰と付き合っても、いくらそういうことをしても、イク、ということがよくわからなかったのに。健人をテクニシャンにした女がいったい何人いたのか、考えると嫉妬してしまう。

要はわたしは健人が大好きで、健人のセックスに心酔しているのだ。

ご飯を食べて食器を片付け、リビングで小一時間ほど寛いだ後、わたしたちはベッドの上で交わった。まだ寝るには少し早い時間だけれど、健人は射精後の眠気が襲ってきたのか隣で寝息を立てているし、わたしも意識が薄れてきていた。

夢と現実の境目に立った時、このままずっと健人と一緒にいて、健人と歩く未来に思いを馳せる。結婚して、子どもができて、その子が大きくなって、結婚して、わたしたちはおじいちゃんとおばあちゃんになって。

結婚したら、今の仕事を辞めてもいいかもしれない。正確には仕事ではなく、会社を辞めて独立するのだ。幸い元新聞記者、ネットニュースのライターという肩書もあるし、取材を通じて人脈もできたから、フリーとしてやっていく地盤がある。そもそも今の会社は女性が少なく、出産や育児に寛容ではない。育休なんて論外で、子どもを育てながら働くなら、関野くんが働いているような週刊誌部署に回されてしまう。

フリーで仕事をすれば、本当に自分のやりたいことをやりやすくなる。たとえば、未成年で妊娠した女の子の取材。たとえば、あざみちゃんのようにパパ活をする女子高生の取材。たとえば、桜浜で詩子ちゃんを殺した大河内恵の取材——

そこで点と点が線で繋がって、閃光(せんこう)がぱちぱちと脳内のニューロンを駆け巡った。

わたしがベッドから起きた拍子に、健人が起きた。パソコンに向かい、調べものをしながらネットサーフィンをするわたしに不思議そうに訊く。

「こんな時間から仕事?」

「ちょっと思いついたことがあって」

最愛の人の言葉さえもスルーして、わたしはたった今思いついたばかりの言葉たちをＷｏｒｄに打ち込んでいく。

社内の書籍部に持ち込んだ企画書に、担当者になったその人は眉を顰めていた。

「ひと昔前はこういう、実際の事件を扱ったノンフィクションものはある程度重版がかかりました。でも今はこういう時世なので、出版不況に拍車がかかっています。特に今の読者は、こういう重たい本は読みたがらないんです。美化された青春や美化された恋愛が書かれた、フィクションに走りやすい。正直言って、時代遅れなんです」

そう言われたらぐうの音も出ない。私が書いた実際の事件を追った記事や、今の社会に突っ込んで書いた記事はＰＶ数が取れているが、それはお金を払って読む記事ではなく、ただで読めるネット記事なのだ。今の若者たちは新聞を取らないし、週刊誌も買わないし、テレビすら見ず、ネットでただで情報を得る。情報の価値そのものが低くなっているのだ。

「でも、個人的にはこの企画には大いに興味がありますね」

担当者はずれかけた眼鏡の真ん中を、ぐいと持ち上げる仕草をした。

「正確に言えば、事件当時中学生で、あの大河内恵に心酔していたあなたに。進路を考える段階になってその体験を元として新聞記者となり、記者となってからも少年事件を調べ、今の子どもの在り方と社会との関連性を模索し続けているあなたに。磯野さん、あなたにとって、桜浜の事件は特別だったんですね。大学の卒論でもテーマにしたくらいですし」

その本の冒頭部分には、どうして自分が桜浜の事件を調べようと思ったのか、いち傍観者でしかないわたしがなんでこの本を書こうと思ったのか、そのことが事細かく、そしてわかりやすく書いてある。この部分だけは、すらすらと原稿になった。ある程度の自己開示は、ノンフィクションを書く上で重要だと思った。

「今すぐお話は出来かねますが、上に回してみます。個人的には磯野さんの書いたこの本を読みたいです。この情勢なので時間はかかりますが、お待ちください」

「ありがとうございます」

丁寧に頭を下げた。テーブルの上には、『桜浜小五女児殺害事件――私たちに何ができるのか』とタイトルをつけたプロット原稿があった。

担当者と会って会社を出た後、青山（あおやま）に向かった。都内でも有名な高級イタリアンレストランで、健人はわたしを待ってくれていた。

「今日はなんかいいことあったの？　仕事で」

「どうしてわかるの」

「みちるは仕事でいいことがあると、顔に出るから」

健人はいつも以上ににこやかに笑っている。二人のグラスにワインが注がれる。

「今の仕事、結婚したら辞めようと思ってるんだ」

「どうして？　みちる、ライターの仕事気に入ってるんじゃなかったの？」

「正確には、会社を離れて独立したいの。そのほうが、自分の好きなことができるし。せっかく就活を頑張って今の会社に入って、それなりにキャリアを積んだんだもの。三十を超えたら、自分の本当に好きなことをやりたい。そう思うのって、贅沢じゃないでしょう？」

「大事な心意気だと思う」

　健人はワインを豪快に流し込みながら言った。

「それにね、子どもができるか、すごく心配なんだ。女性って、三十も半ばを過ぎると自然に妊娠する力が衰えていくんだって。あと数年しかない。一人目を産んでも、二人目ができないかもしれない。そういう人、結構多いらしいから。だからちゃんと、妊活を頑張りたいんだ。今の生活は忙し過ぎて、自分の健康管理をきちんとする暇もないもの。だてに記者やライターをやってきたわけじゃない、フリーになっても健人の稼ぎに頼らないで、ちゃんと自分でお金を稼ぐ力はあるよ」

「そんなこと言うなよ。結婚したら、男は女を支えるもんだろう」

「何それ。ずいぶん前時代的なのね」

「だって俺は、そういう家庭で育ってるから。みちるにも子どもが小学校に上がるくらいまでは、なるべく家にいて欲しいなって思ってるのが正直なところだし……あ、もちろん、子どもが出来たら働くなって言ってるわけじゃないよ。あくまでみちるの意思を尊重する」

「わかってるよ。健人は優しいもんね」

言われなくても、健人の言うことはわかっているつもりだ。わたしだって、子どもが小さいうちは仕事をセーブして、なるべく家にいるお母さんでいたい。

高級イタリアンのコース。次から次へと料理が運ばれてきて、健人はデザートの後に婚約指輪をくれた。薬指でさりげなく主張するピンクの石が落ち着いた色の照明を受け、煌(きら)めいている。それは幸せな未来への切符に見えた。

自粛ムードのお盆の中、実家に帰省せず、桜浜を訪れた。もしかしたら、江崎詩子ちゃんや大河内恵に近しい人に出会うかもしれない。初対面の人に好印象を抱かれやすそうな、清潔感のある洋服を選び、髪の毛は後ろで低い位置にまとめた。

都内よりは幾分涼しいけれど、それでも立っているだけで額に汗の玉が浮いてくるような暑い日で、駅から十分歩いて、江崎詩子ちゃんの家までたどり着いた。

花屋さんで買った花をそっと、玄関の横に供える。死者に手向ける花といえば菊だけど、詩子ちゃんは小学生。夏の盛り、ちょうど今の時期に殺された。夏に逝った詩子ちゃんのために、向日葵を中心にアレンジした可愛らしい花束にしてもらった。手を合わせ、心の中で詩子ちゃんに語り掛ける。わたしは、あなたのことを書く。あなたが経験した、ひどい事件のことを書く。あなたがどれだけ痛かったか、苦しかったか。それを書いたら、あなたは怒る？　でもわたしは、あなたのような思いをする子を一人でも減らすために、あなたのことが書きたいの——。

「磯野さん？」

振り返ると、髪の毛に黒と白が混ざった、見事なグレーヘアの女性がいた。

「榮倉さん……」

「すごいねぇ。東京から、はるばる来たのかい？」

学生時代に一度だけ会ったわたしを、榮倉さんは覚えていた。たしかに、大学で社会学を学び、卒論のテーマに事件を選んでも、実際に事件のあった街にまで足を運ぶ人は珍しいだろう。よほど印象的だったのかもしれない。

「わたし今、日の出新聞で働いているんです。前は記者で、今はネットニュースのライターをやっています」

「すごいねぇ。女の子なのに、東京でばりばり働いて」

「結婚を機に会社から独立して、フリーになろうと思ってます」

「それはまた、なんで」

「新聞記事もネットニュースも、事件の本質についてきちんと突っ込んだことを書こうとしても、文字数的に難しいんです。だからわたしは、本を出せるジャーナリストになりたい。わたしの人生を変えたきっかけは、桜浜の事件でした。だからこの事件のことを、一冊の本にまとめたいんです」

榮倉さんはすべてわかったような顔をして、江崎家のチャイムを押した。

「どうしたんですか、いきなり」

「事件のことを書くなら、ちゃんと被害者の遺族と向き合わないと駄目だろう。江崎則夫さん、詩子ちゃんの父親に会ってみたくはないのかい？」

榮倉さんはどうやら、記者であるわたしより行動的らしい。


詩子ちゃんの父親、江崎則夫さんは、わたしのお父さんとあまり年齢が変わらないくらいの、おじさんとおじいさんの境目あたりにさしかかった人だった。過去に辛い思いをした割には、見た目は健康的だ。真っ黒に日焼けしているのに肌にはほとんどシミがなく、髪の毛も歳の割にはたっぷりしている。

「すみません。アポイントメントも取らず、いきなり来てしまって」

「いいんだよ。僕は今、すごく嬉しいんだ。もう世間からほとんど忘れられてしまった事件に興味を持ってくれる人が、東京からやってきた。ここは、神奈川でもかなり辺鄙なところにあるから、東京は近いようで、すごく遠くてね。そんな都会の一流の新聞社で働いている人が、あれからもう二十年近くも経つっていうのに、詩子に会いに来てくれたんだと思うと。詩子のことを、まだ覚えてくれる人がいたんだ、って」

事件の被害者遺族の取材をしたこともないわけではないが、マスコミ相手にこんなに素直な人も珍しい。きっとこの人はこの考えにたどり着くまで、ものすごく悩み、迷い、葛藤したのだろう。大事な娘を殺されて、その犯人が娘にごく近い友人だった。則夫さんの立場を思うと、やりきれなくなる。

「正直、あれから十六年も経ってしまって、僕の中でも事件は風化している。今では詩子の声が、顔が、記憶が、遠のいているんだ。この家に住んでいたはずの詩子が消えかけているような、そんな気がしちゃってね。あの子の痛みも恐怖も苦しみもちゃんと覚えているはずなのに、毎日普通にご飯を食べて、笑って過ごしている。そのことが、あの子に対して申し訳ないと思うことも、ある」

東北の震災で家族を亡くした人に会ったことがあるけれど、その人も同じようなことを語っていた。大切な人を失った悲しみが、少しずつ薄れていくこと。死ぬほど辛かったことなのに、今では他人に語れるくらい、自分が強くなってしまうこと。それは、わたしには想像もできない苦しさなのだろう。

「だから、詩子が生きた証を、本にしてほしい。事件のことだけじゃなくて、詩子がどんな子だったのか、ちゃんと書いて欲しい。詩子はこの家で、この町で、ちゃんと生きてた。メグちゃんとだって、姉妹みたいに仲が良かったんだよ」

則夫さんの口元は笑っているのに、瞳に悲しみが浮かんでいる。それで、わかる。この人は、大河内恵を憎んではいないのだと。

「本を出して、事件のことをちゃんと書けば、事件に遭う子、事件を起こす子を減らすことに、少しは役立つかもしれない。少年事件のニュースを観る度、悲しくなるんだ。どこか遠い街で、僕と同じ目に遭ってしまった人がいるんだって。少年事件をゼロにすることは、今の世の中じゃ、今の政治じゃ、今の法律じゃ、難しいと思う。でも、減らすことはできる。僕は被害者遺族の代表でもなんでもないけれど、僕にできる事があれば、なんでも協力させてほしい」

「ありがとうございます」

深々と頭を下げた後、わたしはジャーナリストらしく姿勢を正した。

「早速で申し訳ないのですが、詩子ちゃんと仲の良かった子や、事件を担当した刑事さんの連絡先などはわかりますか？　できる範囲で、話を聞いてみたいんです。まだ本の企画を正式に通す前に、こんなことを言うのは恐縮なのですが」

「うーん、佳織ちゃんと麻里ちゃんは近くに住んでたような気がするけど、紗季ちゃんは引っ越したとか聞いたなぁ。それも古い話だから、連絡が通じるかどうか……とりあえず、アドレス帳を見てみるね。僕の世代だと、スマホは使いづらくて」

「本当にありがとうございます」

則夫さんは被害者遺族から、少しずつ普通の人になろうとしていた。本を書くのはそんな則夫さんから大きなものを奪ってしまうような気がして申し訳ないけれど、則夫さんはわたしが東京からはるばる会いに来てくれたことを嬉しい、と言ってくれた。事件の被害者遺族にとっては、事件が風化し、なかったようなことにされて、また同じような事件が繰り返される。あんなにワイドショーで報じていたことが無意味になり、誰の心にも事件が刺さっていない。そんな現実は、耐えがたいのかもしれない。

瘡蓋になった傷を掘り返すからには、わたしは覚悟を決めて本を書く。

政府の施策で飛行機代が安くなった頃、健人と共に岩手を訪れた。

岩手に住む健人のお母さんは、恰幅（かっぷく）の良い元気な田舎のおばちゃんだった。玄関で持参した携帯用消毒スプレーを手にかけていると、「そんなのいいよ、そんなことしたってかかる人はかかるんだし、かからない人はかからないんだから。消毒液の使い過ぎは、手が荒れるよ」と言われた。ざっくばらんとした、気さくな方だった。

「ここは海から距離があるから津波こそ来なかったんだけど、震災の時は大変だったんだよ。スーパーに物がなくて、トイレットペーパーも食料品も何も買えないからね。家の中はめちゃくちゃだし。本棚を壁に固定する金具があるだろう？　あれは絶対、必要だね。結婚したら、健人もちゃんと、家の本棚を固定しとくんだよ。みちるさんは記者さんなんだから、家に本がたくさんありそうだねぇ」

「記者だったのは、ずっと前です。今はネットニュースの記事が主な仕事で、まぁそれも記者ですが、結婚を機にフリーに転身しようと思っていまして」

「えらいねぇ。みちるさん、ちゃんと考えているじゃあないか」

目の横をしわくちゃにして、お義母（かあ）さんは言った。

「どういう記事を書くんだい？」

「だいたいなんでも書きますが、今は女性を取材対象に、女性向けの記事を書くことが多いですね。ファッションとかメイクとかそういうことから、今の社会でどう女性の地位を上げていくとか、そういうことまで」

「女性の地位向上、ねぇ。あたしの時代には、ほんとに大変だったよ。東京に働きに出た子も同級生にいるけれど、給料、ろくに貰えないって嘆いてたさぁ。今はその時よりはだいぶましになってたけど、まだまだ時代が追い付いていないよねぇ」

「本当にそうなんです。社会に出たらばりばり働きたいという就活生も増えていると は聞きますが、実際その年代の子に会って話を聞くと、社会に希望を持てていない、早めに結婚して安定した生活を手に入れたいと考える人のほうが多いです。よほどスキルがあって、経験を積まないと会社では生き残れませんから」

ひと口お茶を啜った後、お義母さんが言った。

「今の会社を辞めてフリーになるのも、そのへんに原因があるのかい？」

「そうですね、今の会社は女性が少ないので、子育てしながら仕事をするのにはあまり向いていなくて。いろいろな制度が遅れているんです。それよりもフリーになって、本当にやりたい仕事を頑張りたいと思っていまして。会社にいても、これ以上お給料が上がるとも思えませんし……結婚するなら、仕事でも独立したいな、と」

「健人、あんた、ずいぶんすごい子を捕まえてきたじゃないか」

お義母さんが視線をわたしから健人に移し、健人が苦笑いをする。

「あんたが東京に行くって言った時は、ほんとに心配したからね。なんせ家のことが何ひとつできないだろう。結婚したらみちるさんみたいに、しっかりした奥さんじゃないと続かないよ。みちるさん、健人は家事はできるのかい？」

「まだ一緒に暮らしてないからなんとも……でも、掃除は苦手みたいですね」

「ほらね、やっぱり。何度言っても脱いだ靴下は脱ぎっぱなし、この子は洗濯ひとつできないんだよ」

「そのへんで勘弁してくれよ」

やれやれといった顔で健人が言い、わたしとお義母さんは顔を見合わせて笑った。


岩手滞在二日目、わたしは健人の実家の車で海までドライブした。この辺りは震災でひどい被害を受け、漁業の街だったのに復興までたいへんな時間がかかったところだ。でも今は震災の面影はなく、街は明るい。有名人がプロデュースしているという、洒落たカフェもあったので、わたしたちはそこでコーヒーとケーキを頂くことにした。

「なんか、思っちゃうんだよな。みちる、ほんとに俺でいいのかなって」

「プロポーズして、親にまで紹介して、普通そんなこと言う?」

不満いっぱいに口を尖(とが)らせるわたしに、健人は苦笑する。

「だってみちる、俺より断然スペック高いじゃん。まだ若いのにフリーランスに転身するとか、誰にでも出来ることじゃないよ。俺の仕事なんて、いくらでも代わりのきく仕事だし。でもみちるは、そうじゃない。手に職がある」

「奥さんにコンプレックスを抱くつまらない男だったの、健人は」

「そうじゃないよ」

健人がテーブルの上に置いたわたしの手をそっと握る。ピンクの石がきらりと光る。

「みちるが、いつか俺より出来の良い男を見つけたら、そいつに取られちゃうんじゃないか。そう思っちゃうだけ。こういうのもマリッジブルーっていうのかな」

「健人のそういうところ、結構好きだよ」

その後わたしたちはカフェを出て、浜辺を少し散歩した。十一月下旬の東北の海風は冷たく、わたしたちは寒い寒いと言いながらくっつきあって歩いた。誰もいないのをいいことに、こっそりキスもした。

岩手の海は東京の海よりしっとり色が濃く、冬を告げる雲が浮かぶ淡い空の色を反射していて、美しかった。

第六章　二〇二四年

〈恵の話〉

金曜日の夕方の保育園は、騒がしい。土日は親とずっと一緒に過ごせるので、子どもたちのテンションが上がっている。空気がぱちぱち、黄色く弾けている。

「ママぁ、唄子ね、今日ママの絵、描いたんだよー」

四歳になった唄子は驚くほど賢い。言葉も早かったし、絵も他の子どもより上手い。赤ちゃんの頃こそ他の子より頻繁にミルクを欲しがる子なので大変だったが、半月も経てば夜泣きは少なくなり、離乳食もほとんど好き嫌いなく食べてくれたし、比較的手のかからない赤ちゃんだったと思う。

「へぇ、どんな絵描いたの、見せてみて」

そう言って唄子が得意げに取り出した絵は、白衣を着た私が描いてあった。四歳児にしてはちゃんと、顔の特徴を捉えている。目の描き方や鼻の形も上手い。

「唄子は絵が上手だね。将来は画家さんか、漫画家さんかな」

「画家さんは嫌だけど、漫画家さんがいいー」

「どうして？」

「漫画家さんのほうがお金持ちになれるから」

いったいどこで誰からそんな知識を仕入れてくるのかわからないが、思わず吹き出してしまう。正直、唄子には画家でも漫画家でもなく、もっと安定した仕事に就いてほしいとは思うのだが、まだ四歳だと思えばその夢を壊したくはない。

子どもの名前を唄子にした時、お祖父ちゃんから少し反対された。

「あの詩子ちゃんのことを周りに思い出されたら、どうするんだ。それに、大きな事件を起こした子どもは名前も変えられるって、知ってる人は知ってるんだぞ」

そのお祖父ちゃんは、癌で入院していて、もう長くない。年に数回だけど、孝太郎と唄子も連れて、お見舞いに行く。痩せ衰えて文字通り骨と皮だけになってしまったお祖父ちゃんは、私と二人きりになると、手を握って呟く。

「よかった。メグムが幸せになれて」

その手を握り返すと、涙腺から我慢していたものが溢れ出しそうになってしまう。

私は一人ぼっちの殺人鬼から、普通の働く主婦になれた。事件のことを誰にも知られず、結婚して子どもを産んで、きちんとした仕事に就いた。

この幸せは、誰にも壊させない。壊させちゃいけない。

十月になりたての秋晴れの日曜日の朝、孝太郎がポストに入っていたその手紙を見つけた。コンビニに煙草を買いに行った時、何気なく郵便物をチェックしたら、ダイレクトメールは一通もなく、その手紙だけが入っていたという。

飾り気のないシンプルな茶封筒の中央に、「大河内恵様へ」とボールペンで書かれた文字を見た時は、卒倒しそうになった。

「誰だよ、大河内恵って。この封筒、住所も郵便番号も書いてないじゃん。誰かがポストに入れたのかな？　大河内さんなんて、ここに住んでた？」

何も知らない孝太郎が呑気に封を開けようとした時、反射的にやめて、と言いそうになる自分をぐっと抑えた。すべてが明らかになってしまうかもしれない。でもそうじゃないかもしれない。中に書いてあるのが単なる馬鹿とかアホとかいう罵詈雑言だったら、逆に孝太郎に怪しまれてしまう。

「何だよ、これ」

孝太郎が呆けたように言った。Ａ４サイズのコピー用紙に、走り書きのような汚い字で、一言だけ書いてあった。

『お前の大事なものを壊してやる』

「恵さ、患者さんに恨まれたりしてない？」

孝太郎が換気扇の下で煙草に火を点けながら言う。私は脚が震えるのをどうにもできず、定まらない目線を孝太郎に悟られないよう、必死だった。

「たぶんこの人、今泉恵と大河内恵って人を間違えたんだと思うんだけど、でも、万が一ってことがあるだろう？　ひょっとしたら、恵が働くクリニックに通ってて、恵に一方的に悪い感情を抱いているのかもしれない。臨床心理士って難しいよね、こちらが相手のことを思って言ったことでも、どう受け止めるかは向こう次第だから」

孝太郎は心配しているが、私が大河内恵だとは、思いもしない。思うわけがない。

「それか、ストーカーかな。恵のクリニック、ホームページに顔、出てるもんな。恵を好きになって、自宅まで特定して……変な人に尾けられたとか、ない？」

「別に。そんなの、思い当たること、ないけど」

発した声が上ずっていた。孝太郎は、ならいいけど、一応用心しとくんだぞと、煙草の灰を灰皿に落とした。紫煙が換気扇に吸い込まれていく。

ネットには今でも様々な噂が流れているけれど、今泉恵と大河内恵を結び付けた人はいないと思っていた。でも、私が住むマンションまでわざわざやってきて、この手紙をポストに入れた誰かがいた。きっとその人は孝太郎と唄子のことも知っている。

長い時間をかけて築き上げてきた城が、がらがらと崩壊していく音がした。

院長先生が育児に理解のある人なので、私は唄子を産んでから比較的自由に働かせてもらっている。あらかじめ言っておけば午後だけ休むことも可能だし、唄子に急な熱が出て休まざるをえなくなった時も怒られない。

私は、本当に恵まれている。恵という名のとおり、恵まれた人生を送っている。過去はともかく今は心の底から幸せだし、孝太郎はいい夫で、唄子はいい娘に育ってくれて、職場でも嫌な思いをすることはない。順風満帆の人生だ。

でもそれを、決して赦さない人がいる。

その人は私が今泉恵という新しい名前になり、孝太郎というパートナーを得て、唄子を出産したことまで知っている。私の住所も、きっと私の職場も、ひょっとしたら、孝太郎の職場や唄子の保育園も。彼か、もしくは彼女か。わからないけれど、その誰かの目的はわからない。あんな手紙をポストに入れるのは、ただの悪戯じゃない。もっと恐ろしい企みが潜んでいる気がして、あの日から頭の隅にずっと、あの小学生が書いたような汚くて、そしてまっすぐな憎しみを秘めた文面がちらついている。食事は喉を通らないし、夜も眠れなくなった。精神科で仕事をしているし、必要性は認識しているつもりだったが、自分で飲むのにはずっと抵抗があった睡眠薬を飲んでいる。睡眠薬を飲んでも眠れない夜はある。その日は意識が消えた時が二時間ほどあっただけで、目覚まし時計のベルが鳴るまでずっと布団の中で丸まっていた。孝太郎がベルに気付いてもすぐに起きられない私に、体調が悪いのか訊いてくる。孝太郎が朝食を用意し、唄子を保育園まで連れて行ってくれる。私はクリニックに向かう。気の張りつめた仕事で夕方にはくたくたになって、だいぶ秋らしくなった季節だから早く日も暮れ、西の空の端に残りかけた日差しを見ただけで、くらりと意識が遠のきかける。あの太陽が消えるように、私の幸せはここで終わってしまうのか。

「大丈夫ですか」

声をかけられ、自分がよろめいていることに初めて気付いた。その女性は、私の腕を摑んでいる。最寄り駅から自宅まで最短ルートで行けるこの道は人通りが少なく、民家の軒先で遊んでいる子どもとその母親も、私たちには視線すら向けない。

「すみません、ちょっとふらついてしまって」

「ずいぶん顔色が悪いですね。体調が悪いのですか?」

「ゆうべ、よく眠れなかったんです」

「眠れないのは、昨日だけでしょうか。それともいつも?」

「いえ……最近になって、あまり眠れてなくて」

なんで私は、こんな見ず知らずの人に自分の不眠症のことを打ち明けているのだろう。仮にも臨床心理士であり、本来なら逆の立場のはずだ。

彼女がそっと、私の腕から自分の手を離した。

「こんなことをいきなりお尋ねするのは不躾と承知していますが、お許しください」

いきなり改まった口調になり、戸惑う。まさか、ポストにあの手紙を入れたのはこの人なんだろうか。私に憎しみを抱く知らない誰かと私は、対峙しているんだろうか。

恐怖で身が竦む私に、彼女はまっすぐな視線を突き刺す。

「あなたは、今泉恵さんですよね？」

よくわからなかった。クリニックのホームページに写真を出しているから、患者さんでなくても私のことを知っている人はいるだろう。でもクリニックを通さずに直接私に会いに来るなんて、絶対におかしい。

「今泉恵さんですよね？　答えてください」

「そう、ですが」

発した言葉が自分でも頼りなかった。私と同じか、少し年上くらいのその女性は、何かを秘めている目で言った。

「子どもの頃の名前は、大河内恵。メグミじゃなくて、メグム。母親は犯罪心理学者として有名だった大河内政子。小学五年生の時に江崎詩子ちゃんを殺して、児童自立支援施設に送られた。違いますか？」

　今度こそ、本当に倒れそうになった。身体じゅうの力が抜けて、立っているのもやっとだった。

　ポストに手紙を入れたのはこの人だったのだ。この人は、私の幸せを壊そうとしている。私から孝太郎も唄子も臨床心理士の仕事も、すべて奪う気なのだ。

「お願いです。私が手に入れたものを、奪わないで下さい。私の十代は、暗黒の時代だった。それは私のせいだけど、耐えがたいことがたくさんあった。そこから勉強を頑張って、やっとこの仕事に就けて、今の幸せがあるんです。どうか夫にも娘にも職場にも、私が大河内恵だったことを、言わないで下さい」

「そんなことはしないと約束します」

　はっきりとした口調で彼女は言った。いつのまにか泣き出していた私に、すっと名刺を差し出した。

「わたしはフリーのジャーナリストです。昔は新聞記者として、さまざまな事件に関わってきました。わたしがこの仕事をするきっかけになったのが、あなたなんです。中学一年生の時、遠い田舎の街で、傍観者として事件を経験したわたしに、恵さん、あなたはものすごい衝撃を与えました。そこから、私の人生が変わりました」

　言われていることの意味の半分も、頭に入ってこなかった。とりあえず、この人が手紙の差出人でないことだけは見当がつく。でも決して、私の味方ではない。ジャーナリストって、「メグたん」を持ち上げたり叩いたりする連中と、同じ部類の人間だ。

「今、あなたの事件について一冊の本にまとめている最中です。江崎詩子ちゃんがどんなふうに育ち、どんなふうにあなたと出会い、どんな子ども時代を過ごして、事件に遭ったのか。どのメディアよりも詳しく、この事件について書きたいのです」

「どうして、私の居場所が」

「それは言えません。恵さん、あの事件から、もう二十年が経ちました。あなたも職を得て結婚し、子どもを産んで、今ならあの時のことを語れるんじゃないですか。人を殺してみたかった、そう言った小学五年生のあなたの心の奥にあった、本当の動機は何だったのですか。どうして自分の娘にウタコ、と名付けたのですか。あなたは決して赦されないことをした。被害者遺族は今も苦しんでいます。あなたには、事件について語る義務がある」

「何もお話しすることはありません」

くるりと背中を向けた。いつのまにかだいぶ冷たくなっていた秋の風がスカートを持ち上げ、ストッキングに包まれた脚を冷やす。

「動機は、あの時お話ししたことと一緒です。私は殺人願望を持ち、それを実行に移す、おかしな子どもだった。心の奥に本当の動機があるなんて、あなたの妄想です」

逃げるように走ったけど、上手く走れなかった。家までの道がやたらと遠く、暗く感じた。ようやくたどり着いたダイニングルームの端っこで、名刺を確認した。

『ジャーナリスト　磯野みちる』と、書いてあった。

唄子にも一応イヤイヤ期はあったけれど、他のママさんたちの話を聞いていると、ずいぶんましな方だった。癇癪を起こすこともあったけれど獣のようにキーキー声を上げることはなかったし、それも三歳を過ぎてからはほとんど出ない。聞き分けもよく、やたらとわがままを言ったりもしない。

まるで詩子みたいだな、と思うことがある。詩子は早くにお母さんを亡くしたせいか、しっかりしている子どもだった。身長だって私よりずっと高くて四年生の時にもよく六年生に見間違えられたし、あの頃は一緒にいると、姉妹みたいに見えた。

本当に生まれ変わった詩子が、唄子として私に育てられているんじゃないかと思ってしまう時がある。

「ママー。今日の晩ご飯、なぁに？」

「そうだねー。今日は唄子の好きな、クリームシチューにしようか」

「やったぁ！　じゃが芋、いっぱい入れてね」

「いいよ。でも、人参もちゃんと食べなきゃ駄目だよ」

「ちゃんと食べるから、唄子の分は小さく切って」

詩子もクリームシチューが好きだった。給食で出ると必ずおかわりしていたっけ。

詩子を思い出すと、自然と江崎みちるのことまで思い出してしまう。

事件について語る義務がある、と彼女は言った。それは彼女の考え方で、マスコミの都合のいいこじつけだとわかっていても、その言葉がどうしても引っかかっていた。

だって私は何ひとつ、詩子を殺したことに対する償いをしていないのだ。施設でこそいじめられたり、嫌な目に遭うことはあったけれど、それは罰であって、償いではない。私はまだ、詩子が眠るお墓にすら行っていない。

だからって、なぜ今さら語らせようとするのか。忘れたい過去を、蘇らせるのか。居場所を特定して押しかけてくるような人間に私の話をするなんて、絶対おかしい。

「唄子、デザートにはプリンが食べたいなー」

さりげなくおねだりをする唄子の手をぎゅっと握って、スーパーに向かう。


午後からの出勤を終え、帰路についたら人身事故でダイヤが乱れ、なんでこんな時に飛び込むんだと怒鳴りたくなる思いを呑み込んで、電車に乗った。今の私にはカウンセリングと適切な治療が必要だ。睡眠薬じゃなくて、話を聞いてくれる人が。私の苦しみを、分かち合ってくれる人が。

疲れ切ってマンションの入り口に着いた時、スーツ姿の男を見つけた。私と目が合うと、さっと電柱の陰に隠れた。それを何度も振り返りながら早足でロビーに入り、エレベーターに乗り込む。ちょっと走っただけなのに、ひどく息が切れていた。

あの男は何だ。江崎みちるに続いて、また訳の分からない人が増えた。ポストに手紙を入れた犯人なのか。もう無茶苦茶だ。私の日常も、平穏も、幸せも、何もかも。

「おかえり。夕飯食べた？」

「食べてない」

「肉野菜炒めが少し残ってるけど、食べる？」

「ほんの少しだけ」

ここ最近体調が悪いのは孝太郎にはバレていて、ちゃんと診察を受けろと口酸っぱく言ってくる。孝太郎は私の体調不良を、育児か仕事の疲れが原因だと思っている。

「ご飯、ここ置いとくから。ピクルスも残ってるから、足りないならこれ食べて」

孝太郎の口調が妙に冷たいことに、その時初めて気付いた。何も考えられずに味も感じずに咀嚼しながら、頭の中はなぜか冷静だった。

孝太郎に、どう言い訳をしよう。

「さっき、知らない人が尋ねてきた。大河内政子を知っているか、って。いきなり現れてそんなことを言うなんて何だと追い返そうとしたんだけど、よく考えたら大河内政子って、有名な犯罪心理学者だったなって」

胃の中のものがぐるぐると蠢く。心臓が逆回転しそうだ。身体じゅうの血液がパニックを起こす。恐れていた現実がやってきて、どうにもできなかった。

「知らないです、って言った。そのほうがいいと思って。そしたらその人、桜浜小五女児殺害事件を知ってるか、って。あの時、友だちを殺した子は、下田恵という名前で戻ってきたんだぞ、って言われた。出会った時、君は下田恵を名乗ってたよね」

君、という二人称がこれほど冷たく聞こえたことはない。

孝太郎は感情的になりそうな自分を抑えようと必死なのか、ぶるぶるしている左手を右手でじっと押さえながら続ける。

「恵、小学校の頃は桜浜に住んでたんだよね？　あの女の子が殺された、桜浜に」

叱られた子どもみたいに、ただ俯いていた。この時初めて私は、断罪された。

神様なんかよりももっと大きな、大切な存在に。

「なんで黙ってるんだよ。何か言えよ」

孝太郎の声が荒くなる。喧嘩したことはあるけれど、こんな言い方をする人じゃない。それほど、孝太郎もいきなり知らされた事実が、衝撃だったのだ。

「違うなら違うって言え。大河内恵なんかじゃないって、自分の口で言えよ。恵が、殺人犯なわけないじゃないか。あんな恐ろしいことをする子どもだったなんて、信じられるわけないじゃないか。なんとか言えよ！」

「……私は、大河内恵だった」

ようやく絞り出した言葉が、宙に消えていく。過去の罪を告白したのに、孝太郎は泣きも怒りもしなかった。ただじっと、私を見ていた。

「私はたしかに大河内恵で、大河内政子の娘。小学校五年生の時、いちばん仲の良かった女の子を殺した。その子の名前を、自分の娘につけた」

「それ以上聞きたくない」

孝太郎が乱暴に席を立ったので、ガタンという音がして椅子がテーブルの足にぶつかった。孝太郎はそのまま、逃げるように寝室へ入っていった。

孝太郎は最初の恋人で最後の恋人で、これからも二人のどちらかが死ぬまで人生を共に歩んでいく、かけがえのないパートナーだと思っていた。二人の間には、決して千切れない丈夫な糸があって、私たちは固く結ばれているのだと信じていた。

でも孝太郎は、私が元大河内恵だとわかったあの日から冷たくなった。家の中では最低限の会話しかせず、夜ベッドに入る時は私に背を向けて眠る。

幸い唄子はまだ小さくて、夫婦の微妙な変化にまだ気付いていなかった。パパー、ママー、と纏わりついてくる唄子を見る度、悲しくなる。

このまま離婚してしまったら、唄子にどれだけ辛い思いをさせてしまうだろう。

磯野みちるが再び私の前に現れたのは、十月も折り返し地点に差し掛かった頃の、この時期にしては寒い夜だった。

「お話しすべきことはないと言ったはずですが」

最寄り駅で待ち伏せしていた磯野みちるに声をかけられて、開口一番、そう言った。私はこの人と闘う。本が出てしまったら、いよいよ私が元大河内恵だと事件のことを忘れていた人たちにまで知られてしまう。孝太郎も唄子も、私の前からいなくなる。

「それでは、なんでメグムさんは、臨床心理士という仕事に就いたのですか」

メグミ、じゃなくてメグム、と言った。磯野みちるは、私を恐ろしい少年事件の加害者として扱っているのだ、あくまでも。

「自分の心を知るためです。小学生にして恐ろしい事件を起こした私は、自分が他の子とどう違っていたのか、知りたかった。自分の心について、学びたかった。だから、大学は心理学部に進み、そのまま臨床心理士の資格を取って、仕事に就いたんです」

「臨床心理士になって、わかりましたか」

磯野みちるは私の目をまっすぐ見る。鮫島さんだって堤下先生だって、こんなに鋭い視線を私に向けてきたことはなかった。

「わかりましたか。自分のどこが、他の子どもと違ったのか。事件を起こす子と、起こさない子の間には、何が違うのか。ちゃんと、自分と向き合えましたか」

「いったい何が言いたいんですか」

冷静に言ったつもりなのに、声に興奮が滲んでしまっている。あぁ、私は今、怒っているんだ。私の生活を崩そうとしているこの人に対して、めちゃくちゃ憤慨している。この幸せを崩されたら嫌だと、私のすべてが叫んでいる。

「メグムさん、あなたが臨床心理士になったということは、つまりあなたの患者さんの中に、事件を起こそうとするような人がいた時、それを止めることもできるということですよね。カウンセリングというのは、そういう仕事ですから。そのスキルを、わたしの仕事に生かしてほしいんです。わたしが本を書くのを、手伝ってほしいんです。事件を起こした当事者への、単なるインタビューにするつもりはありません。あなたがあの後どれだけ辛い思いをして、今どんな生活を送っていて、殺した詩子ちゃんのことを今どう思っているのか。あの時は小学五年生でしたが、あなたはもう立派な大人です。大人として、過去を振り返って、語ることができるんですよ。それはとても痛くて苦しい作業ですけれど、あなたはそれをやらないといけないんです」

「昴さんたちがいるからですか」

磯野みちるはまだ、私を見ている。私の目元はいつのまにか、涙で膨らんでいる。

「昴さんや、詩子のお父さんがいるから。そのために私は、事件のことを語らなきゃいけないいんですか」

「加害者と被害者遺族が繋がることは、簡単ではありません。特に少年事件なら、尚更です。あなたを詩子ちゃんのご家族の元に無理やり引っ張っていって、謝らせるつもりはありません。でも謝れないなら、せめて語ってください。語ることで、償いをしてください。私はずっと被害者遺族の取材をしてきました。この二十年間、則夫さんと昴さんは本当に辛い思いをしてきました。特に昴さんは、事件のせいで普通の男の子になれなかった。幸せを自分から拒む男の人になってしまったんですよ」

昴さんや詩子のお父さんのことなんて、この二十年間、ろくに考えもしなかった。

私は、詩子も好きだったけど、二人のことも好きだった。優しいお兄さんと、優しいお父さん。あの人たちの家族になれたらいいなと思っていた。

そんな人たちを詩子を殺したことで傷つけたって、大人になったら今ならわかるけど、私は日々の生活の忙しさに逃げていて、二人と向き合うことをしていなかった。

「何度でも言います。メグムさん、あなたには、事件について語る義務がある。あなたはもう小学五年生ではありません。立派な大人です。娘さんが事件に巻き込まれたらどうするつもりですか？　事件に遭う子どもを、減らしたいとは思いませんか？　語ることで、未来の幼い加害者や被害者を減らすヒントが見つかるかもしれません」

「わかりました」

涙を堪（こら）えて、声を振り絞った。磯野みちるの視線は、相変わらずまっすぐだった。

「取材を、受けます」

その瞬間、私と磯野みちるの間に、加害者と傍観者を繋ぐ見えない糸が繋がった。

最近では幼稚園でもハロウィンをやるらしく、唄子が家の中にもかぼちゃの飾りが欲しいと言うので、仕事の帰りに百均に行き、かぼちゃの置物やアルファベットのロゴが入ったボード、クリスマスツリーにかけるようなオレンジと紫の飾りなどを買ってきて、金曜日の深夜にそれをリビングルームの一角にデコレーションしていた。

お母さんは、こういうことをまったくしない人だった。小さい頃、友だちの家に遊びに行ってクリスマスツリーがあって、うちにもクリスマスツリーが欲しいと言うと、そんなものはほんの少ししか飾らないし、クリスマスが終わったら仕舞う場所に困るから駄目だと言われた。それでも欲しいと言うと、わがままは許さないと怒られた。

子どもの希望のすべてが、わがままではないのに。

「飾り付け、終わった？」

とっくに寝たと思っていた孝太郎が起きてきたので、びっくりして振り返った。パジャマ姿の孝太郎が、くっきりと隈の目立つ目で私を見ている。あの日から私だけでなく、孝太郎まで鬱になりかけていることは知っていた。

「あと五分くらい」

「じゃあ、その後で話さない？　俺、ダイニングで待ってるよ。ココアでも飲もう」

まもなく、ココアを作る音が聞こえてくる。私の指先がぶるぶる震えだす。

ついに、孝太郎は私と別れる決意を固めたんだろうか。

「俺たち、ずっとこのまんまじゃよくないと思うんだ。唄子は今は小さいから何も気付いてないけれど、そのうち、絶対、俺たちに何かおかしいことがあったんじゃないかってわかっちゃうよ。子どもって、そういうのすごく敏感だから」

心を落ち着かせるように、孝太郎はそこでひと口ココアを啜った。

「だからちゃんと話し合いたいんだ、恵と。あれから、桜浜の事件について調べたよ。人を殺してみたかった、って警察に恵が言ったってことも。本当にそんなサイコパスみたいな理由で、人を殺したの？　恵は」

「違う……と思う」

サイコパスと孝太郎に言われると、なぜか否定したくなった。精神医学的に言うと、サイコパスイコール犯罪者ではないし、サイコパスと言われる人の中でも普通に問題なく社会生活を送っていて、むしろ成功している人さえいる。そのことをちゃんと知っている孝太郎があえてサイコパスという言葉を使うのは、よっぽどのことだ。

「私は、詩子が大好きだった。でも詩子は、私が持っていないものを持っていた。私は大河内政子という有名人の家に生まれたけど、何かにつけてお嬢さま扱いされて意地悪されたし、自分が大河内政子の娘だって、それがすごく嫌だった。母は厳しくて冷たかった。詩子には、お母さんこそいなかったけれど、優しいお父さんがいた」

孝太郎は、私の話を黙って聴いている。深夜一時過ぎのリビングルームは静かで、冷蔵庫のモーターがぶるる、と震えるかすかな音だけがする。

「私は詩子のお父さんが、詩子のお兄さんが、大好きだった。詩子と本当の家族になれたらどんなにいいだろうって、思っていた。それだけじゃなくて、詩子は運動神経が良くて、おとなしい私と違ってみんなの人気者で、両想いの男の子もいた。自分の大好きな子が、自分より幸せだって。それが——許せなかった」

「たったそれだけで？　それだけで、そんなことしたの？　どう考えてもおかしいよ。いろんな子どもを見てきたけれど、理解できない。俺には、恵がわからない」

「孝太郎はもう、私と一緒にいたくないの？」

泣きたくないのに、どうして声が震えてしまうんだろう。後から後から涙が溢れてくる。孝太郎は私を、更生不可能かつサイコパスな殺人鬼だと思っているのだ。

ネット上の顔の見えない人たちにそう思われるのは平気なのに、相手が孝太郎となると、話はまったく違ってくる。孝太郎に否定されたら、私は生きていけない。

「なぁメグム、ひとつだけ約束してくれ」

メグミ、じゃなくてメグム、と言った。

私の本当の名前で、孝太郎は私を呼んだ。

「これから先どんな事があっても、唄子に、メグムが殺した女の子と同じ名のあの子に、同じことはしないって。唄子に何かあったら、俺はメグムを憎まざるをえない」

「そんなことするわけないじゃない。どうして私が、あの子に唄子ってつけたと思う？　分娩台で、私が殺したあの子の顔が浮かんだからよ。幻だったと思うけど、あの時たしかに詩子は言ったの。今なら、本当の家族になれる、って」

孝太郎は私の涙が伝染したのか、そっと目元を拭った。

「メグムは……その子のことが、大好きだったんだな」

「パパ、ママ、なんのお話、してるの？」

話に夢中になっていた私たちは、ダイニングルームの入り口に唄子が立っているのに気付かなかった。足音がしたはずなのに、それすらわからないほど、私たちは話に夢中になっていたんだ。

いつから唄子はそこにいたのか。いつから私たちの話を聞いていたのか。

真っ青になる私をよそに、孝太郎が父親の顔になって、椅子から立ち上がる。

「唄子にはわからない、ちょっと難しい話だよ」

「ふーん」

「唄子、起きちゃった？　眠れないの？」

「おなかすいた」

「じゃあ、クッキー食べようか。貰い物だけど、まだ残ってたはず」

孝太郎が食器棚のいちばん上にある、クッキー缶に手を伸ばす。

眠そうに目をこすって孝太郎を見ている唄子に変わった様子はなく、私たちの話を理解しているとも思えない。いくら頭が良いからって、唄子はまだ四歳なのだ。

孝太郎となんとか和解できたというのに、別の恐怖がひしひしと押し寄せてくる。

ハロウィン直前の日曜日、孝太郎は発達障害の子どもについて学び語る、講演会に出かけていた。孝太郎も心理士の立場で発言するらしい。

孝太郎がいないので、お昼は余りものでパスタを作って食べ、唄子と二人で近所のスーパーへ夕飯の材料を買いに行く。ハロウィン直前だからか、ショッピングモールの中に入っているこのスーパーには、仮装している子どもが多い。唄子はお姫様の格好をした女の子やコウモリの羽根をつけた男の子に目を奪われては、私の袖を引く。

「唄子、ああいうドレス、着たいー」

「買い物が終わったら買ってあげるよ」

「ほんとう？　うそつかない？」

「つかないよ。嘘ついちゃいけないって、いつも唄子に言ってるでしょう」

本当は私は、唄子に大きすぎる嘘をついている。嘘なんて言葉では済まされない、ひどいもの。出産以来、私は唄子の前で、理想的な母親であろうとしてきた。私が子どもの時お母さんから貰えなかった愛情を、唄子に与えようと、一生懸命だった。だから唄子に私が殺人鬼だったことは、知られちゃいけなかった。

そう、ママは昔、人を殺したことがあるの、なんてとても言えない。でも、生きていればいつかどこかで、唄子は知ってしまうかもしれない。江崎みちるの取材も受けると返事してしまったし、この子は殺人鬼の娘という呪縛から逃れられないのだ。

「トイレいきたい」

野菜を選んでいたら、急に唄子が言い出した。

そういえば、出がけに唄子が喉が渇いたというので、オレンジジュースを飲ませてしまった。それが良くなかったのだろう。子どもは大人より、おしっこが近い。

精算前の商品をトイレに持ち込むのはルール違反。困ったけれど、トイレの前に籠を置いて、唄子と一緒にトイレに入る。唄子は用を足した後、手を洗いながら問う。

「ママ、おけしょうなおし、しないの？」

「するよー。歩いてくる時、ちょっとファンデーション崩れちゃったからね」

唄子は私の化粧品に興味を持つ。私はお母さんの化粧品に触ろうとしただけで、そんなものに興味を持ったらろくな大人にならないと突っぱねられた。唄子には、年頃になったらメイクもファッションも楽しむ、普通の女の子になってほしい。

「じゃあ唄子、そのあいだドレスみてくる」

スーパーの入り口に、子ども用の衣装が並べてあったのを見ていたらしい。

「そこにいてよ。どっか行ったり、知らない人についていっちゃ駄目だからね」

「わかったー」

唄子がトイレから出て行き、私はバッグから化粧ポーチを取り出した。

化粧直しを終えて籠を取り、スーパーの入り口に行くと、唄子はいなかった。化粧直しをしていたのは、ほんの一分ほどの間。トイレから入り口まで歩く時間を加味しても、二分もかからない。そんなに遠くへは行っていないだろう。

子どもがいなくなるとすぐ大騒ぎする親がいるが、子育てをしていれば実際こういうことはままある。あまり子どもを守り過ぎるのも自分で判断する力が養われないので、保育園に上がった頃から、ある程度のひとり行動は許していた。スーパーの中なら、私が隅々まで捜せば見つかるので、時々お買い物の練習として、お菓子コーナーに一人で行かせて好きなお菓子を選ばせたりしている。

だけど今日に限って、唄子はどこにもいなかった。何度もハロウィンドレスのコーナーと野菜売り場、トイレ、総菜売り場、日用品売り場と行き来し、隅々まで捜す。まさかと思って駐車場まで行ってみても唄子はいない。ここで初めて、ぞっとした。店員さんに知らせ、迷子アナウンスを流しても、唄子は見つからなかった。ショッピングモールじゅうにアナウンスを流してもらう。でも、見つからない。

時刻は既に、午後四時を回っていた。もうすぐ暗くなってしまう。

「どうしましょう。今、スタッフも捜索に回っていますが、警察に届けますか?」

「お願いします……」

暴れ回る心臓をぎゅっと押さえた時、脳内にあの手紙がちらつく。そしてマンションの前にいた、怪しい男。孝太郎に会って、私の正体を伝えた男。

まさかの可能性にたどり着いた時、意識が遠のきかけた。大丈夫ですか、と店員さんに声をかけられるけど、その音は膜で隔てられているかのように遠かった。

〈昴の話〉

堤下先生は、栃木の宇都宮の、市内から少し外れたところで老後を過ごしていた。施設で恵を担当したのは、五十代の始めだったという。今ではもう、七十代だ。

「恵さんは、特に問題を起こすことのない、いい子でした。むしろ、すごく優等生的でした。勉強もずば抜けて出来ましたし。高校、大学への進学を勧めたのは私です」

「その後、恵さんが大学で心理学を学び、臨床心理士になったことは、どう思われますか？　精神科医の立場として、お聞きしたいのですが」

磯野さんはさすが取材慣れしているらしく、すらすらと言葉を発す。テーブルの中央ではレコーダーが回っている。磯野さんは録音だけでは不安なのか、ちゃんとメモを用意していた。さすがプロのジャーナリストだ。

「わかりません。ただ、あの子はあの子なりに、自分のことが知りたかったのだと思います。どうして詩子ちゃんを殺したのか、そこまでする必要があったのかと、自分でもわからなかったのではないかと。だから、知ろうとした。心理学部に入って、自分の心を研究したかった……あの子は、そう考えるような気がします」

「詩子ちゃんを殺したことについて、恵さんは反省していると思われますか？」

その質問をすると、堤下先生は急に顔が険しくなった。

「私が診た限りでは……そうは、感じませんでした。たしかに恵さんは人を殺して、その結果施設に入れられた。それは彼女にとってとてもストレスになることで、人を殺すと自分が嫌な目に遭う。それはちゃんとわかったと思うんです。でも自分がやったことそのものについては、反省しているとか罪悪感を持っているとか、そういったことは最後まで感じられませんでした。反省しているの、と訊くと、反省していますと答えるのですが、その声にまったく感情がこもっていないんです。詩子ちゃんのお父さんやお兄さんに手紙を書かせようとしても、恵さんはペンを取りませんでした」

「どうして、あいつを施設から出したりしたんですか？」

耐え切れなくなって、俺が言う。隣で、磯野さんが顔をこわばらせている。

「そんな奴、ずっと施設に閉じ込めておけばよかったじゃないですか。反省していない殺人犯なんて、きっとまた同じことを繰り返す。俺たちに手紙を書こうともしない、そんな奴が更生できるわけない」

「昴さん」

磯野さんの声は優しかったが、目は俺をしっかり睨んでいて、慌てて口を閉じる。

しばし沈黙が流れ、ふうと深いため息を吐いた後、堤下先生は語りだした。

「法律上、児童自立支援施設には、どんなに重い罪を犯した子どもでも、ずっと閉じ込めておくことはできないんです。なにせ、恵ちゃんは事件当時十一歳。少年法すら適用されない、子どもだったんです。恵さんは施設を出た後、引き取り手がいなかったので、東京の更生保護施設に行くことになり、そこで通信制の高校を出たそうです。私が恵さんのことで知っているのは、そこまでです」

「お話を聞かせて頂けてよかったです、今日は本当にありがとうございました」

磯野さんが深々と頭を下げ、俺もそれに倣う。ここは、堤下先生の家の近くにあるファミレスで、この時間帯は人が少ないからと、磯野さんが場所を決めた。ランチタイムを終えた店内には、客は俺を含めて四組しかいなかった。

「あの……最後にひとつ、よろしいでしょうか」

堤下先生が言った。戸惑うような表情を皺だらけの顔に浮かべていた。

「なんでしょう」

「私は正直、恵さんについては疑問を抱いているんです。詩子ちゃんを殺したこと、それは紛れもない事実です。でもそれが……本人が警察に語った通りのことだったのかというと、疑問が湧いてくるんです」

「と言いますのは？」

「なんといったらいいんでしょう、恵さんはたしかに自分が殺したはずなのに、それが自分のやったことだと、納得していないように見えたんです。こんな、曖昧な言い方になってしまって申し訳ないのですが」

堤下先生も話しづらいことなのか、口調が少し早くなった。ファミレスの入り口が開いて、新しい客がやってくる。

「警察の調書では、まず紐で首を絞めて、その後殺しきれなかった詩子ちゃんをカッターで殺害し、さらに携帯メールで自殺に見せかけた、ということでしたよね。その調書は本当だったのか？　と思ってしまうんです。恵さんは、小学生ながら推理小説が大好きで、日本のものから海外の古典と言われる作品まで、幅広く読み込んでいた。そんな恵さんなら、紐で首を絞めても自殺なのか他殺なのか調べればわかってしまうし、カッターの切り傷だって、自分でつけたものか他人がつけたものなのか、わかってしまう。それぐらいは、知っていたんじゃないかと。偽装工作は、携帯メールだけでした。決定的証拠となったヘアクリップも、現場に落としてきたままですし。推理小説を読み込んでいた頭のいい小学生にしては、犯行自体が拙くて、非常にアンバランスです。恵さんは事件の発覚を遅らせるためだけに自殺に見せかけようとしたのか、それとも犯行がばれてもいいと思っていたのか……その辺りまで踏み込めたらよかったのですが、私にはできませんでした」

最後にひと言、堤下先生は付け加えた。

「私は、あの子を救えませんでした。児童自立支援施設の精神科医は、非行に走った子どもを救うのが仕事です。あの子はとても大きな罪を犯したのに、私は何の役にも立てなかったでしょう。今になっても、それが心残りなんです」

　堤下先生に会った後、磯野さんと二人で宇都宮餃子の店に入った。二人とも、朝かろくに食べていない。腹は減っているはずなのに、インタビューに同席しただけで精神的にすごく疲れていて、餃子の美味さがちっとも感じられなかった。

「冷静でいる、と約束しましたよね。なんで守れないんですか」

「すみません」

　父さんに磯野さんのことを聞いて、詩子の事件が本になるというのは、最初は複雑な気分だった。詩子のことを根掘り葉掘り聞いて晒すなんて、天国にいる詩子が可哀相だと思った。だけど、父さんの受け止め方は俺とまったく違っていた。詩子のことが本になれば、この世から少年事件をなくすヒントになるかもしれない——父さんは、そう言った。磯野さんに直接会って、磯野さんと話を聞いて、その熱意が伝わったから、俺も取材を了承し磯野さんの仕事を空き時間を使って手伝った。

　俺だって、事件が起こる度、心が痛む。中学生が中学生を殺したとか、高校生が高校生を殺したとか。同じ空の下で、辛い思いをしている子どもはたくさんいる。事件は他人事じゃない。俺だって被害者遺族の一人なのだ。

磯野さんの取材は、手際が良かった。卒業論文を見せてもらった時は、たった二十二歳の学生が、これだけのものを書くなんてすごい、と感嘆させられた。事件の概要だけでなく、当時の社会情勢や平成生まれの小学生がどういう環境で子ども時代を過ごしたか、そういうことにまで言及して、今の社会や教育の在り方を問うている。

磯野さんは信頼できる人だ。でも、取材に同行すると、つい熱くなってしまう。

「次は、鮫島さんに会うんですか」

「来週、アポを取り付けました。昴さんも同行されるんですよね？」

「はい。俺も、いろいろあの方には聞きたいことがあるので。特に今日、堤下先生が言っていたこと……俺も引っかかります。刑事目線で考えると、どうなのかなって」

そこでしばし、二人の間に何もない時間が流れる。友だちでもなければ、恋人でもなければ、少年事件の本を書くジャーナリストと、その取材対象であり、少年事件の被害者遺族。傍目には、いったいどんな関係に見られているんだろう。

「あの、どうしてこんなに時間がかかったんですか？」

「というのは」

「お話が来たのは、四年前ですよね。それから堤下先生にたどり着くまで、四年もかかった。俺はもっと、本を出すのって締め切りとかあって、スピーディーに取材しなきゃいけないイメージがあったんですが」

「なにせ、あれから二十年も経っている事件ですから、調べるのが大変でした。今日の堤下先生との取材だって、特殊なルートを使ってアポを取り付けたんです。それに、四年前は時世も良くなかった。こういう取材ですから、Ｚｏｏｍではなく、直接お話したいと思っていましたし。それに今は出版業界も不況の嵐が吹き荒れていますから、本の企画を通すだけで一年もかかったんです」

「なるほど」

一冊の本を出すというのは、俺には想像もつかないくらい大変なことなのだろう。

俺たちは宇都宮から東京に戻った。


二十年ぶりに会った鮫島さんは、二十年前から時が止まっていないように変わっていなかった。黒髪のボブに理知的な印象を与える眼鏡、刑事らしい黒いスーツ姿。小柄なので、余計に若々しい印象を与えるのだろう。

「あの時は大変お世話になりました。鮫島さん、全然変わってないですね」

「そうですか。二十年も経ちますから、ずいぶん老けましたが」

ここは横須賀市内の喫茶店だ。磯野さんは堤下先生の時と同じように、あまり混まない喫茶店を空いている時間に選んだ。

「事件のことを改めて、警察官の目線からお話しして頂きたいのですが」

磯野さんが丁寧に言って、鮫島さんが少し俯き加減になり、テーブルの前に組んだ両手に視線を落とす。

「詩子ちゃんの事件は、私にとっても忘れられない事件です。あの時私はまだ警察官になりたてでした……女の子が死んだ事件ですし、女で若いからという理由だけで私が田中さんとコンビを組まされたのですが、恵ちゃんを追い詰めるのは正直、辛い思いがありました。だからあの事件があってからは、子どもの非行を減らすように、悲しい事件が起きないように、精一杯仕事をしているんです」

「桜浜は、少年の非行が昔から多いと聞きましたが」

磯野さんが言う。そんな前情報があるとは知らなかった。

「そんなことないですよ。俺が行ってた中学、全然荒れてなかったし。そりゃ、不良グループみたいなのはいましたよ。でもそういう奴だって、煙草を吸ったりとか、深夜にふらついたりとかその程度で。いわゆる暴走族みたいなのは稀だったし……」

「昴さんの言うとおりなんです。桜浜は、わかりやすい形の非行が少なくて、大人に気付かれずに悪さをする子が昔から多いんです。もちろんそれは、どこでもそれなりにあることとです。でも桜浜って、神奈川でも三浦半島の外れにあって、横須賀は近いけれどいつでも行ける場所じゃない。子どもからしたら、すごくつまらない場所なんですよ。田舎の子は家や学校がつまらないと、逃げ場がありません。だから非行に走りやすいんです。でもそういう時は、SOSを出すことが多いです」

「SOS、ですか」

磯野さんが言った。鮫島さんが頷く。

「今でいうと、SNSですね。いわゆる病み垢、鍵垢を作って、そこに自分の不平不満を書き連ねたりします。そんなことをやっているうちに悪い大人と繋がって、いきなりぽんと家出してしまう子もいます。でも二十年前は、SNSはまだ黎明期でした。子どもに携帯を与えてはいけない、という風潮もありましたし」

鮫島さんはここで一旦、言葉を切った。小さくごくりと唾を飲み込んで続ける。

「恵ちゃんと詩子ちゃんは携帯電話を持っていましたから、あの時代にしては進んでいたほうです。そこからネットにアクセスもできましたが、目立ったトラブルはありませんでした。恵ちゃんはネットに逃げることもせず、一人で鬱憤を溜め込んで、やがて一足飛びに、最悪の非行に走ってしまったように思えるんです」

「最悪の……ですか」

俺が言うと、鮫島さんは俺に視線を向けて頷いた。

「海外でも日本でもよくあるケースですが、殺人犯が殺人に手を染める前に、動物虐待に走ることは多いんです。しかし恵ちゃんにはそれがない。事件前に荒れていたという話もなく、家でも学校でもごく普通の良い子でした。良い子だからこそ鬱憤を晴らす術を知らず、溜め込んでいたものが爆発して、怒りや殺意がいちばん身近で、かつ身体が小さくて殺しやすい詩子ちゃんに向いた。そんな気がするんです」

「恵さんの溜まっていた鬱憤とは、何だったのでしょう」

磯野さんが言う。鮫島さんが眉根を寄せる。

「恵ちゃんは父親こそいませんでしたが、家庭環境は決して悪くなかった。お手伝いさんを雇う余裕のある、裕福な家に育ちました。でも、恵ちゃんのお母さん、大河内政子さんが自殺したと知った時、恵ちゃんは涙ひとつこぼさなかった。私は、それが気になるんです。恵ちゃんはお母さんにいい感情を持っておらず、家庭での愛情に飢えていたのだと。そこで気になるのが、則夫さんの存在です」

「どういうことですか」

父さんの名前が出て、反射的に言っていた。鮫島さんが複雑そうな顔になる。

「詩子ちゃんには、則夫さんという優しいお父さんがいた。則夫さんもご近所さんであり、娘の親友でもある恵ちゃんを可愛がっていました。恵ちゃんは、則夫さんのようなお父さんが欲しかったのかもしれません。でも則夫さんの娘は詩子ちゃん。どんなに頑張っても則夫さんの娘になれないことぐらい、わかっていたはずです」

そこで思い出す。夕食の席での、あのひと言。

恵が放ったあの言葉は子どもっぽい冗談だと思っていたけれど、違ったのか。

「すべては私の憶測に過ぎません。ただ、生活安全課に勤めている者として、長年少年事件に携わっている者として言わせて頂くと、非行に走る子は、必ず家族との間に摩擦があります。すべてが思春期や反抗期のせいにできるような、生易しいものではないんです。親が難しい年頃だから、といって片付けてしまうと、危険な場合もあります。恵ちゃんは鑑別所での取り調べの時、最後までほとんどお母さんのことを語りませんでした。そこが、私としては、とても気になっていることなんです」

久しぶりに政子さんの顔を思い出した。詩子が小学校に上がるくらいまでは、うちによく来て、一緒にみんなでご飯を食べた政子さん。

きれいな人だった。恵の顔は、あの人の顔の特徴をほぼそっくりそのまま受け継いでいた。俺にも子ども扱いしないで接して、いい大人だな、という印象があった。でも俺のイメージにある政子さんは、どこにでもいる普通の母親であり、普通の女性だ。でも恵からすれば、普通の母親ではなく、愛情を与えてくれない母親だったのかもしれない。一歩俺たちの家から出てしまえば、その先のことは二人にしかわからない。

「これが、事件当時の資料です。本当は持ち出してはいけないのですが……」

鮫島さんがテーブルに資料を広げる。詩子の写真から、思わず顔を背けたくなる。

俺の肩に磯野さんがそっと手を置く。落ち着け、と言っているように。

「詩子ちゃんの殺し方は、とても残忍です。まず首を切り、その後とどめをさすように、お腹や胸を何か所も狙っています。なので私は、なんで恵ちゃんが詩子ちゃんが自殺したように見せかけたのか、そのことが疑問なんです。頭のいい恵ちゃんなら、自殺ではなく、むしろ強盗に入られ、襲われたように見せかけることもしたのではないかと……恵ちゃんは本気で事件を隠蔽したかったわけではないと思うんです」

「恵さんは紐で首を絞めた後、とどめにカッターナイフを使ったんですよね？」

はい、と鮫島さんが頷いた。俺は耐え切れなくなり、コーヒーをひと口啜った。

「紐は、自宅の物置で見つけたそうです。睡眠薬は政子さんのものでした。コーラに混ぜて寝込みを襲おうとしたのでしょうが、睡眠薬はごく軽いもので、たくさん飲んでも効くまでに時間がかかり、完全な眠りに落ちる前に、犯行に及んだ可能性があります。そこで殺しきれずカッターでとどめをさしたと、本人は証言しています」

「なんだか、変な話ですね」

磯野さんが言った。磯野さんもえぐい話は苦手なのか、アイスラテをひと口飲む。

「殺しきれずにとどめをさした、というのが。もちろん、小学五年生の力では、恵さんより体格のいい詩子ちゃんを殺すことは難しいですけれど。恵さんは犯行に使われたカッターナイフは、用意していなかったんですか？」

「はい、カッターナイフは詩子ちゃんの部屋にあったものです」

「死因は首を絞められたわけではなくて、失血死なんですよね？」

「そうです」

磯野さんが難しい顔をして、腕を組んでいる。ジャーナリストの頭の中は、今ものすごい速さで脳細胞が駆け巡っているのだろう。

「詩子ちゃんに抵抗した痕はなかったんですか？」

「ありました。腕や手に傷が。なので、警察ではこれは恵ちゃんが首を絞めて殺した後とどめをさしたのではなく、二人でカッターを間に揉みあいになった、詩子ちゃんは恵ちゃんに抵抗したんじゃないか……という見解が強かったんです。でも恵ちゃんは、それを否定しました。腕の傷は、いきなり首を切るのは勇気がいったから、試し切りをしたのだと。あまりにも不自然ですが、目撃者もいませんし、調書にはそう書くしかなかったんです」

鮫島さんが帰った後、俺と磯野さんは喫茶店で軽い食事を摂ることにした。磯野さんはサンドイッチを頼み、俺はカレーにした。

「鮫島さんの話ですが、昴さんはどう感じましたか？」

「父さんのことを言われるとは思いませんでした。でもそれを言われると、すべて説明がつくんです。恵は、詩子が羨ましかったんじゃないかって。優しいお父さんがいて、自分より運動ができて、人気者で。あの年頃の子どもって、勉強ができることは、あまりアドバンテージにならないじゃないですか。それよりも運動ができることや、クラスに友だちが多いことのほうが大事だし」

「わたしも同じ見方をしています。勉強ができることも、家が裕福なことも、親が有名人であることも、恵さんにとっては、むしろマイナスに働いていた可能性がありま す。それに女の子同士のほうが、人間関係は陰険なものになりやすいです」

キュウリとハムの入ったサンドイッチは六きれほど、皿の上にひと口サイズに並べてある。それをすべて片付けてしまった後、磯野さんが言った。

「来週は、佳織さんですね」

調べると佳織ちゃんは横須賀市内で結婚し、苗字が変わっていた。俺はあの事件の後すっかり垢ぬけた佳織ちゃんに会ったけれど、それ以来だ。今はどんな仕事をして、どんな暮らしをしているのか、まったく知らない。

「佳織ちゃんは、昴さんから見たらどういう子でしたか」

「そうですね、うちに何度か来たことがあるだけで、挨拶程度しかしたことなかったので……でも、当時からちょっとませているな、という印象はありました。着ているものも小学生にしてはおしゃれだったし」

「恵さんとは、あまり気が合うタイプではなさそうですね」

そういえば、佳織ちゃんにからわれて、恵が嫌そうな顔をしているのを見たことがある。友だちなのに、腹の底では佳織ちゃんを憎んでいたのかもしれない。

「鮫島さんとの話ですけど、磯野さんは、殺害方法が気になっているんですか？」

「肝心の凶器があらかじめ用意したものではなくたまたまそこにあったカッターナイフだったというのが、引っかかるんです。恵さんは詩子ちゃんの家に何度も出入りしていましたから、詩子ちゃんの部屋にカッターナイフがあったことは知っていたでしょう。でも、恵さんがカッターナイフを使ったのは、本人にとっても予想外の事態が起きたんじゃないか。そんな気がして、仕方ないんです」

磯野さんはその後、コーヒーのおかわりを頼み、仕事をするからと俺を先に帰した。一歩外に出ると、八月の金色の日差しが荒々しく照り付け、身体じゅうの毛穴からぶわっと汗が噴き出してくる。

歩きながら、いくらでも考えてしまう。恵はどうして、うちの詩子を殺したのか。なんで、人を殺してみたかった、なんて警察に言ったのか。カッターナイフを使う際にあった予想外の出来事とは、なんだったのか。本が完成すれば、すべては明らかになるんだろうか。磯野さんは、そんな本を作る力があるんだろうか。

俺の今の頼みの綱は、磯野さんしかなかった。

お盆休み真っ盛りの暑い日に、横須賀市内のファミレスで佳織ちゃんに会った。佳織ちゃんは二児の母親だというのに、最後に会った時とあまり見た目が変わっていなかった。若い子が着るようなお臍(へそ)が出る丈のブラウスに、ゆったりしたパンツを合わせている。長い髪はキャバクラ嬢みたいにきれいなカールを描いていた。

「今日は子ども、親に預けてきたんですよ。詩子の事件が本になるからその取材だってことは、伏せてるけど。変なことには関わるなって言われそうだから」

「ご協力頂き感謝します」

磯野さんが頭を下げ、俺も倣って頭を下げる。佳織ちゃんがじゅるるる、と行儀悪く音を立ててアイスティーを啜った。

「佳織ちゃんは、今は母親業で大変なのかな?」

「そうですねー、子ども、五歳と二歳だし。旦那は専業主婦だと子どもの家事能力が下がるから働けってうるさいんだけど、自分で家のこと何ひとつできないくせによくそんなこと言えますよね。少なくとも上の子が小学校に上がるまでは、家にいたいかなぁ。二人とも男の子だから、ほっとくと家の中めちゃくちゃにされるし」

愚痴なのにあっけらかんと話す佳織ちゃんは、幸せそうだった。結婚して家庭を持ち、子どもを持つ幸せ。俺は味わったことがない。これからもきっと、味わえない。

「メグのことは正直、大人になった今でも許せません。というか、もっと怒りが強くなった。自分に子どもができて、母親になったからでしょうね。わかるんです。詩子のお父さん、すごく苦しんだんだな、って。もちろん昴さんも」

その視線のまっすぐさに、思わず俯きそうになった。佳織ちゃんは続ける。

「どうせあいつは、反省なんてしていないでしょう？　昴さんたちのところに謝りに来ないのが、何よりの証拠ですよ。あんな奴を生かすなんて間違ってる。子どもだからちょっとの間しか施設に入れなくて、施設が収容できる期間が過ぎたら社会に出す。そんなのおかしい。一生、塀の中に閉じ込めておくべきなんです」

「小学校の頃のことを思い出して下さいませんか。恵さんに、事件を起こすような兆候とか、佳織さんなら、わかることがあるかもしれないと思ったのですが」

磯野さんが手早く話を進め、佳織ちゃんがうーんと少し考え込んだ。

「兆候、っていうか。ちょっと変わった子だなぁ、とか、一人っ子にありがちだけど、協調性がないところはありましたよ。あの子、すごいすっトロいんです。鬼ごっことか缶蹴りとかやっても、ずーっと鬼のまんま。で、最後は不貞腐れるんですよ。そのたんびに、詩子や麻里が気を遣って……ゲームで負けた時でさえあからさまに不機嫌な顔をするし、負けず嫌いなのかプライドが高いのか、よくわかんないですけど」

「詩子ちゃんとの間に、摩擦みたいなものを感じたことはありますか？　恵さんと詩子ちゃんとの間に何かあったとか。そういう異変を、感じたことは？」

　佳織ちゃんはまたしばらく目線を宙に彷徨わせて考え込んだ後、言った。

「うーん、特にないけど。ただ、あの二人べったりだなあ、とは思ってましたよ。家が近くて幼馴染だっていうのはわかるけど、それにしてもって感じ。まるで、メグが詩子の妹みたいで。だからあたし、メグは詩子に依存してたんじゃないかなって思うんですよ。あれぐらいの年頃だと、友だちに友情を超えて依存しちゃうとか、よくあるでしょう？　詩子は逆に、メグのことは大事な幼馴染で親友だけど、依存はしてなかったと思う。友だちが多くて、男の子からも女の子からも人気がありましたし。だからそういう意味で、詩子とメグの間には温度差があったかもしれませんね」

　磯野さんがメモに一生懸命何かを書きつけ、佳織ちゃんの話に相槌を打っている。

　俺は男だからか、友だちに依存、というのがよくわからない。たしかに中学の時は、崇と仲が良かったけれど、依存とはまったく違う。でも女子の世界では、ままあることなのだろうか。でもそれが殺意とどう結びつくのか。

「磯野さん、昴さん。あたしは絶対、メグを赦さない。あいつは、幸せになっちゃいけないんです。一生苦しむだけの理由が、あいつにはあります」

佳織ちゃんがそう言って、電子煙草を取り出した。ここは喫煙席だ。

磯野さんは東京に帰り、俺は実家に帰った。父さんは帰るなり麦茶を注いでくれて、今日の取材のことを聞いてくる。

「佳織ちゃんは、どうだったか。元気そうにしてたか」

「うん、普通に、元気だったよ。でも、恵のことは今も赦せないって」

俺は詩子の兄として、恵を赦せない。そして佳織ちゃんも詩子の友だちとして、恵を赦せないのだ。被害者遺族と被害者のクラスメイト、立場は違うけれど、気持ちは同じ。ひょっとしたら、家族である俺たちよりも、詩子といつも一緒に遊んでいた佳織ちゃんたちのほうが辛かったのかもしれない。なにせ、たった小学五年生だった。子どもの頃にいつも一緒に学んでいた子が突然殺される痛みは、大変なものだ。

「俺たちの中でも少しずつ、詩子のことは遠くなってる。事件も風化してる。でも、本当は忘れていないって、磯野さんに取材に同行させてもらって、わかったよ。施設で恵を担当した精神科医も、鮫島さんも、佳織ちゃんも。日常に追われて事件の生々しさは薄れていくけど、心に深く刺さった棘はいつまでも抜けないんだって」

「それがわかっただけでも、磯野さんに協力する価値はあったよ」

父さんが言って、俺は頷く。日が暮れていて、庭で秋の虫が鳴く声がする。まだ暑いけれど、桜浜には東京よりも一週間か二週間ほど早く秋が来て、八月の終わりには赤トンボが飛び始める。

「明日は、麻里ちゃんに会うのか？」

父さんが訊く。磯野さんの前情報によると、麻里ちゃんは佳織ちゃんと違って、まだ結婚していないらしい。東京の化粧品メーカーに勤め、ばりばり働いているという。

「麻里ちゃんは、佳織ちゃんとちょっと違うタイプだったよな。おとなしい良い子、って印象だったよ」

「詩子を含めたあの五人は、結構ばらばらのタイプだったよ。佳織ちゃんと紗季ちゃんは小学五年生にしてはませてる感じで、うちの詩子が運動が大好きなタイプ。麻里ちゃんと恵は、おとなしかった」

小学五年生だと、はっきりしたスクールカースト的なものはまだなくて、クラスの中にあるグループ同士の境目も曖昧だ。恵はその中で、他の友だちに対して苛立ちを募らせていたんだろうか。我慢できないほど、ストレスが溜まっていたんだろうか。

だったら、吐き出してほしかった。家がそういうところじゃなくても、うちの父さんでも、俺でも、学校の先生でも、誰でもいいから、自分の中にある黒い感情を、どこかで正しい形で発散させてほしかった。そうしてくれていたら、きっと事件は起こらなかった。

　でも、小学五年生のあいつには、それすら難しいことだったのだろう。


　麻里ちゃんは東京に住んでいるので、新宿の喫茶店で三人で会った。派手な佳織ちゃんと比べると、麻里ちゃんは幾分か地味な印象を受けた。でもその手入れの行き届いた黒い髪には天使の輪ができ、さすが化粧品の会社に勤めているだけあって、肌もきれいだ。麻里ちゃんは清楚で知的な、大人の女性になった。

「あの事件のことは、正直あまり思い出したくないんです。小学校時代の私のトラウマなので。中学に上がってからも、あの事件でメグとも詩子とも仲が良かったってことで、事件のことを無神経に訊いてくる子がいたんです。他の小学校から来た子だったけど。その度、どんなに嫌な思いをしたことか」

「お話しできる範囲で構いません。小松沢さんの心の傷をほじくり返すことは、したくありませんから」

　磯野さんが言うと、麻里ちゃんは首を振った。

「いえ、こうやってお時間を頂いて、謝礼まで頂くことになってますから、これは遊びではなくて、仕事と同じです。私はあの事件においては単なる傍観者ではなく、被害者にも加害者にも近過ぎる傍観者で、しかも子どもだった。本を書くなら、私の話で参考になることもあると思いますから、どうかなんでも聞いてください」

「ありがとうございます」

磯野さんが頭を下げ、俺もそれに倣う。磯野さんがレコーダーのスイッチを入れる。

「はっきり言って、あの五人グループの中で、メグはちょっと浮いていました」

「浮いている、というのは。具体的にどういったことか、教えて頂けませんか」

麻里ちゃんが少し考えた後、言った。

「メグはいわゆる母子家庭で、お母さんが有名人で、家にお手伝いさんもいるお嬢さまだった。普通だったら、人気者になれると思いますよね？　でも、その逆だったんです。何かにつけて、お嬢さまだから、って佳織や紗季にからかわれて」

「一種のいじめだったということでしょうか」

「いえ、そこまではいってません。あくまで仲間内でのイジリみたいなものですね。でも女の子って、グループの中でも序列が出来てしまうんです。そこで、いちばんは佳織だったと思うんです。次が紗季で、その次が詩子。四番目が私で、ドベがメグ」

「なるほど。佳織さんは、恵さんが詩子さんに依存していたと言っています。麻里さんの目からは、どう見えましたか」

「たしかにそれはありましたね。何かにつけて、メグは詩子を頼るんです。詩子がいないと何にもできないって感じで。こういう言い方は変ですけど、メグって、詩子に対して恋心に近いものを抱いていたんじゃないかと思うんです」

「恋心」

俺と磯野さんの声が重なった。まさかそのワードが出てくるとは思わなくて、俺も磯野さんも面食らっていた。麻里ちゃんは頰杖を突きながら続ける。

「いや、恋心というのはちょっと違うかも……ただ、男の子の場合はどうだか知らないけれど、女の子にとって、男の子を好きになる思春期の前にできた幼馴染や親友って、すごく特別な存在だったりするんです。私も幼稚園の頃に隣の家に住んでた女の子といつも遊んでたんですが、引っ越していなくなった時は泣いちゃって。メグと詩子も、そういう関係だったような気がするんです。もっとも、メグはあの年頃にしては、恋の話題に関してはそもそも興味がないって感じで。ある時、みんなで好きな男子の暴露大会をしたんです。その時メグ、なんて言ったと思います？」

麻里ちゃんがちょっと身を乗り出して、俺はごくりと唾を飲んだ。

「詩子が好き、って言ったんですよ。佳織も紗季も笑ってたけど。ちょっと、それは小学五年生にしては、幼過ぎる答えなんです。女の子は幼稚園や小学校低学年ぐらいの頃から、好き、とまではいかなくても、あの子格好良いなぁ、憧れるなぁってそういう男の子の一人や二人、いるものなんです。でもメグには、それがない。男の子に興味がなくて、詩子にべったり」

「なるほど、よくわかりました。ちなみに、なんですが」

磯野さんは、実に上手に話題を他の方面へと持っていく。その間も、メモを取ることは忘れない。

「詩子ちゃんに、好きな人はいたんでしょうか？　そのぶっちゃけトークの時、なんて言いましたか？」

「さすがに二十年前のことですから、よく覚えてないんですよね。でも詩子は同じクラスの男の子と、仲が良かったですよ。荒川一輝っていう、どのクラスにも一人はいる、やんちゃな子です。たぶん二人は両想いだったって、私は思っているんです」

詩子にそんな子がいたなんて、知らなかった。詩子は人を愛することも、愛されることも知らず、死んだと思っていた。

その荒川一輝という男の子は、今どこでどうしているだろう。仲の良かったクラスメイトの女の子が死んだことを、どう思っているのだろう。

会ったこともない彼の顔を、少しだけ頭の中で想像した。

磯野さんは佳織ちゃんや鮫島さんや堤下先生にそうしたように、麻里ちゃんにもきちんと謝礼の入った封筒を渡した。駅前で麻里ちゃんと別れた後、俺と磯野さんは駅ナカの小さなカフェに入った。アイスコーヒーを飲みながら話をする。

「麻里さんの話、昴さんはどう思いましたか？」

「俺、知りませんでした。詩子に、好きな男の子がいたなんて。もしかしたら恵も、その子のことが好きだったのかもしれませんね。それで取り合いになった、とか」

「ありえる話ですね」

磯野さんがストローでからからとアイスコーヒーと氷をかき混ぜながら言った。

「思春期における恋愛は、下手をすれば大人のものよりもドロドロしていますから。わたしも、覚えがあります。好きな男の子がいて、そのことを親友に打ち明けたんです。でもその後、彼に告白されて、その子はその気持ちをあっさり受け入れて、付き合った。私はその子のことが、赦せなかった」

遠い過去を振り返る磯野さんの目元に、寂しさが滲んでいた。その時の苦しみは、今も磯野さんの中にくっきりと刻まれているのだろう。思春期の頃に受けた心の傷は、大人になってもなかなか癒しきれないものだ。

「だから、その子が彼との付き合いで不幸な目に遭った時は、ざまあみろ、って思いましたよ。天罰が当たったんだ、ぐらいに思ってました。どうですか、女ってドロドロしてるでしょう」

「いえ、磯野さんは普通だと思います。俺が磯野さんの立場でも、きっと同じことを思いますよ。その女の子がやったのは、ひどい事だと思う。磯野さんが怒るのも、恨むのも、当たり前です」

「そう言って頂けると、気が楽になります」

磯野さんの口元がふっと緩んだ。そして、俺の心がほわっ、と解(ほぐ)れた。

「磯野さん、俺」

言いかけて、やめた。不自然な沈黙に、磯野さんが眉を顰める。

「どうしたんですか」

「いえ。なんでもありません」

「なんでもなくないって顔してますよ、明らかに。ちゃんと答えて下さい、今、何を言おうとしたんですか」

もう後戻りはできない。俺は覚悟を決めた。

「俺、実は知ってるんです。恵の、今の居場所」

磯野さんが大きく目を見開いて、店内の喧騒がふっと遠ざかった。

「探偵を使って、調べてもらったんです。だから俺、恵の新しい名前も、住んでる場所も、結婚した夫のことも、全部知ってるんです」

「なんでそれを……」

声に怒りが滲んでいた。何も言い返せず、俯いた。

「でも俺は、未だに、あいつに会う勇気がないんです」

復讐してやりたい、という思いはあの日から変わってない。だからこそ、あいつの幸せな顔を目にしたら、自分がどうなってしまうかわからない。

俺にだって失うものぐらいある。仕事とか、父さんとか。父さんを悲しませることだけはしたくないと、この四年間、必死で自分を保ってきた。それも、限界が近い。

磯野さんに救われたのも事実だが、取材を通じて恵への憎しみも強まっている。

「なら、わたしが会います」

磯野さんがじゅうっと残りのアイスコーヒーを一気に啜り、メモを開いた。

「教えてください、現在の大河内恵の住所。あなたが知っていること、すべてを」

それで俺は、探偵から聞いたことを、今の大河内恵についてのすべてを、洗いざらい磯野さんに話した。磯野さんは冷静な様子でメモを取っていて、その間俺の頭の中は妙に冷えていて、真冬のような風が細く吹いていた。

太陽の出ている時間が短くなり、季節は瞬く間に夏から秋へと移り変わっていく。

磯野さんは恵に会うために、他の仕事のスケジュール調整をしていると言っていた。

そもそも、加害者本人への取材だ。準備することがたくさんあるのだろう。

俺が大河内恵、いや、今泉恵の家を訪れたのは、まだ夏の暑さが残る夕方だった。

尾けられていることも知らず、恵はのんびりと夕方の街を闊歩していた。近くで見ると恵は本当に、政子さんに似ていた。若い頃の政子さんはきっとこんな感じだったんだろう、そう思わせる容姿をしていた。艶やかな黒髪も、政子さんにそっくりだ。

恵はマンションに戻る前に、保育園に寄った。小さい女の子が恵めがけて飛びついてくる。大きな声で、女の子が何か言っている。

「ママぁー、今日はね、はるちゃんと遊んだの」

「はるちゃんって、唄子といちばん仲良しな子？」

ウタコ。その名前を聞いた途端、心臓が止まりそうになる。

なんで恵は、その子をウタコと呼んでいるのか。

遠くから見えるだけのその女の子の顔が、小さい頃の詩子と重なって見えた。

「はるちゃんとねー、アルプス一万尺したの。楽しかったよー」

「アルプス一万尺かぁ。ママも昔、やったなぁ。唄子はたくさん友だちが出来たね」

ウタコ、やっぱりそう言った。

お前は何を考えているんだ。なんでその子がウタコなんだ。どういう神経をしていたら、自分が殺した女の子の名前を、娘に付けられるのか。

確信した。やっぱりこいつは、反省なんてちっともしていない。

「ママぁー、今日のばんごはんはー？」

「唐揚げだよ」

「やったぁ！　唄子、ママのからあげ、好き」

「残ったら、明日のお弁当に入れてあげるね」

そんな会話をしている二人を、ぎりぎりと痛む胸を押さえつけながら家まで尾行した。マンションはオートロックではないので、二人が部屋に入っていく姿を見届けることができた。家の中からは、時々はしゃぐ声が聞こえてくる。二十分くらい待つと、男が一人エレベーターから出て来て、今泉家の玄関のドアを開ける。

「ただいま」

「パパ、お帰りー」

玄関先で交わされる家族のやり取りを、息を潜めてじっと見ていた。その間ずっと腹の底で、長い間蓋をしていた醜い感情が沸々と湧いていた。

恵は子どもを出産し、幸せに生きていた。事件の後から、幸せになることを拒んで生きてきた俺とは正反対だ。事件を忘れた恵と、事件を忘れられない俺。

そんなことがあっていいのか、苦しむのはあいつのほうだろう。

今泉家のポストに走り書きで怪文書を押し込み、家を後にした。駅を目指して歩きながら、まだ腹の底で真っ黒いものがぐるぐる渦巻いている。

もう、父さんを悲しませたくないだの、仕事を失いたくないだの、そんな悠長なことは言っていられなかった。俺は、今こそ恵に復讐すべきなんだ。

あの日から酒と煙草の量が増えた。毎日残業を終えて家に帰ってからは、ろくに食事も摂らず、アルコールとニコチンばかり体内に入れていた。まともに食事を摂らず酒と煙草で胃を満たしているので、変な痩せ方をした。頬がこけて老人のような顔になり、腹だけがぽてんと突き出している。

今日もキッチンで煙草を吸い、時々缶チューハイを舐めるように飲みながら、恵への復讐計画を練っていた、恵本人に対する思いは変わらないが、今の恵にはただ殺されるよりも、もっと辛いことがあるはずだ。それに、大切な人を突然失う苦しみを、あいつには思い知らせる必要がある。

そこまで考えたところで、スマホが鳴った。磯野さんからだった。

『もしもし、今少しお時間大丈夫ですか』

「平気です」

『お酒を飲まれていたんですか』

磯野さんは、こういうところが鋭い。なぜ声を聞いただけで、電話の相手が酔っ払っているのかわかるのだろう。

『飲むのはほどほどにしてください。飲みたい気持ちはわかりますが』

「それより磯野さんのほうから連絡するってことは、何か理由があるはずですよね」

躊躇ったような少しの沈黙の後、磯野さんが言った。

『今泉恵――いや、大河内恵との接触に成功しました』

脳がフリーズする。いつかやると思っていたけれど、こんなに早くとは思っていなかった。磯野さんは俺と恵を接触させず、一人で取材をやりきるつもりなのだ。

『一度目は撥ねのけられましたが、二度目は連絡先を交換することに成功しました。本の取材にも、協力してくれるそうです』

「あいつは。あいつは、ちゃんと反省していましたか」

『取材はこれからなので、恵さん本人に訊いてみないとわかりません』

いい加減なことは言わない磯野さんらしい。さくさくと、言葉を続ける。

『取材して、恵さんが本気で昴さんたちに謝罪の意思があれば、その時はわたしが恵さんと昴さんたちを繋げます。わたしはもう、ただの傍観者でもマスコミの人間でもなくなりました。この四年間、昴さんと則夫さんと接し続けて、わたしの中でも事件は特別なものになりました。本を出す以上、最後まで責任を取らせて下さい』

「……わかりました」

発した声に覇気がないのが、自分でもわかる。スマホを握る手が、雲でも握っているかのように感触があやふやだ。磯野さんと恵が接触した。恵はすべてを磯野さんに語るのか。事件の真実が、明らかになるのか。

『録音は、昴さんにもお聞かせします。恵さんも仕事と子育てで忙しいので、お会いできるのは十一月に入ってからになるかもしれません。それまで少し待てますか』

「大丈夫です」

そこで通話は途切れ、俺はもう誰とも繋がっていないスマホを床に置いて見つめながら、紫煙を燻らせていた。換気扇に吸い上げられ、たちまち消えてしまう煙の儚さに、詩子の屈託ない笑顔が蘇ってきた。

復讐するなら、今しかない。磯野さんが恵に接触する、その前に。

俺には、それだけのことをする権利がある。

〈みちるの話〉

その日、健人は学生時代の友だちと遊ぶと言って朝から出かけていて、わたしは詩子ちゃんの事件の資料をまとめつつ、今手掛けている別の仕事も同時進行で進めていた。フリーで仕事をするようになって、全然休みがない。妊活を頑張りたくてフリーに転身したのに、まるで無意味だ。

そんな時にスマホが鳴った。表示されている名前は「今泉恵」。

「もしもし」

電話を取ると、不自然な間があった。人の多いところにいるのか、背後でがやがやと人の声がする。それだけで、何かあったのかと直感してしまう。

『すみません、今いいですか』

「何でしょう」

『唄子がいなくなりました』

恵は、今にも涙が混じりそうな声で事情を話した。聞きながら半分、呆れてしまった。いくら普段から行き来しているスーパーだからって、たった四歳の女の子から目を離すなんて、非常識過ぎる。

『主人が、怪しい男と接触しているんです。家を特定してきて、私が大河内恵だったって、主人に言ったんです。きっとあの人が、唄子を連れ去ったんです』

「その男の特徴はわかりますか」

まさか、と思った。昴さんの顔が脳裏をちらつく。普通の方法では、今泉恵になった元メグたんにはたどり着けない。恵の居場所を知って、かつ接触してくる人といえば、昴さん以外いない。

『わかりません。私は一瞬、見ただけですから。でも、結構背は高かったです。たぶん、百八十センチは超えていました』

「その人……わたし、心当たりがあります」

昴さんの身長は聞いたことはないが、百六十五センチと女にしては大きいわたしより、十センチ以上高かった。衝撃的な事実と、これから訪れるであろう黒い未来に打ちひしがれ、喉が怯(おび)えている。そこに無理やり、空気を入れる。

「その方はおそらく、わたしの知り合いです。詩子ちゃんの事件の本を執筆する際に、ご協力頂いている方です」

『ライターさんか何かですか？』

「いえ。被害者遺族です。ウタコちゃん。あなたが産んだ唄子ちゃんじゃなくて、あなたが殺した詩子ちゃん。そのお兄さんの、昴さんです」

ごつんと音がした。おそらく、動揺した恵がスマホを落としたのだろう。

もしもし、メグムさん。聞こえますか。大丈夫ですか――何度も声をかけたが、なかなか恵は電話に出なかった。メグミさん。メグムさん。何度も名前を呼び続けた。

やっと恵が、スマホを手に取った。震える声で話し始める。

『どうしましょう、磯野さん。もし昴さんだったとしたら、唄子が危険です。唄子が何をされるか……』

「落ち着きましょう、恵さん。今どちらにいらっしゃいますか?」

恵は都内のショッピングモールの名を告げた。このマンションから車を飛ばして行けば、三十分と少しで着く。

「とりあえずこちらから、車で向かいます。昴さんにも連絡してみます。恵さんはそこで、わたしを待っていてください。くれぐれも、自分で勝手に動かないように。いてもたってもいられない気持ちだと思いますが、我慢してください」

『はい』

返ってきた恵の声は、小学五年生に戻ってしまったかのように頼りなかった。

ショッピングモールの入り口に車が停められる場所があったので、そこで恵と待ち合わせた。やってきた恵は一見ちゃんと歩けているし、何も変わったことはない素振りはできているが、助手席に乗ったその横顔は青白い。血という血が抜けてしまったかのようだ。

「シートベルト、ちゃんと着けてくださいね」

そう言うと、慌ててシートベルトを装着する。シートベルトをつける、ただそれだけのことも出来なくなるほど、恵は憔悴し、動揺していた。

「昴さんの行き場所に、心当たりはありますか」

「わかりません、私は昴さんとは子どもの頃に詩子と一緒に遊んだだけで、あの事件の後はまったく関わらなかったので、昴さんが今までどんな人生を歩んできたのか、まったく知りませんし……でも」

恵は一瞬で二十年分ぐらい老けてしまったような横顔で言った。

「唄子を連れていくなら……あの街しか、ないと思います」

「桜浜ですか」

恵は子どものような仕草で、こくりと頼りなく首を縦に振った。

ナビに昴さんの実家の住所を入れ、高速に乗る。わたしたちの間にはまったく会話がなく、時々隣を窺うけれど、恵の瞳が虚ろだ。最悪の事態を想定して、思考がすっかりフリーズしてしまっている。

「桜浜に着くまで、少しインタビューさせて頂いてもよろしいでしょうか。こんな時に悪いのですが」

やや間があった後、恵が言った。

「お受けします。何か話していたほうが、私も気が紛れますから」

「では、ウタコちゃん……いえ、あなたが殺した詩子ちゃんではなく、あなたが産んだ唄子ちゃんについてお聞きします」

はい、と細く掠れた声が返ってきた。

「どうして、子どもの名前を唄子、にしたのですか。漢字こそ違いますが、わたしや普通の人間からしたら、理解に苦しむ行為です。加害者であるあなたにとっても、あの事件のことは思い出したくない過去だったのではないですか。それなのにどうして、わざわざ子どもと接する度にトラウマが蘇ってくるような名前をつけたのですか」

恵は視線を宙に彷徨わせ、言葉を選んでいた。少しの後、語りだす。

「分娩台に乗っている時、幻を見たんです。陣痛って、ずっと痛いわけじゃなくて、痛い時とそうじゃない時の間があって、痛くない時に不思議な感覚になるんですけど。その時に、幻なんですが、詩子が見えたんです。今なら本当の家族になれる、って詩子が私に言った。だから私は、あの子に唄子とつけたんです。きっと、詩子を殺した小学五年生のあの頃、私は詩子と本当の家族になりたい、って思っていたんです」

「本当の家族になりたいけど、本当の家族になれないと知っていたから、殺した？　恵さんは詩子ちゃんのお父さん、則夫さんにとても懐いていたそうですね。その素敵なお父さんが自分のお父さんじゃないのが、嫌だったのですか？」

また、間があった。恵はひとつひとつ言葉を心の海から選び取るように、語った。

「詩子を殺す、ちょっと前なんですけど。詩子と手を繋いで歩いている、詩子のお父さんを見ました。小学五年生にもなって親と手を繋いで外を歩くなんて、普通の子どもは恥ずかしくてやらないですよね。でも詩子は、堂々とお父さんと手を繋いでいた。その時……なんか、どうしても、詩子を許せなくなったんです」

「動機は、他にありませんでしたか？　詩子ちゃんはあなたよりも運動神経が良く、クラスでも人気者だった。両想いの男の子までいたそうでしたが」

「荒川一輝のことですよね、今も覚えています。詩子はその男の子と、デートしたらしいんです。それを聞いた時は、詩子は私よりもずっと幸せだって思って、憎しみが強まりました。私は詩子が大好きだったんです。今でも大好きなんです。だからこそ、詩子が私より幸せなのが、耐えられなかったんです」

声がどんどん頼りなく、細くなっていって、最後には涙声になる。やっと今泉恵が、いや、大河内恵が、本当の姿を現した。鮫島さんにも堤下先生にも誰にも開かなかった固く閉ざされた心の扉が、開き始めた。

「ありがとうございます。それでは、少し質問を変えますね。詩子ちゃんを殺した後、小学五年生のあなたはどう思いましたか？」

「なんというか……変な全能感みたいなものに浸って、はしゃいでました。私は、日本じゅうどこを探しても、誰もやったことのないことをした小学生なんだって。自分がすごいものになった、そんな気がしました」

「その気持ちは、いつまで続きましたか？」

「施設に入った頃から、そんな気持ちはなくなりました。寮でいじめられたんです。最初のうちはなかったけれど、後から入ってくる子はみんな、私があのメグたんだって知ってて、殺人鬼って、排斥されて。もともと詩子以外の女の子は得意じゃなかったけれど、施設で過ごした日々は私の孤独をより一層強めるだけでした。大人になった今でも、仲の良い同性の友人なんてできません」

車が東京を出て、神奈川に入った。既に日はすっかり暮れて、地上を夕闇が覆っている。昴さんのスマホには何度もかけているが出ないので、唄子ちゃんを連れ去ったのはあの人だと見てまず間違いないだろう。このままでは、唄子ちゃんが危ない。昴さんが危ない。事件の被害者遺族が新たな加害者になる、それだけは絶対に避けなければならない。アクセルを踏んだ。

「また少し質問を変えますね。恵さんは、大河内政子さん、すなわちあなたのお母さいました」

「あんまり、好きじゃなかったと思います。というか、憎しみに近い感情さえ抱いていました」

鼻を啜りながら恵が言った。今この人は、誰にも晒したくなかった、晒せなかった心の傷を見せている。その痛みは相当なものだろう。

「勉強とかいろいろうるさかったし、中学受験のことで揉めました。私は詩子と離れたくなかったから地元の中学に行きたかったのに私立に行けって、無理やり塾に入れられたし。そのくせ、お金がある割には、子どもに贅沢をさせないという主義の人でした。髪の毛を可愛く結んであげるとか、可愛い洋服を買ってあげるとか、そういうことをまったくしない人だったんです。私は、母の愛に飢えていました。だからそんなお母さんを、自分が殺人鬼になることで振り向かせようと思った。犯罪心理学の専門家で、たくさんの殺人鬼を見ているお母さんは、きっと殺人鬼が大好きなんだって。私が殺人鬼になったら、お母さんも私を見てくれるんじゃないかって。もっと言えば、私がニュースになるような大きな事件を起こしたら、お母さんは困るだろうなって。それぐらいのことを、思っていました」

恵の思考は、あまりにも幼く、いかにも小学生的だ。思春期である年齢に差しかかれば、反抗期の程度にもよるけれど、親を困らせたいと思う子どももいなくはない。

しかし、殺人というのは度が過ぎている。

恵は善悪の判断が出来ないのではなく、善悪の判断が出来るのに、それを現実の行動に反映させられない子どもだったのだ。

「そういった母親に育てられて、どう思いましたか？　唄子ちゃんを授かった時、あなたが考えたことは？　自分が母親になることに、抵抗はなかったのですか？」

「最初は、ありました。でも祖父や孝太郎が、背中を押してくれた。恵は大丈夫だって。孝太郎は、私が大河内恵だったことをもう知っています。それを知った時は打ちひしがれてたけど、受け入れてくれました。私は孝太郎も唄子も、失いたくない。詩子がいなくなって、お母さんがいなくなって、三浜さんがいなくなって、施設ではいじめられて。あの頃の私は、ひとりぼっちだったんです。だからもう、ひとりには絶対、戻りたくないんです」

そこまで一気に言った後、声に覚悟が籠もった。

「お願いします、磯野さん。私を救ってください。唄子に何かあったら、私は今度こそ生きていけません。本のことは協力しますし、なんでも正直に話します。私のことがどういった形で世の中に広まっても、それで中傷されても、文句を言いません。だから、どうか。唄子を助けてください」

「ひとつ条件があります」

恵が涙で膨らんだ目で私を見た。横顔に視線を感じながら、ハンドルを切る。

「取材して、気付いてしまったんです。あなたの犯行の不自然さに。警察の調書には、嘘が書かれていましたね？　それに一番重要な犯行の動機も、話されていない。先ほどあなたが語った動機がすべてなのか、疑わざるをえない。なので、これからは本当のことだけを、話してください。あの日、詩子さんとの間に何があったのか」

　恵は何も言わない。アクセルを踏み込み、車がスピードを上げる。こんな時に安全運転なんてしていられない。時速は百四十キロを超えていた。

「恵さん、わたしはあなたを救いたい。もともとわたしは、あなたに憧れていたんです。中学一年生のいちばん多感な時期に、あなたの事件があった。事件の主人公になった自分より幼い少女であるあなたに、わたしは憧れた。でも、昴さんや則夫さんの取材を通じて、あの人たちがどれだけ辛い思いをしたかを知って、あなたを赦せなくなった。だけど、それでも、わたしは、あなたを救いたい。絶対に、昴さんから唄子ちゃんを取り返したい。だから、本当のことを話してください」

　ややあって、恵がぐずぐずと鼻を啜りながら言った。

「わかりました、すべてお話しします」

　急に周りの車が少なくなって、わたしは遠慮なく、桜浜まで飛ばした。恵はわたしの隣でずっと、いちばん語りたくて、語れなかったことを話していた。その声はすぐ近くにあるのにどこか遠く、二十年の月日の向こう、二〇〇四年のあの夏にメグたんが語っているかのようにわたしの耳に届いた。

江崎家に着くと、則夫さんが真っ青な顔で出迎えてくれた。則夫さんもわたしから連絡を受け、何度もスマホにかけているらしいが、繋がらないという。

「すみません。うちの昴が、とんでもないことを」

則夫さんは腰を折って恵に謝罪した。恵は涙をぼろぼろ零しながら、首を振った。

「私のほうこそ、とんでもないことをしてしまってすみません。母親になって、わかりました。あなたがどれだけ、苦しんだかって。この世のどこにも、私があなたに伝える言葉はありません。でも言わせてください、本当にごめんなさい――」

泣きながら言う恵を、則夫さんがそっと抱きしめた。恵は肩を震わせ、よりいっそう激しく泣き出した。きっと恵は、あの頃もこんなふうに則夫さんに抱きしめてもらいたかったんだろう。

「磯野さん、昴は、いったい何をするつもりなんでしょう？　まさか本当にメグちゃんに復讐するなんて、そのために小さい子を使うなんて、何を考えているんでしょう？　本当に情けないです、まだ中学二年生だったあの子が、俺以上に苦しんでいたのは知ってました。でも俺は、あの子に何もしてやれなかった」

「わたしのほうこそ、申し訳ありません」

わたしが昴さんと恵さんを直接繋げたわけではなく、昴さんは探偵を使って恵を見つけ出していた。だからわたしと出会わなくても、昴さんがいずれこんな行動に出ていた可能性はある。でも、取材対象と、その家族を危険に晒すなんて、ジャーナリストとしては絶対に避けなければいけない行為だ。

「取材に同行して頂いても、昴さんが冷静になれなかった時はありました。恵さんを今でも憎んでいることは確かです。されたことを考えれば、当たり前ですが。ただ、昴さんの中で、事件はあまりにも生々しい傷として残っていた。それに気付けなかったのは、わたしの落ち度です。本当に申し訳ありません」

その時、スマホが鳴った。則夫さんがスマホを見て、俺じゃない、と言う。わたしのスマホも鳴っていなかった。

鳴っているのは、恵が肩から斜めがけしているバッグに入っているスマホだった。

「もしもし」

震える声で、恵が出る。全員が息を吞む。しばし、間がある。

「はい、恵です、大河内恵です……あの、どうしてこの番号を？　……あ、いえ、すみません……はい、はい、わかりました……」

　恵が痩せ細った手で、スマホを差し出した。

「昴さんからです。磯野さんに、代わってほしいと」

　恵のスマホを右耳に当てる。恵と則夫さんが、綱渡りをしている人を見守るような目でわたしを見ていた。

「もしもし、代わりました。磯野です」

『江崎です』

　昴さんの声は、冷静だった。とても恐ろしいことをしでかした人の声とは思えない。その冷たさが、より恐怖を増長させる。

「唄子ちゃんは無事ですか」

『はい』

　昴さんの声には不気味なほど抑揚がなく、覚悟を決めてしまったのだと思った。

「唄子ちゃんがいなくなった経緯を、恵さんから聞きました。どんなふうに言って、唄子ちゃんを連れ去ったのですか？」

『君のママは、大きな秘密を抱えている。それを君は、知らなければいけない。そう言ったら、ついてきてくれました』

　思わず息を呑んで、恵を見ていた。恵は子どものような頼りない顔をしていた。

　昴さんがここまで卑怯（ひきょう）な手を使うとは思っていなかった。それほど追い込まれていたのだろうが、到底赦されることではない。

「今どこにいますか」

『食堂さくらの、駐車場です』

「食堂さくら？」

あ、と則夫さんが目を見開く。

「そこ、メグちゃんと詩子が小さい時、よくみんなでお昼を食べに行った食堂だよ。海の近くにあって。すっかり行かなくなったけど、たしかまだやってたはず」

則夫さんと目配せしあった。恵が不安そうにこっちを見ていた。大丈夫だから、と目で頷いて、電波の向こうの昴さんに言う。

「今から恵さんと一緒に向かいます。唄子ちゃんには、何もしないでください」

ややあって、わかりました、と硬い声がした。


秋の夜の海辺は不気味な静寂に包まれていた。この辺りは車通りも少なく、歩道にもほとんど人が歩いていない。食堂さくらの駐車場にはたしかに一台だけ、シルバーのカローラがあった。昴さんの隣に小さな女の子がいて、二人で海を見ている。

「唄子！」

助手席で恵が叫んだ。わたしはカローラから二区間離れたところに車を停め、運転席のドアを開ける。わたしより早く恵が飛び出し、唄子ちゃんと昴さんに駆け寄る。

「来るな！」

昴さんが激しい声を出し、唄子ちゃんを自分の方に引き寄せた。その手に鈍く光る鋭いものが握られている。唄子ちゃんがわあっと泣き出した。

「ママ！　ママぁ！」

「唄子！」

「だから来るなって言ってるだろう！」

昴さんの包丁は唄子ちゃんの首を今にもかっ切りそうだ。パニックになってしまいそうな自分を、かろうじて沈めた。相手を刺激しない言葉を必死に手繰り寄せる。

「昴さん、落ち着いてください。自分が何をしているかわかってるんですか」

「わかってる。磯野さん、ごめんなさい。これから俺は、この子を殺します」

恵が声にならない声を上げ、顔を覆った。

「この子を殺して、恵に大切な人を失う辛さを思い知らせる。そうしないと、この人は反省しない。今だって、考えているのは自分の子どもが無事でいるかどうか、それだけで。自分が過去にやったことがこうやって返ってきたことを、なんとも思っていないんです」

恵は俯いて、黙って泣きながら昴さんの言葉を聞いていた。外灯に照らされた恵は痩せていて頼りなく、三十歳を超えた大人には思えない。きっとこの人はある部分だけがすごく大人で、別の部分はとても子どもで。その歪みを克服できないまま成長し、ここまでやってきてしまったんだろう。

「昴さん、あなたの言いたいことはわかります。でも、こんな解決の仕方、絶対に間違っています。今すぐ唄子ちゃんを離してください」

「お前なんかに俺の気持ちがわかるかっ」

昴さんが声を荒げ、唄子ちゃんがわああ、と泣き出した。恵は膝からがらがらと地面に崩れ落ちた。

「あの日からずっと、闇の中で生きてた。地獄より辛い世界だ。俺は幸せになれなかった。詩子を守れなかったことを後悔して、恵、お前を恨んで生きて来た。なんでお前だけ、事件のことを忘れて幸せに暮らしているんだ？　俺は詩子のことも、事件のことも、お前のことも忘れてないのに。中学二年生のガキだった俺が今でも俺の中にいて、今の俺を苦しめるんだよ。そいつを納得させるには、お前がしたのと同じことをするしかない」

「ごめんなさい」

振り絞るようなその言葉が、ようやく加害者から被害者遺族に向かって放たれた。

恵は泣きながら、震えながら、それでも全身の力を使って、昴さんに謝罪した。

「私は、詩子を殺した。この手で殺した、小学五年生の夏に。詩子のことは、大好きだった。大好きだからこそ、その詩子が私より幸せなのが許せなかった。それに人を殺せばものすごい人間になれると、あの頃の私はそんなことを考えていた。私は……やってはいけないことをした。昴さん、いくらあなたに恨まれても、憎まれても、仕方ありません。許してほしいなんて言えません。でも本当にごめんなさい」

「今さら謝ったって遅いんだよっ」

昴さんの声は怒気を孕(はら)んでいる。四人のすぐ傍を秋の海辺の冷たい風が通り抜けていって、わたしは寒さではなく別のものに身震いしていた。

「お前がいくら謝ったところで、詩子は絶対帰ってこないんだよ。俺の失われた二十年だって、帰ってこない。俺はこの歳まで、女の一人も幸せにしてやれなかったんだ。詩子を喪ったことで、人を愛して失う苦しみを知ってしまって、それから誰のことも愛せなくなったんだ。お前がやったのは、詩子を殺しただけじゃなくて、もっともっと、めちゃくちゃ大きいことなんだよ。だから自分のやったことを、心底後悔しろ。この子の死をもって」

「あなたに、その子は殺せない」

そう言ったわたしを、昴さんと恵さんがじっと見ている。唄子ちゃんは相変わらず泣いている。

「あなたは、恵さんとは違う種類の人間です。誰もが人殺しになる可能性があるとよく言われますが、いろいろな事件を取材してわかったんです。この世にいる人間は、人を殺せる人間か、殺せない人間かに分かれます。昴さん、あなたにはどんな理由があろうと、人を殺すことはできません。それが自分のためでも、詩子ちゃんのためであっても」

「俺をなめんなよ」

昴さんがわたしを睨みつける。普段の温厚な表情がすっかり抜けて、その目は怒りと興奮と、その他いろいろなもので血走っていた。

「復讐のためなら、俺だって鬼になれる。俺は、誰よりも詩子の苦しみを知ってるつもりだ。詩子の失われた人生は絶対戻ってこないし、俺がこの子を殺したってなんにもならないことぐらいわかってる。でも、こうしないと気が済まない」

「恵さん、本当のことを話してください」

ぐずぐずと鼻を啜っていた恵が顔を上げ、小首を傾げるのに近い角度でわたしを見る。その目があまりにも幼いのに、少しぎょっとする。

「車の中で話してくれましたよね、わたしに。昴さんにも、話してください。あなたには、そうする義務があります」

「……わかりました」

恵はのろのろと立ち上がり、言葉を続けた。

＊

一階のトイレで少し長めに用を足した。洗面所で、ヘアクリップの位置を直す。これから詩子を殺す私と向き合い、鏡の中の自分に勇気を出せと語りかける。いよいよやるんだ、と思ったら、ゆうべもその前の夜もさんざん頭の中で練習したことなのに、心臓がばくばくうるさくて喉から飛び出てきそうで、仕方なかった。

二階に上がり、部屋に入ると、詩子はベッドで横になっていた。さっきから眠い、眠いと言っていたから、ついに睡眠薬が効いたんだろう。

私はバッグの中からそっと紐を取り出し、詩子の首に絡みつける。詩子が起きないように慎重に、ゆっくりと。

そして一気に、絞め上げた。

がふふっ、と詩子が口から大きな声を出して、それに驚いて、力が緩んでしまった。詩子の手が私を払いのけ、不意打ちの攻撃をまともにくらった私はベッドから落ちた。ベッドの上で身体を起こした詩子が苦しそうに喉を押さえて、がふっ、がふっと何度も咳をする。そして首に絡まっている紐に気付いて、私を睨みつける。

「メグだよね？　何でこんなことするの⁉」

赤ちゃんの頃から姉妹みたいに一緒に育ってきた私たちだから、喧嘩したことも何度かあるけど、その時見た詩子は今まででいちばん怒った、いや、怒ったなんて単純な言葉で済まされないような感情を顔に出していた。

「ありえない。親友殺すって、自分が何しようとしてたかわかってる⁉　ひょっとして、今すごい眠いのだって、メグの仕業？　あのコーラ、変な味したもん」

詩子のすごい剣幕から、目を逸らす。すべての計画がおじゃんになってしまった。これで私は、この子をこの世から永遠に消せなくなった。お母さんに振り向いてもらうこともできなくなった。人を殺した、すごい小学生にもなれなくなった。

「なんでこんなことすんの、メグ」

絡みついた紐を解きながら、詩子が言う。黙っていると、怒った時のお母さんみたいな口調になる。

「そんな顔して黙ってないで、ちゃんと話しなよ。理由があるんでしょう？」

「………」

「もう、メグはいっつもそうなんだから！　怒るとすぐに不貞腐れる、泣き出す、黙って誤魔化す。自分の思い通りにならないと、いつもそうだよね？　あたしたち、もう小五なんだよ？　いつまで幼稚園児の気分でいるの？」

幼稚園児、という比喩を使われたことに腹が立って詩子を睨みつけると、詩子も負けじと睨んでくる。睡眠薬のせいで少しふらつく身体で無理にベッドから下りて、まっすぐ立って私を正面から見据える。

「だいたい、わかるんだよね。メグがなんでそんなに怒ってるのか」

「……どういうことよ」

「一輝のことでしょ。荒川一輝」

吐き捨てるように詩子が言った。目を見開く私に、はぁ、とこれみよがしと言わんばかりのため息を吐く。

「メグ、あいつのこと好きなんでしょ？　それをあたしに取られて、悔しくて仕方ないんでしょ？　でも、だからって、殺そうとするなんて、メグ、ちょっとおかしいよ。一度、頭の病院行ったほうがいいと思う。人を殺しちゃいけないって、幼稚園児だってわかってることでしょう？」

「あんな奴、好きでもなんでもない!!」

大声を出した私に、詩子が軽くのけぞった。思いきり走ったわけでもないのに心臓が身体の中心でぐるぐる暴れて、息がぜいぜい切れていた。

「全然好きなんかじゃないし、そんな理由で詩子を殺したりなんかしない！　詩子のほうこそおかしいよ、なんで私があいつを好きだって決めつけるの？　私の気持ち、聞いたこともないくせに！」

「じゃあ何よ、何なのよ！　親友に毒入りコーラ飲まされて首絞められて殺されそうになったんだよ、あたし！　マジ意味わかんない!!」

叩きつけるように詩子が言った。私と詩子の間で築かれていた美しい王国が、一瞬にして崩壊していく音が聞こえた。

「いい加減素直になんなよ、メグ。一輝が好きだって」

「だから好きじゃないってば！」

「なんで意地張るのよ、認めなよ！　好きな人をあたしに取られたから、悔しいって言いなよ！」

「認めるも何も、そんなこと思ってもいない！」

「強情過ぎるよ、メグ！　あぁ、もういい、ほんと面倒臭い！　マジウザ!!　もういいよ、あたし二度と一輝としゃべらないし、二人でどっか行ったりもしない。一輝はメグにあげる」

その瞬間、詩子の頭に二本の黒い角がにょきっと生えたのを私は見た。

学習机に走り、片隅に置いてあるディズニーランドのお土産（みやげ）のキャラクターの絵が描かれた可愛い缶から、赤いグリップのカッターナイフを取り出し、ぎりり、と刃を出す。詩子がずざっ、と後ずさりする。

「何考えてんの、メグ。そんな事やめなよ」

刃物を手にした私に、詩子はさすがに怯えていた。ああきっと、今の私は殺人鬼の顔をしている。獲物を目の前にした、立派な殺人鬼なのだ。

これで私はやっと、お嬢さまだっていじめられる勉強しか取り柄のない冴えないメグじゃなくて、人を殺したものすごい小学生になれるんだ。

「そんなことしたら、メグのお母さんが悲しむ。あたしのお父さんだって、お兄ちゃんだって。メグだけじゃなくて、メグの周りにいる人みんなが――」

「関係ない」

そう言って、私はカッターを振りかざした。

*

「詩子とはだいぶ長い間、揉みあいになりました。詩子はなんとか私を止めようと、必死だった。その時、詩子の手や腕に傷ができました。体格では詩子は私に勝ってたし、運動神経だって詩子のほうが良かった。でも、さすがに睡眠薬のせいで、限界が来ました。一瞬の隙を狙って、私は詩子の首にカッターを突き立てた。ぶしゅう、とものすごい量の血が飛び出た。床に崩れ落ちた詩子のお腹や胸に、ひたすら止めを刺しました。動かなくなった詩子を見た後、どうしようか迷いました。強盗の仕業に見せかけても良かったのですが、強盗だとしたら引き出しやクローゼットを全部漁らないといけないし、その時に指紋がついてしまったらまずいな、と思って。当初の計画通り、自殺に見せかけようとして、詩子の携帯から昴さんと詩子のお父さんにメールを送ったんです。そもそも最初は、紐で絞め殺した後、詩子の家にあるタオルで、クローゼットで自殺したように見せかけるつもりだったので。返り血を浴びた服は、詩子の家の洗濯機で洗って乾かしました。もともと黒いワンピースだったので、見事に血痕は目立たなくなりました。もちろん、警察の捜査でばれたのでしょうが」

「……どうして」

気の抜けた声で、昴さんが言った。誰にも語られなかったあの日の情景が、恵の話でありありと頭の奥に浮かび上がってしまったのだろう。呆けた顔は、包丁を握っているのもやっとという表情をしていた。

「どうして、警察で本当のことを言わなかった？　荒川一輝のことで揉めたって、なんでそう言わなかった？　恋愛の話をするのが恥ずかしかったのか？」

「私は本当に、あの子のことは好きでもなんでもなかったんです」

恵は泣き疲れた顔で、心の奥深くにずっと仕舞い込んでいた感情を取り出した。

それを人に見せるのは、恵のいちばん弱い部分を晒すことで、でも自らそれをする恵は、なんとしてでも唄子ちゃんを取り返したいのだろう。

この人はいろいろ歪んではいるけれど、少なくともまともな母親にはなれたのだ。

「私が好きだったのは荒川一輝じゃなくて、詩子でした。詩子を、あいつに取られたような気がして。私は置いてかれてしまうんじゃないかって。詩子があの時、悪い大人になっていって、私の知らないところで、私の知らないうちに、大人になったように見えたんです。あげる、なんて、自分を好きになってくれた男の子のこと、物を扱うように言ったから」

恵がそっと目元を拭う。ナチュラルなメイクは完全に崩れていて、アイライナーが溶けて涙が黒っぽい。その黒さは、恵の心にできた染みのようだった。

「だから、詩子が大人になる前に、なんとかしなきゃ、って思った。ここで詩子を殺せば、詩子は大人になれない。子どものまま、小学五年生のまま、永遠に自分のものになる。そう、思ったんです」

「ふざけるな」

昴さんの声が震えている。声だけでなく、腕も脚も顔も、すべてが震えている。泣き止んだ唄子ちゃんが、自分の隣にいる知らない人を、不思議そうに見つめていた。

「詩子は、お前のものじゃない。殺したって、お前なんかのものにならない。父さんのものでも、俺のものでもない。詩子は詩子だけのものだ」

「……そうですね」

泣きながら恵が言った。しばらくしゃくりあげる恵を見ていた後、昴さんがナイフのような言葉を突き立てる。

「俺は何があろうと絶対、お前を赦さない。この恨みを次の人生まで持っていく。あの事件で傷ついたのは詩子だけじゃない。俺がこの二十年、どんな思いで生きてきたか、お前なんかに想像もできないだろうけど、本当に辛かったよ！　自分が幸せになりそうになる度、そんな自分が嫌になったよ！　お前が奪ったのは詩子の命や未来だけじゃない。俺の人生まで、狂わせた」

「ごめんなさい」

俯いていた恵が、昴さんを見た。二人の視線がかち合って、世界が止まるような沈黙が一瞬、流れた。

「償わせてください。昴さんの気が済むまで、私を殴っても蹴っても刺してもいい。だから唄子は。唄子にだけは、手を出さないで」

「そんなわがままが、まかり通るわけないだろう」

昴さんが冷たく撥ねのけた。

わたしはぎゅっと拳を握り締める。この流れは、まずい。

「お前は反省できない人間だ。今だって、俺にも詩子にも心から申し訳ないって思っていないだろう。自分の子どもを、自分の所有物を、守ることだけに必死で。だからこの子は、俺が殺す」

昴さんが首筋に包丁を突きつけ、唄子ちゃんがひゃあっ、と悲鳴を上げる。

「やめてください！　昴さん！」

叫ぶわたしの隣で、恵が駆けだしていた。

「近づくな！」

ナイフを振りかざす昴さんに、恵は向かっていった。昴さんと手を繋いでいる唄子ちゃんを突き飛ばし、子どもの安全を守る。恵が必死で昴さんから包丁を奪い取ろうとする。昴さんがその手を撥ねのける。恵が昴さんの頬に拳を当て、女の力だとは思えないほどの音が響いた。うっと顔を押さえる昴さんからいとも簡単に包丁を奪い取った恵は、そのまま五メートルほど走って行った。

「恵さん！　待って！」

わたしは追いかける。昴さんも後を追う。

恵が、包丁を構えていた。大人になった恵は、いやメグたんは、あの時きっとそうであったように、今にも苦しみが爆発しそうな顔で、包丁を握っている。とどめなく溢れる涙を拭うこともなく、夜空に包丁を振りかざす。

「何をするつもりだ！」

「恵さん、それを離して！」

反射的に、昴さんを庇うようにわたしは前に出ていた。

恵は昴さんを殺すのだと思った。危害を加えようとしている人から、自分の子どもを守るために、母親としてそうするのだと。

でも刃が向かった先は、恵の首筋だった。

「ごめんね……ウタコ」

そう言って、恵は自分の首筋に包丁を押し当てた。

*

唄子ちゃんは救急車の中でずっと泣いていたけれど、病院に着き、傷が浅くて命に別状はないとわかって、四歳児にわかるように嚙み砕いて教えてあげると、どっぷり溜まった疲れのせいで待合室の椅子の上で眠ってしまった。

真向かいに少し距離を開けて座った昴さんとわたしの間に流れていた沈黙を、昴さんのほうから破った。

「あいつが。なんであいつは、自殺なんか」

ようやく、自分のやったことの結果を目の当たりにして、悔いの念がやってきたのだろう。ひどい酔いから醒めた人のように、昴さんは顔を覆って呟いた。

「わかりません。……でも、ああすることが、あの人の責任の取り方だったんじゃないでしょうか。刺す直前、ウタコ、と言ったのは聞こえましたか」

力なく、昴さんが首を縦に振る。その横顔は憔悴しきっていた。

「あれは、自分の娘である唄子ちゃんに対して、ママが死んでしまうけどごめんね、ではなく、自分が殺した詩子ちゃんに対して、ごめんねと言ったのではないでしょうか。もしくは、その両方か」

「つまり……あいつは、被害者遺族である俺や父さんじゃなくて、もういない被害者の詩子に対して、謝っていたと」

「そういうことです」

また、しばらく沈黙が流れる。横須賀市内でいちばん大きな病院だけど、この時間は人通りが少なく、不気味なくらい建物の中は静まり返っていた。

「あいつは……大河内恵は、ようやく反省したんでしょうか」

「わかりません。でも、娘が危機に晒されて、ようやく本物の罪悪感と、謝罪の意識が生まれた。そう捉えることもできます。自分が死ぬことで、昴さんの復讐心が満たされるんじゃないか。そう考えるのは、それほど不自然なことではありません」

「その思考は、すごくあいつらしいな、と思います」

　殺人という大罪を犯しても、施設に入れられても、事件と向き合うことなく、与えられた自分の幸せになる権利だけを当たり前に受け取り、過去を隠して、器用に生きてきた大河内恵、いやメグたんという女。

　普通ならば、小学校の頃に友だちを殺したなんて、一生もののトラウマであり、精神を病んでしまってもおかしくないだろう。そう考えると、恵は狡猾な殺人鬼だ。

　いや、だった、と言ったほうがいいのだろうか。

「昴さん。わたしはジャーナリストとして、あなたのしたことを絶対に肯定できません。たしかにあなたは、事件で辛い思いをした。でもそれから二十年の間、あなたは立ち直る努力をしましたか？　自分なりに事件に区切りをつけて、幸せになる道を選ぶこともできたんじゃないですか？　それをしないで、いつまでも大河内恵を憎み続け、唄子ちゃんを誘拐した。たしかにあなたには同情の余地がある。でも日本の法律は、復讐を許していません。あなたがやったことは、立派な犯罪です」

　わかりきっている、というように昴さんは頷いて、言った。

「俺は、父さんと違う。あの人のように、器用な人間じゃない。父さんは、恵を赦した。というよりも、最初から憎むことすらしなかったんです。父さんは、それぐらい大きくて、優しくて。だからあの人は恵を許し、詩子を思い続け、静かに暮らしている。でも俺は……父さんのようにはなれなかった」

「事件当時中学二年生、たった十四歳だったあなたの歳を思えば、そうなっても仕方ありません。父親と兄では、受け止め方も違うはずですから」

力なく昴さんが首を縦に振った。わたしはその顔を覗き込む。

「これからのあなたには、今日したことを反省する時間がたくさんあります。そうですね……わたしの本の出版は少し遅れそうですね。ですからわたしは、罪を償っているあなたに面会に行きます。そして何度も、どうして唄子ちゃんを誘拐しようと思ったのかお伺いします。それで、あなたがきちんと社会復帰を果たした後、本を出しましょう。印税は……全部とはいきませんが、昴さんの社会復帰の費用としてお渡しします。取材の結果こんなことになってしまったと、重大な責任を感じていますから、それくらいはさせてください」

昴さんの口元に、不器用な笑みが浮かぶ。鼻で笑われているのか、それとも心から笑っているのか。目があまりにも疲れ過ぎていて、そこまでは読み取れなかった。

「嬉しいですが、お金は受け取れません。それより、本をきちんと完成させてください。不幸な加害者も、不幸な被害者も生まないこと。それがあなたの、いやマスコミの、本来の使命でしょう？」

「そうですね。ありがとうございます」

マスコミは、事件の被害者にとっても加害者にとっても残酷だ。あることないこと書き立て、利益を追い求めるあまり、容易く人の心を傷つける。でも、だからといってテレビも新聞も雑誌もネットニュースもなくなってしまったら、どうなるか。

マスゴミの人間ではなく、マスコミの人間になりたかったから、わたしはジャーナリストとして独立したのだ。

「昴さん。わたしにも、殺したい人がいました」

「え」

昴さんの声が驚いていた。しゃべりながら、つい笑いそうになってしまった。なんで笑いそうになってしまうのか、自分でもわからなかった。

「中学一年生でした。自分のほうが先に好きだと伝えたのに、あっさりその男の子と付き合った。彼女とは親友で、だからこそ許せなかった。そんな時に詩子ちゃんの事件が起き、私は自分ができないことをしたメグたんに憧れを抱いた」

「前に言っていた話ですか？」

「そうです。わたし、メグたんを主人公にした、その子を殺す小説までネットに掲載していたんです。ちょっと異常でしょう。中二病の域を超えていますよね」

実際、振り返ってみると、あの時のわたしはきりきりに尖っていて、少しでも触れれば切れそうな野蛮なナイフで、運命の針が少しでも狂っていたら、第二のメグたんになっていてもおかしくなかった。

あの後、母はパソコンを壊したわたしに怒るだけではなく、何か学校で辛いことがあったのかと聞いてきた。誰にも言いたくなかったけど、ずっと口うるさいことばかり言ってきた親が自分の心配をしてくれたのが嬉しくて、わたしはすべてを打ち明けた。そして、親子の仲は少しずつ戻っていったのだ。

恵にも、ちゃんと向き合ってくれる大人が傍にいたら、違っていたのかもしれない。

「中学生のわたしにとって、恵さんは神様のような存在でした。憧れていたし、自分に出来ないことをしたあの子を、すごい、と信奉していた。でも取材をして、本人に接してみたら……たしかに恵さんは異常なことをしたけれど、その心の奥にはあまりにも普通の、いや、普通から脱却したい女の子が眠っていたんですね。好きだから自分だけのものにしたい、そう考える人は、少なくありません。それで殺してしまう人も、いなくはない。実際に行動に起こしてしまうのは、心の問題があったのだと思いますが、まだ小学五年生だった恵さんが考えたことは、ジャーナリストとして理解できなくもないです」

「あいつは……更生したんでしょうか」

昴さんが縋るような声で言った。

昴さんが本当に望んでいるのは、決して復讐ではないのだ。恵が反省し、更生すること。それだけを、この人はずっと望んでいた。もっとも、本人がそのことに気付くには、まだ時間がかかるだろう。

「人間関係を構築するのが苦手で、十代の頃も施設で排斥されて生きてきた恵さんです。そんな恵さんが他者と関わり、他者を思いやり生きることを覚えたのですから、更生という意味では正しいし、成長したと思います。そもそもあの人は最初から、世間で報道されているようなサイコパスなどではなかったのですから。サイコパスのふりをし続けた、普通の女の子だったのですから」

何もない田舎に住み、母親とぎくしゃくして、仲良しグループでもいじめられているわけではないけどどこか浮いている。そんな女の子が、普通ではない何者かになろうとして、サイコパスな殺人鬼を選んだ。ひとりぼっちの殺人鬼に。

そんな誰でもできそうな安易なこじつけが、わたしの中に浮かんだ。

「昴さん、わたしにあなたの苦しみは、あなたの気持ちは、どうしたって理解できません。詩子ちゃんの事件が起きてから今まで、わたしは傍観者でしかなかった。でも、傍観者だからこそ、第三の視点で見る人間がいるからこそ、出来ることがある。これからもわたしは傍観者として、いちジャーナリストとして、あなたを支え続けます。

本のタイトルは……そうですね。ひとりぼっちの殺人鬼、なんてどうでしょう。小説は中学生以来書いたことがありませんが、小説の形式をとってもいいかもしれません。あなたとわたしと恵さん、三人の視点で物語が進むんです」

「いいですね。読んでみたいです、俺、その本」

その時、病室から医師が出て来た。恵が目覚めたことを告げられ、昴さんの顔から色が抜ける。

「行きましょう。去っていく医師と看護師を見送った後、わたしは昴さんに言う。

「行きましょう。二人で、恵さんのところに。この機会を逃してしまったら、あなたたちはもうきっと長いこと、会えないでしょうから」

「俺は……なんて、あいつに声をかければいいんですか。被害者遺族の苦しみは誰よりもよく知ってるはずなのに、俺は同じことをあいつにしてしまった。もう、あいつと同じなんです」

「そう思っているならそう言いましょう。今の気持ちすべてを、恵さんに話してあげてください。あなたにも恵さんにも、それが必要なことなんです」

昴さんは、しばらく黙っていた。病院の白い廊下をじっと見つめながら、独り言のように語りだした。

「磯野さん、あれだけ憎んでいたのに、幸せになるなんて許せないと思ってたのに、俺はあいつが死ななかったことに今、心からほっとしているんです。これだけ憎いのに、本当に死んでほしいとは思っていなかった。あなたの言った通りだ、俺はあいつとは違う種類の人間だ。死んでしまえ、と思っても、本当に殺すことはできない。俺の憎しみは、蓋を開ければそんなものだった。今ようやく——俺の長い思春期が終わった気がします」

「長過ぎましたね」

恵も昴さんも、あまりにも若すぎる時に事件を経験してしまい、普通の大人にはなれなかったのだ。いや、傍から見たら普通だ。ちゃんと仕事をして、生きているのだから。でも、二人が抱えているものは、あまりにも重過ぎて、大人になっても一生引きずっていかなければいけないものだった。

昴さんの深い苦しみとはまた別に、あの事件で大河内恵が苦しんだことも事実だ。だからわたしは、これからもずっと二人の傍にいたい。だって、また記者たちがこの病院に押し掛けてくるだろうから。

かつての桜浜小五女児殺害事件の被害者遺族が、加害者の娘を誘拐し、加害者が自殺未遂に至った。これは大変なニュースになるのだろう。そして、恵さんも昴さんも、また苦しむのだろう。

わたしはそんな二人の傍にいて、真実を伝えたい。真実を手に、世の中に問いかけるのだ。ジャーナリストとしては当たり前のことだけれど、それができる人間に、わたしはなりたい。

「行きましょう」

もう一度声をかけると、昴さんは立ち上がった。病室に入る時、昴さんが引き戸に手をかけた。

まるでグラブを握るような動きだった。

本書は書き下ろしです。

本作品はフィクションです。実在の個人、団体とは一切関係ありません。（編集部）

実業之日本社文庫 さ10 2

ひとりぼっちの殺人鬼

2022年8月15日　初版第1刷発行

著　者　櫻井千姫

発行者　岩野裕一
発行所　株式会社実業之日本社
〒107-0062　東京都港区南青山5-4-30
emergence aoyama complex 3F
電話［編集］03(6809)0473［販売］03(6809)0495
ホームページ　https://www.j-n.co.jp/
ＤＴＰ　ラッシュ
印刷所　大日本印刷株式会社
製本所　大日本印刷株式会社

フォーマットデザイン　鈴木正道（Suzuki Design）

ISBN978-4-408-55747-2（第二文芸）